セヴン・ダイアルズ

アガサ・クリスティ

一代で財をなした鉄鋼王に貸していたチムニーズ館《やかた》で事件が起こった。客として滞在していた若者が死亡したのだ。戻ってきた館の主《あるじ》ケイタラム卿の娘で、好奇心旺盛かつ行動的なバンドルは、若者の死に疑問を抱き勝手に調べはじめる。そんな彼女の目の前で更なる死が。車で轢《ひ》いてしまったと思われた若者が実は何者かに撃たれていたのだ。死の間際に彼が残した「セヴン・ダイアルズ」という言葉は果たして何を意味するのか？　バンドルはバトル警視に協力を求めるが……。『チムニーズ館の秘密』に続くミステリの女王の冒険小説、バトル警視シリーズ。

登場人物

クレメント・エドワード・
　アリステア・ブレント……………………九代目ケイタラム侯爵。チムニーズ館《やかた》の主《あるじ》
レディ・アイリーン・
　ブレント（バンドル）……………………ケイタラム侯爵の娘
レディ・ケイタラム（マーシア）…………バンドルの義理の伯母
トレッドウェル………………………………チムニーズ館の執事
マクドナルド…………………………………チムニーズ館の園丁頭
ジョン・バウアー……………………………チムニーズ館の従僕《フットマン》
サー・オズワルド・クート…………………鉄鋼業界の大物
レディ・クート（マリア）…………………サー・オズワルドの妻
ルーパート・ベイトマン（ポンゴ）………サー・オズワルドの秘書
ジョージ・ロマックス（コッダーズ）……政府閣僚。外務省（常任）事務次官
ウィリアム（ビル）・エヴァーズレイ……ロマックスの秘書

ジェームズ（ジミー）・セシジャー……
ジェラルド（ジェリー）・ウェイド……
ロナルド（ロニー）・デヴュルー……
　チムニーズ館に滞在していた青年

ヘレン、ナンシー、ソックス……チムニーズ館に滞在していた若い女性

ロレイン・ウェイド……ジェリーの妹

サー・スタンリー・ディグビー……航空大臣

テレンス・オルーク……サー・スタンリーの秘書

ヘル・エベルハルト……ドイツ人の発明家

ミセス・マカッタ……国会議員

アンナ・ラデツキー……ハンガリーの伯爵夫人

モスゴロフスキー……クラブの経営者

アルフレッド……クラブのドアマン。元チムニーズ館の従僕

バトル警視……スコットランドヤードの警視

セヴン・ダイアルズ

アガサ・クリスティ
山　田　順　子　訳

創元推理文庫

THE SEVEN DIALS MYSTERY

by

Agatha Christie

1929

目次

1　寝坊問題　一三
2　目覚まし時計の問題　三〇
3　悪戯《いたずら》は失敗　三八
4　手　紙　五三
5　道路にいた男　六四
6　またもやセヴン・ダイアルズ　七三
7　バンドル、ジミー・セシジャー宅を訪問　八三
8　ジミー・セシジャーとふたりの訪問客　九二
9　計　画　一〇二
10　バンドル、スコットランドヤードを訪ねる　一一五
11　バンドル、ビル・エヴァーズレイと夕食　一二四
12　チムニーズ館《やかた》で聞きこみをする　一三六
13　セヴン・ダイアルズ・クラブ　一五三
14　セヴン・ダイアルズの会合　一六三
15　検死審問　一七四

16 アベイでのハウスパーティ 一八五
17 ディナーのあとで 一九七
18 ジミー・セシジャーの冒険 二〇七
19 バンドルの冒険 二一四
20 ロレインの冒険 二三一
21 重要な特許製法書類 二三〇
22 伯爵夫人は語る 二四一
23 バトル警視、捜査を始める 二五六
24 バンドル、考えこむ 二六八
25 ジミー・セシジャー、計画を練る 二七九
26 主にゴルフのこと 二九三
27 夜の冒険 二九九
28 疑　惑 三〇七
29 ジョージ・ロマックスの奇妙な行動 三一八
30 緊急招集 三三〇
31 セヴン・ダイアルズ 三四三
32 バンドル、唖然呆然 三五三

33　バトル警視、説明する　三五七
34　ケイタラム卿、賛同する　三六四
解　説　霜月　蒼　三七七

セヴン・ダイアルズ

1　寝坊問題

　ふだんはのんびり者のジミー・セシジャーが、チムニーズ館《やかた》の大階段を一段とばしで駆けおりていく。ころがり落ちるような勢いだったために、ちょうどホールを通りかかった、いかめしい執事のトレッドウェルにぶつかりそうになった。朝の熱いコーヒーを運んでいるところだったトレッドウェルは、冷静沈着なうえに機敏な動作に長けているので、すばやく身をかわし、事なきを得た。

「ごめんよ」ジミーはあやまった。「ねえ、トレッドウェル、もしかして、わたしが最後かい？」

「いえ、ミスター・ウェイドがまだ降りてこられていません」

「ああ、そうか」そういって、ジミーは朝食室に行った。

　朝食室には、この館の女主人のほかは誰もいなかった。彼女の咎《とが》めるようなまなざしを受け、ジミーはきまりの悪い思いをした。魚屋の店先で、死んだ鱈《たら》の目を見てしまったときと同じ気分だ。いやあ、参ったな、とジミーは思った――どうしてこんな目で見られるんだろう？　これまでにも田舎の領主屋敷《マナーハウス》に泊まったことは何度もあるが、午前九時半と定められた朝食時間にまにあうように、きちんと起きたためしなど一度もなかった。とはいえ、いまは十一時十五分。確かにこれはあんまりだ。だからといって……。

「ちょっと遅いですよね、レディ・クート」

「いえ、いいんです」レディ・クートは鬱々《うつうつ》たる声でいった。

本音をいえば、客人たちが朝食に遅れるのはレディ・クートの頭痛の種だった。結婚して最初の十年間は、サー・オズワルド・クート（当時はまだサーではなく、ただのミスターだった）は、朝食のしたくが八時を三十秒でも遅れると、それはもう大騒ぎをしたものだ。それで鍛《きた》えられたおかげで、レディ・クートは心底から、時間を守らないことは許されざる罪だとみなすようになった。それに、習慣というものはそう簡単に変わりはしない。彼女はきまじめな性質《たち》なので、早起きすらできない若い客人たちは社会に役立つ存在になれるのだろうかと、大いに疑問だった。サー・オズワルドは新聞記者たちによくこういったものだ――わたしが成功したのは、早起き、つましい暮らし、そして規則正しい習慣の賜《たまもの》といえますな、と。

レディ・クートは、悲劇的な雰囲気をまとった、大柄で、顔だちのととのった女性だ。大きな目は悲しげな色をたたえ、低い声は沈みがちだ。彼女を見れば、〈我が子を悼《いた》むラケル〉のモデルを探している画家なら、歓呼の声をあげるだろう。あるいは、彼女が女優として、むごい夫にしいたげられて降りしきる雪のなかをよろめきながら歩く妻の役を演じれば、拍手喝采を受けるだろう。

いかにもつらく悲しい思い出を胸に秘めているように見えるが、じっさいのところ、レディ・クートにはつらく悲しい過去などなかった――夫のサー・オズワルドの急激な成功ぶりをのぞいては。

陽気で派手好きだった若かりしころ、彼女はオズワルド・クートと熱烈な恋に落ちた。彼女の父親の金物店の隣にある自転車屋の店員だったオズワルドは、野心に燃える若者だった。結婚してから二部屋だけの住まいを皮切りに、次は小さいながらも一軒家に、それから、もっと大きな家に移り、そのあとは引っ越すたびにどんどん大きな家になっていき、ふたりは幸福に暮らしていた。だが、大きく広い住まいを選ぶ基準はいつも、彼が〈仕事場〉に通勤するのに便利な距離内にあると決まっていた。ところが、事業が成功して、〈仕事〉と〈住まい〉とが相互依存する必要のない地位に達し、通勤距離を考慮する必要がなくなると、サー・オズワルドはイギリス各地を巡って、広大で豪壮な邸宅を借りることを楽しむようになった。道楽といってもいい。いま住んでいるのは、由緒あるチムニーズ館で、持ち主のケイタラム侯爵から二年間の契約で借りているのだ。この貸借契約が成立したとき、サー・オズワルドはついに大望の頂点に至り、道楽も極めりという心境になった。

しかし、この点に関していえば、レディ・クートは少しも幸福ではなかった。彼女は孤独だったのだ。結婚当初の主な気晴らしといえば、年若い〝メイド〟とのおしゃべりだった。〝メイド〟が三人になったときも、使用人である彼女たちと話をするのが、レディ・クートの日々の気晴らしだった。それがいまは、大勢のハウスメイド、英国国教会の大監督のような執事、何人もの颯爽《さっそう》とした従僕《フットマン》、いつも忙しげな厨房《ちゅうぼう》のメイドたちに、洗い場専門の下働きのメイドたち、〝癇癪《かんしゃく》もち〟の外国人の料理人、歩くたびに衣ずれの音と床のきしむ音を交互にたててる、どっしりした体格の家政婦《ハウスキーパー》など、多数の使用人に囲まれている。だのに、というか、だからこそというか、レディ・クートは、たったひとり、無人島に置き去りにされたような気がしている。

重いため息をついて、レディ・クートは開いているフレンチウィンドウから外に出た。ジミー・セシジャーはほっとして、それに力を得たかのように、すぐさま、キドニーとベーコンのおかわりを皿に盛った。

レディ・クートはしばし、悲しげにテラスに立っていたが、やがて気をとりなおして、独裁者さながらの目つきで自分の支配下にある庭園を見渡している園丁頭のマクドナルドに、声をかけた。彼は庭師たちのなかでも親方格であり、この道の大家《たいか》でもある。そして自分の立場をよく心得ていた——支配する立場であることを。したがって、その立場を遵守した——自分の領域を独裁的に支配することを。

レディ・クートはおずおずとマクドナルドに近づいた。

「おはよう、マクドナルド」

「おはようございます、おくさま」

マクドナルドの話しかたには、園丁頭はかくあるべしという信念が顕著《けんちょ》に表われている。陰《いん》鬱《うつ》で、しかも、威厳たっぷり——葬儀に参列している皇帝さながら。

「ちょっと思いついたんだけど、あの奥手のブドウ、今夜のディナーのデザートにどうかしら？」

「まだ摘みどきではございません」マクドナルドはきっぱりいった。

「あら」レディ・クートは勇気を奮い起こした。「そうなの？　でも、昨日、いちばん奥の温室に入って味見をしてみたんだけど、いい熟《う》れぐあいだったわ」

マクドナルドはじろりと彼女を見た。

レディ・クートの顔が赤くなった。自分が許しがたい無作法なまねをしたのだと、思い知らされたからだ。亡くなったケイタラム侯爵夫人が温室に入りこんでブドウの味見をする、などという無作法なまねをしなかったのは明らかだった。

「おくさま、ひとことといってくだされば、ひと房切りとって、お届けしましたのに」マクドナルドはきびしい声音でそういった。

「ああ、そうね、ありがとう」レディ・クートはへどもどした。「ええ、次はそうするわ」

「ですが、まだ摘みどきではございません」

「そう……」レディ・クートはつぶやいた。「そうなのね。それならまだ摘まないほうがいいわね」

マクドナルドはその道の大家らしく、さも当然とばかりに、返事もせずに黙りこくっている。

レディ・クートはもう一度、勇気を奮い起こした。「あのう、薔薇《ばら》園の裏の芝生のことで、ちょっと話をしたくてね。あそこをボウリング場に使えないかしら。サー・オズワルドはボウリングがお好きなのよ」

そうよ、使えないはずはないわ――レディ・クートは内心でそう思った。イギリスの歴史にはかなり精通しているのだ。スペインの無敵艦隊が現われたとき、サー・フランシス・ドレイクとその勇猛果敢な部下たちは、ボウリングゲームに興じていたのではなかったか？　ボウリングは紳士らしい遊戯なのだから、マクドナルドだって反対する理由はないはずだ。だが彼女は、いやしくも園丁頭という地位にある者はどんな提案にも必ず反対する、という職人気質丸出しの特色があることを知らなかった。

「使えないことはありやせんが」マクドナルドはあいまいないいかたをした。とりあえず相手の提案を考えてみるという態度だが、ほんとうの狙いは、レディ・クートをちょっといい気分にさせておいて、がつんと一撃をくらわせることにあった。

「あそこの芝生をきれいに、えーっと、そのう、そう、刈りそろえるとかなんとかすれば、いいんじゃないかしらね」レディ・クートは希望がかないそうだと気をよくしていた。

「へえ《アーィ》」マクドナルドはのろのろといった。「そりゃあ、できないことはござんせん。ですが、そうすると、ウィリアムが低い《ロー》ボーダーの手入れができなくなりやす」

「あら」レディ・クートはけげんそうだ。〝ロー・ボーダー〟といわれても、なんとなくスコットランドの歌を連想しただけで、ほかにはなにも頭に浮かばなかったのだ。だが、それがマクドナルドの断固たる反対理由だということは明らかだった。

「それだと、やつがかわいそうでやすよ」マクドナルドはきっぱりいった。

「ええ、もちろん、そうね」レディ・クートはうなずいた。「ええ、かわいそうだわ」そういいながらも、なぜこんなに熱をこめて同意しているのだろうと、我ながら不思議だった。

マクドナルドはきびしい目で彼女を見た。「もちろん、そうでさ。ですが、おくさまがどうしてもとおっしゃるのなら――」

彼はそういっただけだったが、その威嚇《いかく》的な声音は、レディ・クートの耳に突き刺さった。彼女はすぐさま降伏した。

「ええ、いいたいことはよくわかったわ、マクドナルド。ええ、そう、そうよね、ウィリアムはロー・ボーダーの手入れをつづけるほうがいいわね」

「あたしもそう思いやすよ、おくさま」

「そうよね。ええ、そうでしょうね」

「おくさまならわかってくださると思いやした」

「ええ、よくわかったわ」レディ・クートは力をこめてうなずいた。

マクドナルドは帽子のつばにちょっと手をかけてあいさつをすると、その場を去っていった。レディ・クートは悲しげなため息をつきながら、園丁頭の背中を見送った。

キドニーとベーコンで満腹したジミー・セシジャーが、フレンチウィンドウからテラスに出てきた。レディ・クートのかたわらに立ったセシジャーは、彼女とはちがう種類のため息をついた。

「とびきりいい朝ですねえ。どうです?」

「え?」レディ・クートはぼんやりと答えた。「あら、ええ、そうですわね。気がつきませんでした」

「ほかの連中はどこにいるのかな。湖でボート遊びでもやってるのかな」

「そうじゃないかしらね。きっとそうですよ」

レディ・クートは急に向きを変えて、朝食室にもどっていった。室内では、執事のトレッドウェルがコーヒーポットの温度を確認しているところだった。

「あの――」レディ・クートはトレッドウェルにいった。「彼はまだかしら？　ほら、あの、ミスター……、ええっと、ミスター……」

「ウェイドさまですか？」

「そうそう、ミスター・ウェイド。あのかたはまだ起きていらっしゃらないの？」

「はい、おくさま」

「ずいぶん遅いこと」

「はい、おくさま」

「そのうちに起きてこられるでしょうけど。そうよね、トレッドウェル」

「それはまちがいないとぞんじます。昨日、ウェイドさまが起きてこられたのは、十一時半でございました」

レディ・クートは時計に目をやった。あと二十分で十二時、正午になる。思わず同志的な同情心が湧いてきた。

「おまえもたいへんねえ、トレッドウェル。朝食のあとかたづけがすんだかと思ったら、午後一時にまにあうように、昼食のテーブルセッティングをしなくてはならないんですもの」

「若い紳士がたのおふるまいには慣れております」

トレッドウェルの威厳たっぷりないいかたには、まごうことなく非難の意がこめられていた。悪気も自覚もないままに無作法な過ちをおかした血気盛んな若者や異教徒をたしなめる、枢機卿ならばかくや、という口調だ。

レディ・クートは顔を赤らめた。今朝だけで二度目の赤面だ。だが、ありがたいことに、そこに邪魔が入った。ドアが開き、眼鏡をかけた、きまじめな表情の青年が顔をのぞかせたのだ。

「ああ、ここにいらしたんですね、レディ・クート。サー・オズワルドがお呼びです」

「すぐに行きますわ、ミスター・ベイトマン」レディ・クートは急いで部屋を出ていった。

サー・オズワルドの秘書であるルーパート・ベイトマンは、レディ・クートとは反対方向のフレンチウィンドウに向かい、テラスに出た。テラスでは、まだジミー・セシジャーが気分よさそうにぶらついていた。

「おはよう、ポンゴ」セシジャーはいった。「おてんば娘たちのご機嫌うかがいに行かなきゃならないかな、と思ってたところなんだ。きみも行くかい?」

ベイトマンはくびを横に振ると、早足でテラス沿いに図書室へ向かい、そっちのフレンチウィンドウからなかに入っていった。まるで逃げ出したかのような彼を、セシジャーは愉快そうに見送った。セシジャーとベイトマンは学校がいっしょだった。当時から、ベイトマンは眼鏡をかけていて、きまじめな性格だった。そして、〝ポンゴ〟すなわち〝オランウータン〟というあだながついていた。ちなみに、オランウータンには〝森の賢者〟という異名がある。

セシジャーはつくづく思う――ポンゴはあいかわらずだな、ロングフェローの『人生讃歌』の〝人生は真実《まこと》、人生は一路〟という一行は、ポンゴのために書かれたのかもしれない、と。

そんなことを考えながらセシジャーはあくびをすると、湖に向かってゆっくり歩きだした。思ったとおり、三人のおてんば娘たちは湖にいた。どこにでもいるような女の子たちで、ふたりは黒髪、ひとりは金髪だが、三人とも流行のシングル刈りという断髪にしている。いちばんよく笑うのがヘレン――確かそうだったとセシジャーは思う――で、もうひとりはナンシー。そして三人目はなぜか〝ソックス〟と呼ばれていた。彼女たちといっしょにいるふたりの若者は、セシジャーの友人のビル・エヴァーズレイとロニー・デヴュルーだ。両者とも外務省勤めだが、役所のお飾り的存在以外の何者でもない。

「こんにちは」ナンシー（セシジャーはそう思ったが、ヘレンかもしれない）がいった。「みんな、ジミーよ。ねえ、あのなんとかいうひとは？」

「おいおい」ビル・エヴァーズレイがいった。「ジェリーのやつ、まだ起きてこないのかい？ それなら、なんとかしなきゃな」

「あいつめ」ロニー・デヴュルーがいった。「ぼんやりしてると、朝食抜きってことになるぞ――のんびり起きてきたら、昼食かお茶の時間だったりして」

「みっともないったらないわ」ソックスがいった。「そのせいで、レディ・クートはずいぶん困ってるんだもの。あのかた、卵を産みたいのに産めない雌鶏みたいになってきてる。気の毒よね」

「ベッドから引きずりだすとするか」エヴァーズレイがいった。「行こう、ジミー」

「あら、もっと恰好よくやりましょうよ」ソックスがいった。〝恰好よく〟というのは、彼女のお気に入りのことばで、なにかというとそれを口にする。

「どうせわたしは恰好よくないさ」セシジャーはいった。「恰好よくなんて、どうすりゃいいのかわからない」

「明日の朝は、みんなでなんとかしてみようじゃないか」デヴュルーがおおざっぱな提案をした。「あいつを七時に起こすんだ。屋敷中のひとを驚かしてやろう。トレッドウェルの付け髭がはずれ、持っているお茶用の湯沸かしが落っこちるだろうな。レディ・クートはヒステリーを起こして気を失い、ビルの腕のなかに倒れこむだろう。ビルの腕はたくましいからね。サー・オズワルドは〝ハッ！〟と驚きの声をあげ、そのために鋼鉄の価格が一・五八ポイントは上がるだろうよ。ポンゴはびっくり仰天して、床に落ちた眼鏡を踏みつぶすんじゃないか」

「きみはジェリーのことを知らないな」セシジャーはデヴュルーにいった。「冷たい水をざっとあびせれば、あいつも目を覚ますかもしれない——うまくいけば、ね。だけど、あいつは寝返りを打って、また眠ってしまうだろうさ」

「あらあ、それじゃあ、冷たい水をかけるより、なにかもっと恰好いい方法を考えなくちゃね」ソックスがいった。

「たとえば、どんな？」デヴュルーがぶっきらぼうに訊く。

この問いに答えられる者はいなかった。

「なにか手を考えるしかないな」エヴァーズレイはいった。「誰か知恵のある者はいないか?」

「ポンゴ」セシジャーがいった。「ほら、ちょうど彼が来る。いつものようにせかせかと。ポンゴはいつだって、あふれんばかりの知恵をもってるよ。それがむかしっから、やつの不幸の種なんだ。さあ、彼に相談しよう」

ポンゴことルーパート・ベイトマンは、いまにも飛びたっていきそうな姿勢を崩さずに、みんなが口々にいいたてる、まとまりのない話に辛抱《しんぼう》づよく耳をかたむけた。そして、聞き終えると、間髪を容れずに解答を口にした。

「目覚まし時計がいい」てきぱきした口調だ。「寝過ごさないように、わたしも使っている。ごく静かに早朝のお茶を持ってこられたぐらいじゃ、目が覚めないときもあるからね」

そういうと、ポンゴは飛びたつように行ってしまった。

「目覚まし時計かあ」デヴュルーは頭を振った。「目覚まし時計一個じゃなあ。ジェリー・ウエイドを起こすには、一ダースは必要だよ」

「それでいいんじゃないか?」エヴァーズレイは顔を紅潮させ、熱意をこめていった。「こうしよう――みんなでマーケット・ベイジングに行って、各自が一個、目覚まし時計を買うんだ」

笑い声がはじけ、意見がとびかった。エヴァーズレイとデヴュルーは自動車を調達しようと車庫に向かった。セシジャーはようすをうかがおうと、朝食室に行った。かと思うと、早々にもどってきた。

「あいつ、いままさに朝食室にいるよ。マーマレードを塗ったトーストをがっついている。あいつをいっしょに来させないようにするには、どうすればいい？」

それなら、レディ・クートにたのんで、彼を引き止めておいてもらうのがいちばんいい。セシジャー、ヘレン、ナンシーの三人がこの役目を引き受けた。

レディ・クートは困惑し、心配そうな顔をした。「悪戯《いたずら》をなさるの？　家具を傷つけたりこわしたり、そこいらを水びたしにしてはいけませんよ。来週には、ごぞんじのとおり、このお屋敷をお返ししなければならないの。ケイタラム卿に悪く思われるのは――」

ちょうどそのとき、車庫からもどってきたエヴァーズレイが、レディ・クートの不安をなだめた。

「だいじょうぶですよ、レディ・クート。バンドル・ブレント、つまりケイタラム卿のお嬢さんとぼくは仲のいい友だちなんです。なにをしても、彼女なら気にしません。へっちゃらです！　ぼくが保証します。それに、どっちみち、器物が傷ついたりこわれたりするようなことは、まったくありません。じつにおとなしい作戦なんです」

「恰好いいんです」ソックスがつけくわえた。

レディ・クートがもの思わしげにテラスをそぞろ歩いていると、ウェイドが朝食室から出てきた。ジミー・セシジャーはきれいな、天使のような顔だちをしているが、ジェラルド・ウェイドはそれに輪をかけてきれいで、天使そのものという顔だちの若者だった。その無邪気な顔にくらべれば、セシジャーのほうがぐっと知的に見える。

「おはようございます、レディ・クート」ウェイドは朝のあいさつをした。「みんなはどこでしょう?」

「そろってマーケット・ベイジングにお出かけよ」レディ・クートは答えた。

「なんの用で?」

「なにか悪戯をなさるんですって」レディ・クートは憂鬱《ゆううつ》そうな声でいった。

「こんなに朝早くから悪戯ですか」

「もう朝早いとはいえませんけれどね」レディ・クートはちくりと指摘した。

「ぼく、起きるのがちょっと遅かったようですね」ウェイドはてらいもなく率直に認めた。

「じつにめずらしいことなんですが、どこかに泊まると、いちばん遅くまで寝てるのは、たいてい、ぼくなんです」

「それは、じつにめずらしいことですわね」

「なぜなのか、さっぱりわかりません」ウェイドは考えこんだ。「どうしてもわからないんです」

「ちゃんと起きればいいことでしょう?」

「あはあ!」レディ・クートが示したこれ以上はないほどシンプルな解決策に、ウェイドはめんくらった。

レディ・クートは熱心に先をつづけた。「なによりも、規則正しい習慣こそが若者を成功に導く。サー・オズワルドはいつもそういっておりますよ」

「ああ、はい、わかっています。ぼくだって、ロンドンにいるときは早起きしないわけにはいかないし。なにしろ、午前十一時までには、外務省に着いていなければなりませんから。レディ・クート、ぼくがいつものらくらしているとは思わないでいただきたいな。ああ、あのロー・ボーダーのところに咲いている花は、きれいですねえ。なんという花かは知らないんですが、ぼくのうちにもありますよ――ほら、あの紫色のあれです。妹が庭いじりに夢中でして」

レディ・クートはすぐさま話題をそらした。〝ロー・ボーダー〟の件では、先ほどのマクドナルドとの会話で恥をかいたことが、まだ苦々しく胸のなかで凝《しこ》っていたからだ。

「お宅でも庭師を雇っていらっしゃるの?」

「ええ、ひとりだけ。耄碌《もうろく》したじいさんですよ。もの知らずですが、いわれたことはきちんとやっています。でも、それがなによりもたいせつなんじゃないですかね?」

この意見に、レディ・クートは心から賛同の意を表した。その声には、演技派の女優さながらに、せつなる思いがこもっていた。そのあとの会話は、あつかいにくい庭師や園丁頭の話題で盛りあがった。

一方、買い物に出かけた一行は、着々と目的を達しようとしていた。マーケット・ベイジングの大きな店に押しかけて、複数の目覚まし時計を注文したのだ。これには店主も驚いた。

「バンドルがいればなあ」エヴァーズレイはつぶやいた。「ジミー、彼女のことは知ってるよね?　え、知らない?　会ったら、きっと好きになるよ。すばらしいひとなんだ。気のおけないひとでね。しかも、頭がいいんだ。ロニー、きみは彼女を知ってるだろ?」

ロニー・デヴュルーはくびを横に振った。

「えっ、バンドルを知らないのかい？　きみ、いままでどこで暮らしてたんだ？　そりゃもう、すてきなひとだぜ」

「ビル、もっと恰好よくなさいよ」ソックスが口をはさんだ。「女友だちのことをぺちゃくちゃしゃべってないで、お買い物に集中しましょ」

それを耳にしたマーガトロイド商店の店主は、ここぞとばかりに熱弁をふるいだした。「お嬢さま、ご忠告申し上げますが、七シリング十一ペンスの品はお薦めしかねます。ええ、それはそれでいい時計です。そりゃあ、まちがいなし。ですが、こちらの十シリング六ペンスのほうをお薦めしたいですね。お高いぶん、その価値があります。正確で安心。時計はそれにつきますからね。あとでお客さまに苦情をいわれるのは──」

店主の口に蓋をする必要があるのは、誰の目にも明らかだった。

「正確な時計は要らないの」ナンシーがいった。

「一日だけちゃんと動いてくれればいいのよ」とヘレン。

「恰好いい時計でなくていいの」ソックスがつけくわえる。「目覚ましのベルの音がすごく大きいのがほしいだけ」

「ぼくたちがほしいのは──」そういいかけたエヴァーズレイは先をつづけられなかった。というのも、機械好きのセシジャーが時計のメカニズム調べに熱中しはじめたからだ。その後の五分間、次々と目覚まし時計のベルがけたたましく鳴り響き、店内は騒然となった。

そしてようやく、最適の目覚まし時計が六個、選ばれた。

「どうだろうね」デヴュルーがおもむろにいった。「ポンゴにも一個、買っていこうと思うんだが。これは彼のアイディアだから、除け者にするのはどうかと思う。仲間に入れてやろうよ」

「きみのいうとおりだ」エヴァーズレイは同意した。「ぼくはレディ・クートの分を買っていこう。そのほうがもっと盛りあがるぞ。それに彼女はよけいな役目を引き受けてくれた。たぶん、いまごろはジェリーと世間話でもしてるんじゃないかな」

エヴァーズレイがそういった、まさにその瞬間、レディ・クートはウェイドを相手に、園丁頭のマクドナルドのことや入賞した桃のことを長々と話して、大いに楽しいひとときをすごしていた。

八個の目覚まし時計は包装され、支払いもすんだ。走り去っていく二台の車を、店主のマーガトロイドはあっけにとられた顔で見送った。いまどきの上流階級の若いかたがたはじつに元気がいい。だが、なにを考えているのか、さっぱりわからない。マーガトロイドはほっと吐息をつきながら、新しい客のほうを向いた。教区牧師のおくさんが、しずくの垂れない新型のティー・ポットを買いにきたのだ。

2　目覚まし時計の問題

夕食後、レディ・クートは本分を尽くすことになった。サー・オズワルドが思いがけず、ブリッジをやろうと誘いをかけたからだ。いや〝積極的に誘いをかけた〟わけではない。彼はなにげなくなにかしようかといっただけなのだが、なにせ〈産業界の大物〉――業界誌シリーズ第一部の七号に掲載されている――のひとりがそういったので、周囲の者たちは、この大物の意向に応えようと躍起《やっき》になったのだ。ベイトマンとサー・オズワルド、ウェイドとレディ・クートが組んだ。なかなかいい組み合わせだった。

サー・オズワルドは万事がそうだが、ブリッジの腕前もたいしたもので、パートナーには同程度の腕前の者を好んだ。ベイトマンは秘書として有能なように、ブリッジにも有能さを発揮した。このふたりの関心は手の内のカードにのみ向けられ、「ツー・ノー・トランプス」とか、「ダブル」とか、「スリー・スペード」とか、そういうことばを短くぶっきらぼうに発するだけで、むだ口はたたかなかった。

レディ・クートとウェイドのコンビは、和気藹々《わきあいあい》として、あまり熱くならなかった。勝負がつくごとに、ウェイドが「じつにうまくやりましたねえ」とパートナーを素直に褒《ほ》めたので、レディ・クートは心地よく、新鮮な気分をあじわった。それに、なぜかふたりにはいいカードがくるのだ。

ブリッジに加わっていない者たちは、広い舞踏室でダンスを楽しんでいた――と見せかけて、じつはウェイドの寝室のドアの前に集まっていた。耳につくのは、くすくす笑いと、時計の針が動く音だけだ。

「時計をどこに置こうか」

「ベッドの下に並べておこう」ジミー・セシジャーがエヴァーズレイの問いに答えた。

「で、セットは？　つまり、何時にセットするか、ってことだけど。全部が同時刻に鳴るようにするか、それとも、時間差にする？」

この問題では激しい議論が起こった。意見がまっぷたつに分かれたのだ。一方は、ウェイドのような寝坊の名人には、八個の目覚まし時計のベルがいっせいに鳴り響くようにするべきだと主張し、もう一方は、途切れなく執拗《しつよう》にベルが鳴るほうが効果的だと主張した。

激論のすえ、後者が勝った。八個の目覚まし時計は、六時半をスタートに、途切れることなく次々に鳴るようにセットされた。

「願わくは」エヴァーズレイがもったいぶった口調でいった。「あいつにとってよき教訓となりますように」

「謹聴《ヒヤ》、謹聴《ヒヤ》！」ソックスがはやす。

八個の目覚まし時計を隠す段になって、想定外の緊急事態が起こった。

「しーっ！」セシジャーがみんなを制した。「誰かが階段を昇ってくる！」

ちょっとしたパニックになった。

「いや、だいじょうぶだ」セシジャーがいった。「ポンゴだよ」

ブリッジゲームでダミーとなった時間を利用して、ベイトマンは自分の寝室にハンカチを取りにきたのだ。立ちどまったベイトマンは、ひと目で事態を把握した。そして、シンプル、かつ、実際的な意見を述べた。「ベッドに入るときに、時計の音に気づかれますよ」

若き陰謀者たちはたがいに顔を見合わせた。

「いっただろ?」セシジャーがしみじみといった。「いついかなるときも、ポンゴは知恵者だって!」

知恵者はみんなのそばを通りすぎて自室に向かった。

「いわれてみれば、そのとおりだな」デヴュルーはくびをかしげてそういった。「八個の時計全部がかちかちいってたら、いやでも耳につくさ。いくらトンマなジェリーだって、気がつかないわけがない。へんだと思うはずだ」

「どうかなあ」セシジャーがいった。

「どうかなあって、どういうことだい?」

「こっちが考えてるほど、あいつ、トンマかなってこと」

デヴュルーはセシジャーをみつめた。「ジェリーのことは、ぼくたちみんな、よく知ってるじゃないか」

「そういいきれるかい?」セシジャーはいった。「ときどき考えるんだけど――あのね、ジェリーはいかにもトンマに見えるけど、人間って、いつもそうだとはかぎらないだろ。そんなの、ありえない」

一同はセシジャーをみつめた。なかでもデヴュルーは真剣な面もちでこういった。「ジミー、きみって、知恵者だなあ」

「ふたりめのポンゴだ」エヴァーズレイが後押しする。

「いや、ふっとそう思っただけだよ」セシジャーは照れくさそうにいった。

「あらあ、恰好いい話はやめてよ」ソックスが口をはさんだ。「時計、どうするの？」

「ほら、ポンゴが来た。彼に訊いてみよう」セシジャーが提案した。

みんなに偉大な頭脳でこの問題を解決してほしいといわれ、ポンゴは解答を出した。

「彼が眠ってしまうまで待つ。それからそっと部屋に入って、床に時計を並べる」

「今度もポンゴが大正解」セシジャーはいった。「各自が一個ずつ時計を自室に保管し、そのあとただちに階下《した》に降りて、あやしまれないようにふるまうこと」

階下ではブリッジゲームがつづいていたが、プレイヤーの組み合わせが前とは変わっていた。サー・オズワルドはレディ・クートと組み、妻がカードを切るたびにミスを指摘して、ぶつぶつ文句をいった。だが、レディ・クートは機嫌をそこねたりはせずに、むしろ、まったく気にするようすもなく、夫の文句を聞き流した。そして、一度ならず何度も同じことをいった。

「ええ、わかりましたわ、あなた。教えてくださって、ありがとう」そういいつつ、彼女は同じミスをくりかえした。

ゲームの合間に、ウェイドはポンゴにいった。「うまいな、パートナー、うまい手だ」

陰謀者たちは暖炉の前にたむろしていた。エヴァーズレイは小声で、デヴュルーに今後の予定を相談した。

「あいつ、十二時ごろにはベッドに入るよな——そのあと、どれぐらい待つべきだろうか。一時間ぐらいかな。どう思う？」

デヴュルーはあくびをした。「妙だなあ。いつもなら、午前三時というのがぼくの就寝時間だけど、今夜はもうちょっと遅くなるまで起きてなきゃならないとわかっているせいか、早寝早起きのいい子ちゃんみたいに、いますぐにもベッドに入りたい気分だよ」

エヴァーズレイも同じ気分だった。

「おお、マリア」いくぶんかいらだたしげに、サー・オズワルドは声をあげた。「何度もいっただろう、フィネッスをするかしないか迷ってはいかんと。それでは手の内をさらけだすのと同じだ」

レディ・クートは内心で、まっとうな返答を用意していた——いま、サー・オズワルドはダミーなのだから、ゲームに口を出す権利はない、と。だが、そうはいわなかった。にっこり笑って豊かな胸をぐっと突きだし、右隣のジェラルド・ウェイドのカードをのぞきこんだのだ。彼の手の内にクイーンがあるのを見て安心したレディ・クートはジャックを切り、トリックと呼ばれる手を使った——一巡に切られたカード四枚を取ったのだ。そして、手持ちのカードをテーブルに置いた。

「フォア・トリックで三番勝ち《ラバー》」堂々たる勝利宣言だ。「フォア・トリックができたなんて、とても幸運だったわ」

「幸運ねぇ」ウェイドは口のなかでつぶやきながら、椅子をうしろに下げて立ちあがり、暖炉の前にいる友人たちの仲間入りをした。「幸運、と彼女はいう。油断できないひとだなあ」

レディ・クートは紙幣と硬貨をかき集めながらいった。「ええ、わたしはうまいプレイヤーではないわ」嘆いている口ぶりだが、その底に、うれしそうな響きがこもっている。「でも、ツキに恵まれているんですよ」

「おまえはブリッジゲームには向いてないよ、マリア」サー・オズワルドはいった。

「ええ、そうね。自分でもそう思います。あなたにもいつもそういわれてますし。だから、一所懸命にやってるんですよ」

「確かに」ウェイドは小声《ソットヴォーチエ》でいった。「それはまちがいない。あのひとは、どうしても隣の手の内を知りたいとなれば、相手の肩に頭をもたせかけてでものぞきこむだろうね」

「一所懸命やっているのはわかる」サー・オズワルドは認めた。「だが、おまえにはトランプゲームの才能がない」

「ええ、わかっていますとも。そのことも、あなたにいつもいわれてますしね。ところで、あなた、十シリング、わたしに借りがありますわよ」

「ん、そうか?」サー・オズワルドはけげんそうに訊きかえした。

「ええ、そうよ。千七百点ですから八ポンド十シリング。八ポンドしかいただいていませんわ」

「すまん。勘違いしていた」

レディ・クートは夫に悲しげな笑みを見せ、追加の十シリング札を受けとった。夫を心から愛していても、十シリングをごまかそうとするのを黙って許す気はない。

サー・オズワルドはサイドテーブルまで行き、ウィスキーソーダに慰めを見出した。

零時半。おやすみなさいとあいさつを交わして、みんなは自室にひきあげた。

デヴュルーの部屋はウェイドの隣室なので、ウェイドのようすを見張り、報告することを任された。午前一時四十五分、デヴュルーはみんなの部屋のドアをノックしてまわった。パジャマやガウン姿の面々があわてて、あるいはくすくす笑いながら、あるいは小声でしゃべりながら、ウェイドの部屋の前に集まった。

「二十分前に明かりが消えた」デヴュルーがかすれた声で報告する。「永遠に明かりを消さないんじゃないかと思ったよ。ついさっきドアを細く開けてのぞいてみたら、ぐっすり眠っているみたいだった。さて、どうする?」

八個の目覚まし時計が集められたが、またひとつ、問題が生じた。

「全員がなだれこむわけにはいかない。ひとりだけなかに入って、ほかの者はドア口に並んで、順番にそいつに時計を渡すんだ」

では誰がなかに入るかという問題で、熱い議論が戦わされた。

三人の女の子たちはくすくす笑いが止まらないために除外。エヴァーズレイは体格がよくて足音が響くうえに不器用なので、やはり除外。もっとも、不器用だという評価に対し、エヴァーズレイは猛烈に抗議したのだが、聞きいれてもらえなかった。セシジャーとデヴュルーのふたりはなんとか合格だとみなされたが、けっきょくは、圧倒的多数の賛成を得て、ポンゴことルーパート・ベイトマンが選ばれた。

「ポンゴならうってつけだ」セシジャーはいった。「なんといっても、あいつは猫みたいに歩けるからな――いつもそうなんだ。それに、もしジェリーが急に目を覚ましたとしても、ポンゴなら、なにかしらいいわけを思いつくだろう。つまりさ、もっともらしいことをいってジェリーをおちつかせ、いぶかしんだりさせないように対処できるだろうってことだ」

「なにか恰好いいことをいってくれるわよね」ソックスがさかしげにうなずいた。

「そのとおり」セシジャーもうなずいた。

招請《しょうせい》されたポンゴは、みんなの期待どおり、きっちりと効率よく任務をこなした。大きな目覚まし時計を二個抱えて、注意ぶかくウェイドの部屋のドアを開け、暗闇に入っていく。一分ほどするとドア口にもどってきたポンゴに二個の時計が渡され、またもどってくると、さらに二個の時計が渡された。そして四度目には最後の二個が渡された。

みんなは息をのんで耳をすました。はじめはジェラルド・ウェイドのリズミカルな寝息が聞こえていたが、やがてそれも、マーガトロイド商店の八個の目覚まし時計がチクタクと時を刻む音に呑まれていき、やがて、かき消されてしまった。

3　悪戯《いたずら》は失敗

「もう十二時よ」ソックスががっかりした口調でいった。

悪戯――あくまでも悪戯――は、不発に終わったのだ。もちろん、目覚まし時計はりっぱにその役目を果たした――早朝に、獰猛《どうもう》といっていいほどのベルの音が鳴り響き、ウェイドの隣室で眠っていたデヴュルーは、最後の審判のときがきたのかと肝をつぶしてベッドからとびだしたぐらいだ。隣室にいて、これだけすごい音が聞こえたのだ、すぐ間近にいれば、どうだっただろう？　デヴュルーは急いで廊下に出て、隣室のドアのすきまに耳を押しあてた。

冒瀆的な罵詈雑言《ばりぞうごん》が聞こえてくるのではないか――ぜったいにそうに決まっているという確信と理性的判断でもって、デヴュルーは期待に満ちて耳をすました。だが、なにも聞こえてこない。いや、期待した声は聞こえなかったという意味だ。八個の時計が規則正しく時を刻む音、それは聞こえるのだ。尊大に時を刻む耳ざわりな音は。そしてまもなく、次の時計の目覚まし音が鳴りだした。多少耳が遠くても、怒ってとび起きそうなほど容赦のない、猛々《たけだけ》しい音。

それぞれの時計が、それぞれの役割をきちんと果たしているのはまちがいない。マーガトロイド商店の店主が保証した以上に、目覚まし時計はその任を果たした。だが、どの時計も、ジェラルド・ウェイドにはかなわないようだ。

悪戯の共謀者たちは意気消沈した。

「あいつは人間じゃないね」セシジャーはぼやいた。

「たぶん、寝ぼけ頭で遠くで電話が鳴ってるんだと思い、ころりと寝返りを打って、また眠ってしまったのよ」ヘレン（ナンシーかもしれない）がいった。

「どうにも異常ですね」ポンゴが真剣な顔でいった。「医者に診てもらうべきだと思いますよ」

「鼓膜に欠陥があるんだ、きっと」

「ねえ」ソックスがいう。「わたしが思うに、彼、わたしたちをかつごうとしてるんじゃないかしら。もちろん、目覚ましの音で起きたのよ。でも、なにも聞こえなかったふりをして、わたしたちをぎゃふんといわせるつもりなのかも」

みんなは尊敬と称賛の目でソックスをみつめた。

「なるほどね」エヴァーズレイはうなずいた。

「恰好いいのよ、彼って」ソックスがいう。「きっと、今朝は朝食時間に、いつもよりずうっと遅れて降りてくるわよ。わたしたちに見せつけるために」

時計の長針が十二時を少しすぎたいま、ソックスの意見は正しいと、おおかたは同調した。だが、デヴュルーは異議を唱えた。

「みんな忘れてるな。ぼくは最初のベルの音が鳴っているのを、やつの部屋のドア越しに聞いていたんだ。たとえジェリーがあとでぼくたちの裏をかこうと決めたにしろ、最初のベルの音には仰天して起きたはずだ。だったら、ドア越しであっても、そんな気配がするもんだろ。ポンゴ、一番目に鳴りだす時計は、どこに置いたんだい？」

「彼の耳もとに近い、小さなベッドサイドテーブルの上に」ポンゴはそう答えた。

「やっぱり、考えが深いねえ、ポンゴは」デヴュルーは感心した。「いいかい、ちょっと訊くがね」デヴュルーはエヴァーズレイにいった。「朝の六時半に、耳から数インチしか離れていないところで、すさまじい音でベルが鳴ったら、きみならどうする？」

「そりゃあもう――」エヴァーズレイは冒瀆的なことばをわめきそうになったが、かろうじて思いとどまった。

「うん、そうだろうね。誰だってそうするだろう。ふつうの人間ならそうだよ。だが、それはなかった。だからして、ぼくはポンゴの意見が正しい――いつものように――と思う。ジェリーは鼓膜に異常があるんだよ」

「十二時二十分よ」女の子のひとりが悔しそうにいった。

「そうだな」セシジャーがのろのろと口を開いた。「これはあんまりじゃないか？　悪戯には冗談で返す。それはそれでいいとしても、これはちょっと度を越している。クート夫妻に申しわけないよ」

　エヴァーズレイはセシジャーをみつめた。「なにをいいたいんだい？」

「うん、とにかく、ジェリーらしくないと思うんだ」

　セシジャーはいいたいことをうまくことばにできなかった。いいすぎるのは避けたいが、とはいえ――。迷っているうちに、デヴュルーの制止するような視線に気づいた。デヴュルーは警戒の表情を浮かべている。朝食室のドアの向こうに誰かが近づいてきたのだ。

ドアを開けたのは執事のトレッドウェルだった。執事はためらうようにみんなを見まわした。

「こちらにミスター・ベイトマンがいらっしゃるかと思いまして」弁解口調でいう。

「たったいま、フレンチウィンドウから出ていったよ」デヴュルーがいう。「ぼくでは用が足りないかな?」

トレッドウェルの視線がデヴュルーからセシジャーへと移り、またデヴュルーにもどった。

自分たちが選ばれたような気がして、ふたりはトレッドウェルのあとから廊下に出ていった。

トレッドウェルはていねいに朝食室のドアを閉めた。

「どうしたんだい?」デヴュルーが訊く。

「ミスター・ウェイドがまだ降りていらっしゃいませんので、勝手ながら、ごようすを見ようと、お部屋にウィリアムを行かせました」

「それで?」

「ウィリアムはひどくあわてて降りてまいりまして」トレッドウェルはそこでちょっと間《ま》をおいた――気持の準備をするように。「まことにお気の毒なことに、あのお若い紳士は就寝中にお亡くなりになられたようでございます」

セシジャーとデヴュルーはトレッドウェルをみつめた。

「ばかな」ようやくデヴュルーが口を開いた。「そんな、そんなことはありえない。ジェリーは――」顔がゆがむ。「よ、よし、ぼくが見てくる。マヌケなウィリアムが勘違いしたのかもしれないだろ」

トレッドウェルは片手をのばして制した。

セシジャーは名状しがたい、超自然的な直感にうながされ、執事はすべてを掌握《しょうあく》しているのだと悟った。

「いえ、ウィリアムの勘違いではございません。すでにドクター・カートライトをお呼びするよう手配いたしました。この件をサー・オズワルドにご報告する必要がありますので、これまた勝手ながら、あのかたのお部屋のドアには鍵をかけておきました。ですから、早急にミスター・ベイトマンにお会いしなければなりません」

トレッドウェルは急ぎ足で去っていった。

デヴュルーは茫然自失の体《てい》で立ちすくんでいる。「ジェリーが……」自分にいいきかせるようにつぶやく。

セシジャーはデヴュルーの腕をつかんで体の向きを変えさせ、サイドドアからテラスに連れだして、人目に触れないところに行った。そして、押すようにしてデヴュルーをベンチにすわらせた。「おちつけよ、きみ」やさしくなだめる。「しっかりするんだ」

そういいながらもセシジャーは、少し驚いていた。こんなに衝撃を受けるほど、デヴュルーとウェイドが親しい間柄だったとは思ってもいなかったからだ。

「ジェリーも気の毒に」セシジャーは思いやりぶかくいった。「健康そのものという感じだったのに」

デヴュルーはこくりとうなずいた。

「目覚まし時計の悪戯も、いまとなってはばかげたことに思えるな」セシジャーは話をつづけた。「奇妙なものだね、笑劇がしばしば悲劇につながってしまうのは、なぜなんだろうね」

デヴュルーに気をとりなおす時間を与えようと、セシジャーはとりとめもなく話をつづけた。

デヴュルーは身じろぎもせずにいった。「早く医者が来るといい。知りたいんだよ、ぼくは──」

「知りたいって、なにを?」

「その、あいつがどうして──亡くなったのか」

セシジャーはくちびるをすぼめた。「心臓発作かな?」とりあえず、そういってみる。

デヴュルーは短くハハッと皮肉な笑い声をあげた。

「おいおい、ロニー」

「ん?」

これ以上、話をつづけるのは無理だと、セシジャーは思ったが、あえていってみる。「あのな、まさかきみは──そのう、まさかと思うけど、彼が頭を殴られたなんて考えているんじゃないだろうね? だからトレッドウェルはドアに鍵をかけたとでも?」

セシジャーはデヴュルーの返事があって然るべきだと思ったが、デヴュルーはまっすぐに前をみつめているだけだった。

セシジャーは頭を振り、自分も沈黙した。いまは待つしかない。

重い沈黙を破ってくれたのは、執事のトレッドウェルだった。

「もしよろしければおふたりにお会いしたいと、お医者さまが図書室でお待ちです」

デヴュルーははじかれたように立ちあがって歩きだした。セシジャーもつづく。

ドクター・カートライトはやせぎすの、活気あふれる若い医師で、知的風貌の持ち主だった。図書室に入ってきたふたりを、軽く会釈して迎えた。

医師のほかに、ポンゴもいた。眼鏡をかけた顔に、いつもよりさらに深刻な表情を浮かべ、医師と友人ふたりに紹介の労をとった。

「あなたがたおふたりは、ミスター・ウェイドと特にご懇意だと聞いています」ドクターはデヴュルーとセシジャーにいった。

「ええ」

「ふむ。今回の件はじつに明白です。まことに残念ながら。ところで、彼は健康そのものの若者だったようですね。睡眠薬を常用していたかどうか、ごぞんじですか?」

「睡眠薬?」デヴュルーは驚きの口調で訊きかえした。「あいつはいつだって、ぐうぐう寝てましたよ」

「不眠を訴えたことはない?」

「一度も」

「それなら、事情は明白ですね。とはいえ、あいにくながら、検死審問は開かれますが」

「どうして死んだんですか?」

「疑問の余地はほとんどありません。クロラールの過剰摂取です。薬の瓶とグラスがベッドのわきにありました。まことに残念です」

デヴュルーのくちびるが震えているのを見て、彼のかわりにセシジャーが質問した――デヴュルーが口にしたかった質問、あるいは、口にできなかった質問を。

「そういうふうに仕掛けられた、という疑いはありませんか？」

「なぜそんなことを？　なにか根拠があってそうおっしゃるんですか？」

セシジャーはデヴュルーに目をやった。デヴュルーがなにか知っているのなら、いま、それをいうべきだ。だが、デヴュルーがくびを横に振ったのを見て、セシジャーは驚いた。

「根拠はありません」デヴュルーはきっぱりといった。

「では、自殺、だと？」

「ぜったいにちがいます」

デヴュルーは語気を強めて否定したが、ドクター・カートライトは納得しなかったようだ。

「なにか厄介事をかかえていた？　金の問題とか、女性問題とか」

この質問にも、デヴュルーはくびを横に振った。

「では、あのかたのご家族のことをお訊きします。お知らせしなければなりませんので」

「妹さんがひとりいます――腹ちがいの妹さんだと聞いていますが。住まいはディーン・プライオリー。ここから二十マイルほど離れたところです。ジェリーはロンドンにいないときは、妹さんの家ですごしていました」

「そうですか」ドクターはうなずいた。「では、そのかたにお知らせしなければなりませんね」

「ぼくが知らせます」デヴュルーが申し出た。「つらい役目だけど、誰かがやらなくてはならない」そういって、セシジャーに目を向けた。「きみ、妹さんを知っているんだよね？」

「知っているというほどじゃない。一度か二度、ダンスをしたことがあるだけだ」

「なら、きみの車で行こう。かまわないだろう？　ぼくひとりじゃ、心もとないから」

「いいとも」セシジャーは元気づけるようにいった。「いっしょに行くと、こっちからいおうと思っていたんだよ。それじゃあ、失礼して、あのおんぼろバスに活を入れておくよ」

セシジャーとしては、なにかすることができたのはうれしかったが、デヴュルーの態度が腑に落ちなかった。彼はなにかを知っていて、疑問をもっているのだろうか？　もしそうなら、なぜ、それを医師にいわなかったのだろう？

ふたりを乗せたセシジャーの車は、速度制限などかまうものかとばかりに、勢いよく疾走していた。

「ジミー」黙りこくっていたデヴュルーが、ようやく口を開いた。「きみはぼくのいちばんの親友だと思う――いまは」

「そうか。で、なにをいいたいんだい？」ぶっきらぼうに訊く。

「きみに話したいことがあるんだ。きみに知っておいてほしいことが」

「ジェリー・ウェイドのことかい？」

「うん、ジェリー・ウェイドのことだ」

セシジャーはデヴュルーの次のことばを待った。だが、待ちきれなくなって、うながした。

「で？」

「いうべきかどうか、わからないんだ」デヴュルーはいった。

「なぜ？」

「誓いのようなものに縛られているから」

「ははあ。だったら、いわないほうがいいよ」

沈黙。

「だけどね、それでも……。ジミー、きみはぼくより頭がいいからな」

「だからどうだというほどじゃないさ」セシジャーはひややかにいった。

「いや、やっぱりいえない」デヴュルーはきっぱりいった。

「いいとも。好きにしたまえ」

それからまたしばらく沈黙をつづけたあと、デヴュルーが口を開いた。「どんなひと？」

「誰のこと？」

「ジェリーの妹さん」

セシジャーはちょっと黙りこんでいたが、やがて、それまでとはちがう声で答えた。「うん、彼女ならだいじょうぶだよ。すてきなひとだ」

「ジェリーは妹さんをだいじにしていた。よく彼女のことを話していたよ」

「彼女のほうもジェリーをだいじにしていた。きっと、ひどいショックを受けるだろうなあ」

「うん。つらい役目だな」

そのあと、ディーン・プライオリーに到着するまで、ふたりは黙りこんでいた。

応対したメイドがいった——ミス・ロレインはお庭にいらっしゃいます、ミセス・コーカーにお会いになりたいのなら……。

セシジャーはことば巧みに、ミセス・コーカーには会いたくないことを伝えた。

「ミセス・コーカーって、誰だい？」あまり手入れのいきとどいていない庭に向かいながら、デヴュルーが訊いた。

「ロレインといっしょに暮らしている年寄りだ」

庭には砂利を敷きつめた小道があった。その端に若い女と、二匹の黒いスパニエル犬がいた。古ぼけたツイードの服を着た、とても美しい、小柄な女だ。デヴュルーの予想とはまったくちがった。それをいうなら、ジミー・セシジャーの好みのタイプともちがった。

一匹のスパニエルの首輪をつかんで、ロレインはふたりのほうに歩いてきた。

「ごきげんよう。エリザベスのことはお気になさらないでくださいね。仔犬を産んだばかりなので、警戒心が強くって」

気どったところのない自然な態度でにっこり笑うと、野薔薇《のばら》の淡いピンクの頰が赤みを帯びた。目は濃い青。矢車草の色だ。

その目がふいに大きくみひらかれた——なにか感じたのだろうか。まるで凶事を読みとったかのようだ。

セシジャーは急いで口を開いた。「ミス・ロレイン、こちらはロニー・デヴュルー。ジェリーはよくこいつの噂をしていたんじゃないかな」

「ええ、そうです」ロレインはデヴュルーに、愛らしく、あたたかい歓迎の笑顔を向けた。「あなたがたもチムニーズ館に滞在なさっているんでしょ？　どうしてジェリーはいっしょに来なかったんです？」

「そのう、ええ、そのう、それは無理で——」デヴュルーは最後までいえなかった。

ふたたび彼女の青い目が不安そうに曇るのを、セシジャーは見てとった。「ミス・ウェイド、じつは、そのう、ぼくたち、悪い知らせを伝えにきたんです」

ロレインの笑みが引っこみ、警戒の表情が浮かんだ。「ジェリーのこと？」

「ええ、ジェリーのことです。彼は——」

急に感情が激したように、ロレインは足を踏み鳴らした。「話して——早くいって——」さっとデヴュルーのほうを向く。「あなたなら教えてくださるわね」

セシジャーは嫉妬に胸を嚙まれた。そしてその瞬間、いままで認めようとしなかった感情がなんだったのか、ようやく自覚した。ヘレンもナンシーもソックスも、自分にとっては〝ただの女の子〟でしかなく、その域を出なかった理由をいま悟ったのだ。

デヴュルーが重々しい口調で話している声を、セシジャーはなかばぼんやりと聞いていた。

「ええ、ミス・ウェイド。お話しします。ジェリーは死にました」

ロレインは気丈だった。はっと息をのんであとずさったが、すぐに気をとりなおして、デヴュルーにやつぎばやに質問をあびせた——どうして？　いつ？

デヴュルーはできるだけおだやかに質問に答えた。

「睡眠薬ですって？　ジェリーが？」

彼女の声には、信じられないという思いがはっきりとこもっていた。セシジャーはロレインに目を向けた。警戒心のこもった一瞥《いちべつ》だった。彼女がよけいなことを口走るのではないかと、急に不安になったからだ。

デヴュルーのあとを引き取って、セシジャーはできるだけおだやかに、検死審問が開かれると説明した。

ロレインは震えた。そして、いまからいっしょにチムニーズ館に行こうというふたりの誘いを断り、あとで行くとつけくわえた。ツーシーターの車を持っているから、と。

「ちょっとひとりに——ひとりになりたいんです」ロレインは悲しげにいった。

「わかります」デヴュルーはうなずいた。

「いいですとも」セシジャーはいった。

ふたりはどうすればいいかわからず、気づまりな思いで彼女をみつめるばかりだった。

「わざわざ来てくださって、ありがとうございました」

ロレインと別れ、ふたりの青年は黙って引き返した。気まずい沈黙だった。

「参ったな！　けど、気丈なひとだ」デヴュルーが沈黙を破った。

セシジャーはうなずいた。

「ジェリーはぼくの友人だった」デヴュルーがいう。「あのひとに気を配るのは、ぼくの責任だ」

「ああ、そうだな。もちろん、そうだ」

チムニーズ館にもどると、セシジャーは涙ぐんだレディ・クートにつかまった。

「お気の毒に」レディ・クートはくりかえし、そういった。「お気の毒に」

そのたびにセシジャーは、思いつくかぎりの適切なことばで、あいづちを打った。

レディ・クートはさまざまな知人の死について、さまざまな話をえんえんとつづけた。セシジャーは同情の面もちをとりつくろい、いちいちうなずいて聞いていたが、失礼だと思われない時機を見きわめてから、ようやくその場を辞去した。

セシジャーが軽やかに階段を駆け昇って二階に行くと、デヴュルーがウェイドの部屋から出てきた。セシジャーに気づくと、デヴュルーははっとたじろいだ。

「彼の顔を見たくてね」デヴュルーはいった。「きみも見るかい?」

「いや、やめておく」健康な若者にありがちな、死とまともに向きあうことを敬遠したい気持から、セシジャーは死者との対面を避けた。

「友人ならお別れをすべきだと思うけどな」デヴュルーはいった。

「え、そうかな?」セシジャーは内心で思った——この件に関して、ロニーの態度はどうもおかしい、と。

「そうだよ。敬意を表するために」

セシジャーはため息をついた。「ああ、そうだな」軽く歯をくいしばって部屋に入る。

遺体をおおっているシーツの上には、たくさんの白い花がのせられ、部屋のなかはきちんと片づけられていた。

遺体の、静謐《せいひつ》で白い顔に、セシジャーはびくびくと、すばやい一瞥を向けた。これがあの、ピンクの頰の、天使のようだったジェラルド・ウェイドだろうか？　いまは、静かに、おだやかに眠っている。セシジャーはぶるっと身震いした。

ドアに向かおうと体の向きを変えたとき、暖炉の炉棚《マントルピース》が目に入った。セシジャーは驚いて立ちすくんだ。マントルピースの上に、目覚まし時計がきちんと一列に並んでいるのだ。

セシジャーは足早に部屋を出た。デヴュルーが待っていた。

「とてもおだやかな顔だった。運が悪かったんだなあ」セシジャーはもごもごといった。そして口調をあらためた。「ロニー、目覚まし時計をあんなふうに一列に並べたのは誰だ？」

「ぼくが知ってるわけがないだろ。召使いじゃないかな」

「おかしいんだ、七個しかない。八個じゃなくて。一個足りない。気づかなかったのかい？」

ロニー・デヴュルーはごく低く唸《うな》っただけだ。

「八個じゃなくて七個」セシジャーは眉根を寄せた。「なぜだろう」

4　手　紙

「思慮がない。そういわざるをえん」ケイタラム卿はいった。

おだやかで悲しげな口ぶりだったが、気持に沿うことばを使えてご満悦のようすだ。

「そう、思慮がない。自己本位の人間に思慮がないのは、前々から気づいていた。もっとも、だからこそ、そういう人間は莫大な財を成すことができるんだろうな」

ケイタラム卿は、今日ふたたび自分の手にもどった先祖伝来の館《やかた》を、哀しげな目で眺めた。

卿の長女、レディ・アイリーンは、友人たちのあいだや社交界では〝バンドル〟と呼ばれている。バンドルは父親の嘆きを笑いとばした。

「おとうさまは莫大な財を成すことはないでしょうね」バンドルはあっさりとそういった。

「でも、クートご夫妻にここをお貸しして、損はなさらなかったんじゃない？　サー・オズワルド・クートって、どんなかた？　風采のいいかた？」

「そりゃあもう大きな男でね」ケイタラム卿はいくぶんか震える声でいった。「角ばった赤ら顔で髪は鉄灰色。じつにパワフル。世間では、精力があると称される人物だ。蒸気ローラーが人間になったような男だよ」

「どっちかといえば、退屈なひと？」バンドルは父親に同情するような口ぶりで訊いた。

「退屈きわまりない。節制とか、規則正しくとか、そういう憂鬱《ゆううつ》な美徳でできているような男でね。パワフルな実業家と熱意あふれる政治家、どっちが悪いか、わたしにはわからん。わたしは陽気で無能な人間が好きだな」

「陽気で無能な人間なら、この古ぼけた霊廟《れいびょう》みたいな屋敷に、おとうさまがふっかけた、とんでもない額のお家賃は払えないわよ」バンドルは指摘した。

ケイタラム卿の顔がひきつった。「そんなことばは使わんでほしいよ、バンドル。ようやく、あの件を忘れかけているんだから」

「おとうさまがどうしてそれほど気になさっているのか、わたしにはわからないわ。だってね、人間って、必ずどこかで亡くなるものでしょ」

「だからといって、なにもここで死ななくてもいいじゃないか」

「どうしていけないのかわからない。この館では、大勢のひとが亡くなってるわ。いやというほど大勢のご先祖さまたちがね」

「それとこれとは話が別だ」ケイタラム卿は断固としていった。「ブレント家の者がここで死ぬのは当然だ——当然すぎるぐらいに。だが、ブレント家と血縁関係のない者の死亡は、ごめんこうむりたい。特に検死審問つきというやつは、いかん。そういうことは癖になりかねない。これで二度目だぞ。四年前の大騒動を憶えているだろう？　ちなみに、あれはすべて、ジョージ・ロマックスのせいだがね」

「で、今度は、人間蒸気ローラーのサー・オズワルドのせいだと思っているのね。でも、ほかならぬクートご夫妻も迷惑なさっているのは確かよ」

「思慮がないせいだ」ケイタラム卿は頑固にいいはった。「ああいうことをしでかしそうな人間を招待しなければいいんだ。バンドル、おまえがなんといおうと、わたしは検死審問は嫌いだ。いままでも嫌いだったし、これからも好きになるわけがない」

「でも、前のとはちがうわよ」バンドルはなだめるようにいった。「だって、ほら、今度は殺人ではないんですもの」

「いや、そうだったのかもしれないぞ——今回の件を担当している、とうてい切れ者とはいえないラグラン警部の騒ぎかたからいって。あの警部、四年前の件をよく知っていてな。この館で誰かが死ぬと、裏に重大な政治的問題がからむ陰謀じみた犯罪だと決めつけているんだ。おまえはあの警部の大仰な捜査を知らないんだろう。わたしはトレッドウェルから聞いた。あの部屋で、指紋がみつかる可能性がありそうな、すべての物や場所を躍起《やっき》になって調べた。もちろん、死んだ男の指紋しかみつからなかった。それだけでも明白じゃないか。自殺か事故かは、また別の問題だがね」

「ジェリー・ウェイドには一度会ったことがあるの。ビル・エヴァーズレイの友人なのよ。おとうさまもきっと、彼のことは気に入ったと思うわ。あんなに陽気で無能なひとって、ほかにいないと思ったぐらいだったもの」

「どんな人間であろうと、わたしを困らせるために、わざわざこの館に来て死ぬようなやつなんか、好きになれんよ」ケイタラム卿は執拗《しつよう》にいいはった。

「でも、彼が誰かに殺されたなんて、とっても想像できない」バンドルは平然として話をつづけた。「ありえない気がするわ」

「そうだとも。ラグラン警部のようなマヌケを別にすれば、誰だってそう思うはずだ」

「その警部さんは、指紋を調べるのがいちばん重要だと思ったのよ」バンドルは辛抱《しんぼう》づよく父親をなだめた。「どっちにしても、過失による〝偶発事故〟だと決まったんでしょ?」

ケイタラム卿は渋い顔でうなずいた。「当局も、彼の妹さんの気持を慮って、多少、情のあるところを見せなきゃならなかったんだろう」

「妹さんがいるの? 知らなかった」

「ずいぶん歳の離れた若い娘さんだよ。先代ウェイドはある女性と駆け落ちしたんだよ——彼はしょっちゅう、そういうことをしでかしていたやつでね。他人の妻でないと、気持が動かないんだ」

「たとえひとつだけでも、おとうさまにそんな悪い癖がないとわかってうれしいわ」

「わたしはいつだって神を畏れ、まっとうな暮らしをしているよ。考えてみると、他人にはほとんど迷惑をかけていないのに、他人からは迷惑ばかり被《こうむ》るとは、じつに妙だ。わたしはただ——」

ケイタラム卿がそこで口をつぐんだのは、急にバンドルがフレンチウィンドウからテラスにとびだしていったためだ。

「マクドナルド!」バンドルは声高に、威厳のこもった口調で園丁頭に呼びかけた。

庭園の独裁者が近づいてきた。その顔に歓迎の微笑《びしょう》らしきものが浮かびかけたようだが、庭師としての人生にしみついている渋い表情のほうが勝った。

「ご用でございますか、お嬢さま」

「どんなあんばい？」

「上々とは申せませんな」

「ボウリング場の芝生のことで話があるの。あきれるほど伸びてしまってるわ。誰かに刈らせてちょうだい。いいわね？」

マクドナルドはあいまいに頭を振った。「それだと、ウィリアムがロー・ボーダーの手入れができなくなりやす」

「ロー・ボーダーなんかどうでもいいわ。すぐに芝生を刈るようにいって。それからね、マクドナルド――」

「へえ？」

「奥の温室のブドウを摘んでちょうだい。摘む時期ではないのはわかっています。いつだってそうなんだもの。でも、わたしはブドウがほしいの。いいわね？」

バンドルは図書室にもどった。「ごめんなさい、おとうさま。マクドナルドと話がしたかったのよ。ええと、お話の途中でしたよね？」

「じっさいのところ、そのとおりだ。だが、それはどうでもいい。マクドナルドにどんな話があったんだね？」

「自分は全知全能の神だと思いこんでいるのを矯《た》めてやろうとしたのよ。でもそんなの、とうてい無理。クートご夫妻がいっそう増長させたんじゃないかしら。最大級の人間蒸気ローラーが一度や二度シュウシュウ蒸気を噴きあげてみせても、マクドナルドはへっちゃらでしょうよ。ねえ、おとうさま、レディ・クートはどんなかた？」

ケイタラム卿は少し考えこんでからいった。「ミセス・シドンズによく似てるな。ほら、あの悲劇女優の。レディ・クートも素人芝居に出演していたんじゃないかと思えるぐらいだ。それにしても、今度の時計事件には、すっかり動転したようだ」

「時計事件って？」

「トレッドウェルがすっかり話してくれたんだがね。ハウスパーティに招待されていた若い客たちが、ちょっとした悪戯《いたずら》を仕掛けたそうだ。目覚まし時計を何個も買いこんで、あのウェイドという若者の部屋に置いたんだと。ところが、気の毒なことに、彼は死んでしまった。それで、事態がややこしいことになったというわけだ」

バンドルはうなずいた。

「トレッドウェルがいうには、時計の件では、ほかにもおかしなことがあったとか」ケイタラム卿もすっかり興に乗ったようすだ。「気の毒な若者が亡くなったあとで、誰かが時計を集めてマントルピースの上にずらりと並べたんだと」

「あら、それがいけないの？」

「わたしにもわからない。だが、それでまたひと騒ぎあったんだよ。誰ひとりとして、自分がやったと名のりでた者がいなかったせいでね。召使いたちも訊かれたが、全員が、誓ってそんなものには手を触れなかったと否定したそうだ。じつに謎めいた話だな。検死審問では、検死官も召使いたちに尋問したんだよ。おまえにもわかるだろうが、あの階級の者たちに事情を説明して理解させるのは、かなりむずかしい」

「とってもむずかしいわね」バンドルはうなずいた。

「あとになって事情を把握するのは、これまたむずかしい。トレッドウェルに聞いた話のうちで、わたしが理解できたのは半分ぐらいだ。じつはね、バンドル、あの若者が死んだのはおまえの部屋だったんだよ」

バンドルは顔をしかめた。「どうしてわざわざ、わたしの部屋で死ぬ必要があるのかしら」いささか腹だたしげな口ぶりだ。

「そこだよ、わたしがいわんとしていたのは」ケイタラム卿は勝ち誇った口調でいった。「思慮がない。こんにちでは、誰もかれも、まったく思慮が欠けている」

「わたしは気にしないけど」バンドルは毅然《きぜん》としていった。

「わたしは気にする。非常に気にする。夢を見そうだ——向こうが透けて見える手とか、がちゃがちゃ鳴る鎖とかが出てくる夢を」

「そういえば、大叔母さまのルイーザは、おとうさまのベッドで亡くなったのよね。寝ているときに、大叔母さまの幽霊が頭の上をふわふわと動いているのが見えたりしない?」

「ときどき、見える」ケイタラム卿はぶるっと身震いした。「特に、夕食にロブスターを食べた夜は」

「ありがたいことに、わたしは迷信家ではありません」バンドルはこれまた毅然としていった。

とはいえ、その夜、ほっそりした体をパジャマにつつみ、自室の暖炉の前にすわっていたバンドルの思考は、ともすれば、あの頭の軽い陽気な若者のことに向かった。ジェリー・ウェイド。あれほど生きる喜びにあふれていた彼が、みずから死を選ぶとは、とうてい信じられない。そう、もうひとつの解釈のほうが正しいに決まっている。彼はうっかり睡眠薬を過剰に服《の》んでしまった——過失による事故。そう、それならありうる。ジェリー・ウェイドが彼の知的能力では処理しきれない問題を抱えこんでいたとは、バンドルには想像すらできなかった。

バンドルはマントルピースに目を向けて、時計のことを考えた。その件に関して、バンドル付きの小間使いがハウスメイドのひとりから一部始終を聞いていたので、それをくわしく教えてくれた。トレッドウェルがケイタラム卿に語るまでもないと判断して省略した話すらも、こまごまと追加して教えてくれたのだ。それはバンドルの興味をそそった。

いわく、マントルピースの上に七個の時計が一列に並べてあった。八個目の時計は窓から投げ捨てられ、庭の芝生の上にころがっていた。

バンドルはそのことが気になった。だが、なにか意味があるとは思えない。メイドの誰かが時計をマントルピースの上に並べたのだが、それが問題になったため、怖くなって黙っているのかもしれない。充分に考えられることだ。だが、時計を窓から投げ捨てたりはしないだろう。それも、一個だけを。

最初の目覚ましのベルの音で、むりやりに起こされたジェリー・ウェイドが、うるさく鳴りつづける時計をひっつかんで窓から放り投げた？　いや、それは不可能だ。ウェイドは早朝に死亡したと聞いている。死亡する前の数時間は昏睡《こんすい》状態だったはずだ。

バンドルは眉根を寄せた。この八個の時計の問題には、特に興味をそそられる。ビル・エヴァーズレイに聞いてみなくては。彼はその場にいあわせたのだから。

考えることは、すなわち行動すること――それがバンドルだ。暖炉の前を離れ、書きもの机の前に移動する。蓋が上にあがって、うしろに巻きこまれるタイプの机だ。机の前にすわり、便箋を引き寄せて手紙を書きはじめた。

〝親愛なるビル――〟と書きはじめたが、すぐに机の下から足を引き出した。下の引き出しがつっかえて、きちんと閉まっていない。よくあることだ。バンドルは引き出しを引っぱりだそうとしたが、がんとして動かない。以前にも、封筒が引き出しの縁にくっついたまま奥に押しこまれてくしゃくしゃになり、引き出しがつっかえてしまったことがあった。それを思い出したバンドルは、刃の薄いペーパーナイフを狭いすきまにすべりこませた。ペーパーナイフを軽く押さえて手前に引く。白い紙の角が見えた。その角をつまんで、手前に引き出す。しわくちゃになっている紙は、便箋だった。手紙の一枚目のようだ。

まず目についたのは日付だった。便箋から躍りでてくるように大きく派手に書かれた日付は、九月二十一日と記されている。

「九月二十一日」バンドルは声に出してゆっくりといった。「確かこの日は――」

はっとする。そう、まちがいない。ジェリー・ウェイドが死んでいるとわかったのは、二十二日だった。すると、これは、彼が悲劇に見舞われる前に書かれたものにちがいない。

バンドルはしわくちゃの便箋をなでつけて伸ばし、文面を読みはじめた。書きかけの手紙を。

愛しいロレインへ

水曜日にはそっちに行くよ。ぼくは元気で、まあまあ愉快にやっている。きみに会うのが楽しみだ。ところで、前に話したセヴン・ダイアルズのことは、どうか忘れてくれ。冗談事だと思っていたんだがね――そうではなかった。冗談事どころではないんだ。きみに話してしまったことを悔いている――きみのような子どもが巻きこまれてはいけないことなんだ。だから、きれいに忘れてくれ。いいね?

ほかにもいいたいことがあるんだが――なんだか眠くて、目を開けていられない。

ああ、そうだ、ルーチャーのことだけど――

そこで文章が切れていた。

バンドルの眉根が寄った。セヴン・ダイアルズ。なんのことだろう? かつてロンドンにそう呼ばれていた貧民街があったような気がする。ほかに、セヴン・ダイアルズという語に関連する、なにかがありそうだと思ったが、それがなんなのか、いまは頭に浮かばない。それはそれとして、バンドルはふたつの文章に注意を惹きつけられた。〝ぼくは元気で、まあまあ愉快にやっている〟という箇所と、〝なんだか眠くて、目を開けていられない〟という箇所だ。

納得がいかない。どうにもしっくりこない。ジェリー・ウェイドが二度と目覚めないほど多量のクロラールを摂取したのは、この手紙を書いた、まさにその夜なのだ。この手紙に書かれていることが真実なら、なぜ睡眠薬を服む必要があったのだろう?

理解できずに、バンドルは頭を振った。部屋のなかを見まわし、かすかに身震いする。ジェリー・ウェイドに見られている気がしたのだ。彼はこの部屋で死んだのだ……。

バンドルは静かにすわっていた。静寂を破るのは、彼女の金の小型腕時計が時を刻む音だけ。その音が不自然なほど大きく、重々しく聞こえる。

バンドルはマントルピースに目をやった。心の目に、くっきりとした光景が映る。ベッドに死体が横たわり、マントルピースの上では七個の時計が音高く時を刻んでいる。

チクタク——チクタク——。

5　道路にいた男

「おとうさま」バンドルはケイタラム卿の聖域である部屋のドアを開け、顔をのぞかせた。

「ヒスパノでロンドンに行ってくるわ。ここの単調な暮らしにはもううんざり」

「ここには昨日帰ってきたばかりじゃないか」ケイタラム卿は嘆くようにいった。

「そうなんだけど、もう百年もいるような気がして。田舎がこんなに退屈だってこと、すっかり忘れていたのよ」

「わたしにはそうは思えん。じつにおだやかだ――そう、まさにおだやかで静かだ。それに居心地がいい。トレッドウェルがいるところにもどってこられたのは、ことばにできないほどうれしい。わたしがくつろげるように、ことこまかに気遣ってくれるからね。今朝も誰かが来て、わたしにガールガイドの割り符《タリー》がどうとかといっていたそうだが――」

「大会《ラリー》でしょ」バンドルが訂正する。

「割り符でも大会でも、どっちでも同じだ。意味のない、ばかげた用語だ。だが、断ると、ちょっとぐあいの悪いことになりそうな話ではある。うん、断るべきではないかもしれんとも思ったよ。だが、トレッドウェルのおかげで助かった。あいつがなんといったのか、正確には憶えていないがね――相手の気持を傷つけず、しかも、そんな思いつきを相手の頭から追い払ってしまうような、巧みな断りかただった」

「わたしは居心地がいいだけじゃ満足できないの」バンドルはいった。「刺激がほしいのよ」

ケイタラム卿はぶるっと身震いした。「四年前は、刺激たっぷりだったじゃないか」哀しそうな口ぶりだ。

「そろそろ次の刺激がほしいのよ。ロンドンに行ったからといって、そこいらに、興奮するような出来事がころがっているとは思えないけど。でも、あくびの連発で、顎《あご》がはずれてしまうのはいやなのよ」

「わたしの経験からいうと、みずから面倒事を求める者は、たいてい、面倒事に巻きこまれるものだ」そういったケイタラム卿はあくびをして、つけくわえていった。「とはいえ、ロンドンまで車をとばすのもいいな」

「なら、行きましょうよ。でも早くしたくなさってね。わたし、急いでいるんですもの」

椅子から立ちあがろうとしていたケイタラム卿は、娘のこのことばを聞くと、腰を浮かせたまま固まった。

「おまえ、急いでいるといったかい?」探るような訊きかただ。

「ものすごく急いでるわ」

「それで決まった。おまえといっしょには行かん。急いでいるおまえがヒスパノをとばすとなると——いやはや、わたしのような年寄り向きじゃない。うちにいることにするよ」

「お好きなように」バンドルは顔を引っこめてドアを閉めた。

バンドルといれちがいに、トレッドウェルが現われた。「だんなさま、教区牧師がぜひともお目にかかりたいとおっしゃっています。少年隊《ボーイズブリゲード》に関して、少々、おだやかならざる論争が起こっている件だそうです」

ケイタラム卿は唸《うな》り声をあげた。

「だんなさまは朝食の席で、その問題について教区牧師と話をするために午前中に村に行く、とおっしゃったのを聞いた憶えがございますが」

「それを牧師にいったのか？」ケイタラム卿は期待をこめて訊きかえした。

「はい、だんなさま。牧師さんはあわててお帰りになりました。こう申しあげていいものなら、足もとに火がついたように。それでよろしゅうございましたか？」

「よろしいとも、トレッドウェル。おまえはいつも正しい。たとえまちがったことをしようと思っても、おまえにはできないだろうな」

トレッドウェルはつつしみぶかい微笑《びしょう》を浮かべて、部屋を出ていった。

一方、バンドルは門番小屋の前でせっかちに、愛車ヒスパノ・スイザのクラクションを鳴らしていた。小屋からは、小さな女の子がすっとんで出てきた。子どものあとを母親のせきたてる声が追いかけてくる。

「早くしな、ケイティ。いつものように、お嬢さまはお急ぎだから」

もともとバンドルはせっかちだが、ハンドルを握ると特にその性分が顕著《けんちょ》になる。ただし彼女は運転がうまいうえに度胸があって、なおかつ、優秀なドライバーだ。そうでなければ、無謀ともいえるスピードで車を走らせていては、一度ならず、悲惨な事故を起こしていたことだろう。

十月の空気はさわやかで空は青く、太陽がまぶしい。ぴりっとした冷たい空気にさらされた頰は紅潮し、バンドルは生きている喜びで体じゅうが満たされた。

その朝、バンドルは短い説明を添えて、机の引き出しでみつけたジェリー・ウェイドの書きかけの手紙を、ディーン・プライオリーのロレイン・ウェイド宛に送った。ジェリー・ウェイドの手紙から受けた奇妙な印象は、陽光のもとではいくぶんか薄らいだものの、もっとくわしいことを知りたいという思いは薄れていない。ビル・エヴァーズレイに会って、悲劇に終わったハウスパーティのことをことこまかに聞きだす必要がある。それにしても、気持のいい日だ。バンドルは上々の気分で、夢のなかで運転しているようにヒスパノを疾走させた。

アクセルをぐっと踏みこむと、ヒスパノは即座に応えた。たちまち一マイル、また一マイルと、飛ぶように路面がうしろに過ぎ去っていく。ほかに車はほとんど走っていない。バンドルの目の前には、道路がまっすぐにのびていた。

そのとき、いきなり、左側の路傍《ろぼう》の生け垣から、男がふらふらと路上に出てきて、よろめきながらヒスパノの前方に進みでてきた。急ブレーキをかけてもまにあうかどうか。バンドルは必死になってハンドルを切り、車を右にそらした。それがせいいっぱいだった。ヒスパノは右側の側溝に突っこみそうになった——が、突っこまずにすんだ。あやういところだったが、ぎりぎりで側溝の手前で停止したのだ。なんとか男を避けられたのではないか——バンドルはそう思った。

ふりかえったとたん、バンドルは吐き気がこみあげてくるのを覚えた。男をはねたり轢《ひ》いたりはしていないが、車が接触したらしい。男は路上にうつぶせに倒れ、恐ろしいことに、身動きひとつしていない。

バンドルは車からとびおりて、男のもとに駆けつけた。これまでに事故で死なせたのは、路上に迷いこんだ鶏が一羽だけだった。今回の事故は彼女の過失ではないが、いまは問題ではない。倒れている男は酔っているように見えたが、酔っていようがそうでなかろうが、バンドルが殺したのだ。まちがいない。バンドルはそう思った。心臓が激しく鼓動を打ち、自分の耳にその音がはっきり聞こえる。

うつぶせに倒れている男のそばに膝をつき、そっと男をあおむけにした。男は呻きもしなければ唸りもしなかった。若くて、感じのいい顔だちの男だ。身なりはよく、小さな歯ブラシのような口髭をたくわえている。

見えるかぎりでは外傷はどこにもない、だがバンドルは男がもう死んでしまったのか、あるいは瀕死の状態だと見てとった。と、男のまぶたが震え、薄く目が開いた。なんとなく犬を連想させる茶色の目は、哀しそうで苦しげだ。なにかいおうと必死になっているようだ。バンドルは男の顔に顔を近づけた。

「はい、なんです?」

男はなにかいいたいのだ。どうしてもいいたいことがあるのだ——バンドルはそう見てとった。なのに、彼女は助けてやれない。彼女にできることはなにもないのだ。

息もたえだえながら、男はようやくことばを絞りだした。

「セヴン・ダイアルズ……伝えて……」

「はい」バンドルははっきりといった。男がいおうとしているのは、最後の力をふりしぼって伝えようとしているのは、誰かの名前らしい。

「はい、どなたにお伝えすればいいんですか？」

「……ジミー・セシジャー……」

やっとのことでそうつぶやくと、男はがくりと顔をのけぞらせた。体から力が抜けてぐったりしている。

バンドルはかがめていた上体を起こしたが、爪先から頭のてっぺんまで震えが走った。まさか我が身にこんなことが起ころうとは、想像すらしていなかった。男は死んだ——自分が殺したのだ。

なんとかおちつこうと努める。いまなすべきことは？　医者——それが最初に頭に浮かんだ。可能性はある。まだ可能性はある。男は意識を失っただけで、死んではいないのかもしれないのだ。本能がそんな可能性はないと叫んでいるが、わずかな可能性でもいい、それにすがって行動するのだ——男をヒスパノに運びこみ、いちばん近い医院に連れていく。とはいえ、ここは田舎のどまんなかで、手助けしてもらいたくても、近くに人の姿はない。

ほっそりした外見に似合わず、バンドルには力がある。引き締まった筋肉の持ち主なのだ。

まず、ヒスパノを動かして、できるだけ男のそばに近づけ、全力をふりしぼって、生気のない、ぐったりした男の体を引きずり引っぱって、車に押しこむ。たいへんな作業だったが、バンドルは歯をくいしばってやりとげた。

そして運転席にとびのり、車を発進させた。二マイルほど走ると、小さな町に着いた。住人に医院はどこかと尋ね、教えられた場所に直行する。

ドクター・カッセルは親切そうな中年男だった。診察室に入ったとたん、いまにも気を失いそうなようすの若い女を見て驚いた。

バンドルはせっかちに切りだした。「わ、わたしが殺したのだと思います。車で轢いてしまったんです。そのひとを車に乗せて運んできました。外の車のなかにいます。わ、わたし、スピードを出しすぎていたんです。いつもそうなんですが」

ドクター・カッセルは医者の目で彼女を一瞥《いちべつ》した。そして棚からなにかを取ってグラスにそそぎ、それをバンドルに渡した。

「お飲みなさい。気分がよくなります。ショックを受けているようですからね」

バンドルはいわれたとおりにグラスの中身を飲んだ。蒼白な顔にうっすらと血の気がさしてきた。ドクターはそれで良しとばかりにうなずいた。

「よろしい。あなたはここでじっとしていてください。わたしは外に行ってその男を診てみます。その気の毒な男にはもう手のほどこしようがないとわかったら、もどってきます。それから話をしましょう」

ドクターは外に出ていき、しばらくもどってこなかった。バンドルは診察室のマントルピースの上に置いてある時計をみつめていた。五分、十分、十五分、そして二十分がすぎた。ドクターはいつになったらもどってくるのだろう？

バンドルがそう思ったとき、診察室のドアが開いてドクターがもどってきた。むずかしい顔をしている。バンドルはすぐさまその表情に気づいた——前とはうってかわって、きびしく、なおかつ、強い懸念が表われた顔だ。バンドルにはどうしてなのか理解できなかったが、態度にも興奮を押し殺しているようすが見てとれた。

「お嬢さん、よろしいですか。事情をはっきりさせましょう。あなたはあの男を車で轢いたとおっしゃった。事故の次第を教えてもらえますか？」

バンドルはできるかぎり正確に説明した。ドクター・カッセルは注意ぶかく彼女の話に耳をかたむけた。

「すると、車はあの男の体の上に乗りあげたわけではなかった？」

「ええ。じっさいのところ、それは避けられたと思いました」

「男はよろめいていた、とおっしゃいましたね？」

「はい。酔っぱらいかと思いました」

「彼は路傍の生け垣のほうから路上に出てきた？」

「生け垣のその地点にはゲートがあったと思います。そのゲートから出てきたのだと思います」

ドクターはうなずき、椅子の背にもたれかかって鼻眼鏡をはずした。

「あなたは無謀な運転をするようですね。いつかそのうち、きっと気の毒な誰かを轢いてしまうでしょう。ですが、今回はちがいます」

「でも――」

「車はかすってもいません。あの男は銃で撃たれたんです」

6　またもやセヴン・ダイアルズ

バンドルはドクター・カッセルの顔をみつめた。この四十五分ほどのあいだ、ずっとひっくり返っていた世界がゆっくりと、ごくゆっくりと動いて、元どおりになってきた。口がきけるようになるまで、さらに二分ほどかかったが、彼女自身もまた、パニックに駆られて動転しきっていた若い女から、冷静で有能で論理的に思考が働く本来のバンドルにもどった。

「どういうふうに撃たれたんでしょう？」

「それはわたしにもわかりません」ドクターは淡々と答えた。「でも、撃たれたことにまちがいありません。体にライフル銃の弾丸がくいこんでいました。体内で出血したため、あなたは気づかなかったんですよ」

バンドルはうなずいた。

「問題は」ドクターは話をつづけた。「誰が撃ったのか、です。あなたは誰も見なかったんですね？」

バンドルはまたうなずいた。

「奇妙な話ですな。もし過失で撃ってしまったのなら、撃った人間が泡をくって、助けに駆けつけてきそうなものです。もっとも、自分が人を撃ったのだとは知らなかったのなら、話は別ですが」

「周囲には誰もいませんでした。道路の近くには、という意味ですが」

「あの気の毒な青年は走っていたんでしょう。そして、ゲートを駆けぬけようとしたときに弾丸が命中し、意識が朦朧《もうろう》とするなか、よろよろと道路に出ていった。そういうことではないでしょうかね。銃声を聞きませんでしたか？」

バンドルはくびを横に振った。「どっちにしても、車が走る音で、なにも聞こえなかったと思います」

「そうでしょうな。あの男、死ぬ前になにかいいませんでしたか？」

「なにかつぶやいてました」

「悲劇的な事情がわかるようなことは、なにもいわなかった？」

「ええ。お友だちになにかを伝えてほしかったようですが、それがなにかはわかりませんでした。ああ、そうだ！　セヴン・ダイアルズといってました」

「ふうむ。あの男のような階級の者の住まいがある地域ではありませんな。加害者が住んでいるのかもしれない。いやいや、いまは、そんなことを考える場合ではありません。わたしに任せてください。わたしから警察に伝えます。警察はあなたに話を聞きたがるでしょうから、あなたのお名前と住所をうかがっておかなければなりません。ほんとうは、これからわたしといっしょに警察に行くほうがいいと思いますがね。あなたを帰してしまったら、わたしが警察に責められそうですから」

ドクターはバンドルのヒスパノに同乗した。ふたりの応対をした警部は、のんびりした話しかたをする人物だった。バンドルの名前と住所を聞くと、いくぶんか腰が引けたようすで彼女の口述を調書に書きこんだ。

「若僧どもですな」警部はのんびりといった。「そうに決まってる。あいつらのしわざですよ。あいつらときたら、残酷で愚かだ。生け垣の向こう側にひとがいるかもしれないとは考えもせずに、鳥を撃とうと、やみくもに銃をぶっぱなすんです」

ドクターはそんなことはとてもありそうもないと思ったが、いまこの警部に反論してもしょうがないと思いなおした。この事件は、いずれもっと有能な警察官が担当するはずだと判断したからだ。

「被害者の名前は?」警部はえんぴつの先を舐めながら、部長刑事に訊いた。

「名刺入れを持ってました。名前はロナルド・デヴュルー。住所はオールバニー」部長刑事が答えた。

バンドルの眉根が寄った。ロナルド・デヴュルーという名前が、かすかに記憶をかすめたのだ。確かに、以前に聞いた憶えがある。

チムニーズ館への道のりをなかばまで進んだところで、バンドルはようやく思い出した。

――そうだ! ロニー・デヴュルーよ! 外務省に勤めているビル・エヴァーズレイの友人。ビルとロニー、それから、そう、ジェラルド・ウェイド。

三人目の名前が頭に浮かんだとき、バンドルはヒスパノを生け垣に突っこませそうになった。

最初にジェラルド・ウェイド。そして次にロナルド・デヴュルー。ジェリー・ウェイドは過失による死だったかもしれないが、ロニー・デヴュルーはちがう。もっとまがまがしい解釈がつきまとう。

バンドルはもうひとつ、別のことを思い出した。セヴン・ダイアルズ！　瀕死の男がそのことばを口にしたときに、なんとなく聞き憶えがあるような気がしたものだ。いま、その理由がわかった。ジェラルド・ウェイドが亡くなる前の夜に、妹に宛てて書いた、あの手紙。書きかけだったあの手紙のなかに、セヴン・ダイアルズという語があった。そしてこの語は、バンドルの記憶から抜けおちていた、あることとつながった。

あれこれ考えているうちに、車の速度が落ちた。誰が見ても、バンドルが運転しているとは思えない、ごくふつうの速度だ。チムニーズ館にもどると、ヒスパノを車庫に入れてから、バンドルは父親を捜した。

近いうちに開催される稀覯本《きこうぼん》の売り立て会のカタログを、心楽しく眺めていたケイタラム卿は、あまりに早い娘の帰宅に仰天した。

「いくらおまえでも、こんなに早くロンドンに行って帰ってくるなんて、できないだろうに」

「ロンドンには行かなかったの。人を轢《ひ》いてしまって」

「なんだって⁉」

「いいえ、轢きそうになっただけ。その人は撃たれたのよ」

「どうしてまた？」

「どうしてなのかはわからないけど、撃たれたの」

「だが、なぜおまえは撃ったりしたんだ？」

「わたしが撃ったんじゃないわ」

「ひとを撃ったりしてはいかん」ケイタラム卿はおだやかに諭した。「ぜったいにいかん。確かに、撃ちたくなるようなやからはいる――だが、そんなことをすれば、厄介なことになる」

「わたしが撃ったんじゃありません」

「では誰が撃ったんだね？」

「わからないの」

「ナンセンスだ。撃たれて、車に轢かれるなんて、自分でできるわけがない」

「轢かれたわけではないんですってば」

「そう聞こえたがね」

「轢いた、と思っただけ」

「タイヤがパンクしたんじゃないか。あの音は銃声に似ているそうだ。探偵小説にそう書いてあった」

「おとうさまったら、ほんとうにどうかしてるわね。ウサギぐらいのちっぽけな脳しかお持ちじゃないんじゃないの」

「なにをいう。おまえときたら早々に帰ってくるなり、人を轢いただの、撃たれただの、物騒なことをいうものだから、さっぱりわけがわからないじゃないか。わたしが魔法でも使って、すべてを見通せるとでも思っているのかね?」

バンドルは弱々しくため息をついた。「よく聞いてくださいね。わかりやすく説明しますから……」

「……というわけなの」バンドルは一部始終を父親に話した。「おわかりになった?」

「ああ、もちろん。ようやく完全に理解できた。おまえがいささか動転していたのも無理はないな。おまえが出かける前に、みずから面倒事を求める者は、たいてい面倒事に巻きこまれる、わたしがいったことはまちがっていなかった」ケイタラム卿はぶるっと身震いして話をしめくくった。「やれやれ、わたしはうちにいて幸いだったよ」ケイタラム卿はまたカタログを手に取った。

「おとうさま、セヴン・ダイアルズってどこにあるの?」

「うーん、ロンドンのイーストエンドのどこかじゃないかな。そういえばそこ行きのバスをよく見かけたよ。待てよ、あれはセヴン・シスターズだったかな? どちらにしろ、行ったことはない。わたしの好みに合う場所とは思えないからな。ふむ、へんだな。つい最近、その場所に関係のある話を聞いたような気がする」

「おとうさま、ジミー・セシジャーってかた、ごぞんじ?」

またもやカタログに夢中になっていたケイタラム卿は、先ほどはセヴン・ダイアルズという語に注意を向けたが、ジミー・セシジャーなる人名については、思い出そうとする努力さえおざなりだった。

「セシジャー、ね」ぼんやりとくりかえす。「セシジャー、と。ヨークシャーのセシジャー家の者かなあ」

「それをお訊きしているのよ。ねえ、おとうさま、とってもだいじなことなのよ」

ケイタラム卿はその問題にはまったく気持が動かなかったが、せめて考えているふりをしようと、努力することは努力した。

「ヨークシャーにはセシジャー家がある」ケイタラム卿はうわべだけは熱意をこめていった。

「それに、わたしの記憶がまちがっていなければ、デヴォンシャーにもセシジャー家があるな。おまえの大伯母さまのセリーナは、セシジャー家のひとりと結婚なさった」

「そんなことがわかっても、ちっともありがたくないわ！」バンドルは思わず叫んでしまった。

ケイタラム卿はくすくすと笑った。「わたしの記憶が正しければ、セリーナにとってもあまりありがたくない結婚だったようだ」

「おとうさまったら、どうしようもないわね」バンドルは立ちあがりかけた。「ビルに聞くしかないわ」

「そうしなさい」ケイタラム卿は上の空といったようすでカタログのページをめくった。「そうだとも。ぜひともそうしなさい。それがいい」

立ちあがったバンドルは、いらだたしげなため息をついた。

「あの手紙になんと書いてあったか、思い出せるといいんだけど」ひとりごとのようにつぶやく。「ちゃんと読まなかったし。でも、冗談がどうとか書いてあったような――そうだ、セヴン・ダイアルズは冗談事ではないとかなんとか」

ケイタラム卿はふいにカタログから顔をあげた。「セヴン・ダイアルズ？　そうか、いま、思い出したよ」

「なにを？」

「どうも聞き憶えがあるような気がしたんだが、その理由がわかった。昨日、ジョージ・ロマックスがここに立ち寄ってね。さすがのトレッドウェルも断りきれなくて、なかに通したんだよ。ロマックスはロンドンに向かう途中だった。来週、アベイで政治的パーティを開く予定だが、その件で、警告状を受けとったんだと」

「警告状ってどういうこと？」

「うむ、確かなことは知らん。ロマックスもくわしくは語らなかった。どうやら〝注意しろ〟とか〝トラブルが迫っている〟とか、そういうことが書いてあったらしい。それはともかく、セヴン・ダイアルズがよこした手紙だといっていた。それははっきり憶えている。その手紙のことで、スコットランドヤードに相談しにいく途中で、うちに寄ったんだ。おまえ、ジョージのことは知っているだろう？」

バンドルはうなずいた。公共心に富んだ政府閣僚、ジョージ・ロマックスとは面識がある。外務省の常任事務次官であり、演説の文言を日常の会話にも引用してやまない性癖のせいで、周囲には大いに煙たがられている。目が出っぱっていて鱈《コッダーズ》に似ているところから、多くのひと――彼の秘書であるビル・エヴァーズレイもそのなかに入る――からコッダーズと呼ばれている。

「おとうさま、コッダーズは」バンドルはいった。「ジェラルド・ウェイドの死に関心をもっているの？」

「直接にそういう話は聞いていないが、もちろん、そうだろう」

しばらくのあいだ、バンドルは黙りこくっていた。ロレイン・ウェイドに送った、ジェラルドの書きかけの手紙の文言を正確に思い出そうと、忙しく頭を働かせていたのだ。同時に、手紙の相手であるロレインという女性を頭に思い描こうとしていた。ジェラルド・ウェイドがかわいがっていた妹とは、どういう女性なのだろう？　考えれば考えるほど、兄から妹に宛てた手紙として、ふつうではないものに思える。

「おとうさまはジェリー・ウェイドの妹さんのこと、くわしく知っているんでしょう？」黙りこんでいたバンドルがふいに質問した。

「ん？　ああ、厳密にいえば、直系の妹ではない――いや、妹ではなかった」

「でも、姓はウェイドでしょ」

「ほんとうはちがうんだ。彼女は先代ウェイドの実子ではないんだよ。さっきもいったように、彼は子持ちの人妻と駆け落ちした。その女の亭主は根っからのろくでなしでね。裁判所はその男に子どもの親権を与えたが、そいつはその特権には洟もひっかけなかった。先代ウェイドはその子が大いに気に入り、彼女にウェイドの姓を名のらせるべきだと主張したんだ」

「そうだったの。それで説明がつくわね」

「説明って、なんのことだね?」

「手紙の件で、どうしても納得できないことがあったのよ」

「なかなかきれいな娘さんだよ。いや、そう聞いている」

バンドルは思案しながら二階に行った。考えていることがいくつかある。まずはジミー・セシジャーをみつけること。その点に関しては、たぶん、ビル・エヴァーズレイが助けになるだろう。ジミー・セシジャーがロニー・デビュルーの友人なら、ビルもセシジャーを知っている可能性が高い。そして次に、ロレイン・ウェイドに会う。彼女なら、セヴン・ダイアルズという問題に光を投げかけてくれるだろう。ジェリーからなにか聞いているはずだ。手紙のなかで、彼は妹にそのことを忘れるようにと書いていた。バンドルには、不穏な指示に思えてならなかった。

7　バンドル、ジミー・セシジャー宅を訪問

ビル・エヴァーズレイと話をするのは、いささか手がかかった。射殺事件に巻きこまれた日の翌朝、バンドルはヒスパノでロンドンに向かった。ケイタラム卿のロンドンの屋敷《タウンハウス》に着くと——今回は途中、なんのトラブルもなかった——すぐに、エヴァーズレイに電話をかけた。いそいそと電話に出たエヴァーズレイは、昼食、お茶、夕食、ダンスとやつぎばやにバンドルを誘った。その誘いを、バンドルはひとつずつ断った。

「一日か二日あとなら、あなたと遊びにいけるわ。でも、いまは、あなたに用があるの」

「へえ、そいつはうんざりだね」

「そんなことじゃないのよ。うんざり、なんていわせないわ。ねえ、ビル、ジミー・セシジャーってひとのこと、なにか知ってる？」

「もちろん。きみも知ってるだろ」

「いいえ、知らない」

「いいや、知ってる。そうでなきゃ。なんてったって、誰でもジミーのことは知ってるはずだ」

「残念だわね。今度ばかりは〝誰でも〟のなかに、わたしは入らないみたい」

「ふうん。だけど、知ってるはずだよ。ピンクの頬のあいつを。いかにもマヌケなやつに見え

るけどね、ほんとは、ぼくと同じぐらいの頭はあるんだぜ」

「へええ。それじゃあ、歩くときは頭が重いでしょうに」

「それ、皮肉かい？」

「ちょっとした感想よ。それで、ジミー・セシジャーはどうなさってるの？」

「どうなさってるって、どういう意味だい？」

「外務省勤めをしていると、母国語を理解できなくなるの？」

「ああ、わかったよ、彼がどんな仕事をしているか聞きたいんだな？　いいや、彼はのらくらしてるよ。仕事なんかする必要はないんでね」

「それじゃあ、頭脳よりはお金があるってことね？」

「おやおや。そんなことをいうつもりはないよ。ただ、きみが思っているより、彼は頭がいいっていっただけだ」

バンドルは黙りこんだ。疑念がふくらんでくる。ジミー・セシジャーという裕福な若者がたのもしい味方になるとは、とうてい思えなかったのだ。とはいえ、瀕死の男が必死で口にしたのは、彼の名前だった。ふいにエヴァーズレイの声に哀切な響きがこもった。

「ロニーはいつも、自分は頭がいいと思っていた。ロニー・デヴュルー。きみも知っているだろう？　セシジャーの親友なんだ」

「ロニー……」

バンドルは心を決めかねて口ごもった。エヴァーズレイはデヴュルーの死をまだ知らないのだ。そう思ったとき、おかしなことに気づいた――今朝の新聞にはあの事件の記事が載っていなかった、と。ああいう事件は派手な新聞種になるから、見逃されるはずはない。そうならなかった理由はひとつしかない。そう、説明のつく理由はひとつしかなかった。なんらかの意図があって、警察が隠蔽《いんぺい》しているのだ。

エヴァーズレイは話をつづけている。「ロニーにはしばらく会ってないよ――きみの家で週末に集まった、ハウスパーティで会ったきりなんだ。ジェリー・ウェイドが気の毒な亡くなりかたをした、あのときだよ」

ビル・エヴァーズレイはそこで間《ま》をおいてから、また話をつづけた。「まったく妙な出来事だった。その件は聞いているよね？　おおい、バンドル、まだそこにいるのかい？」

「もちろん、いるわよ」

「よかった。きみったら、ずいぶん長いこと黙っているから、もうどこかに行ってしまったかと思ったよ」

「そうじゃなくて、ちょっと考えごとをしていただけ」

バンドルは迷っていた――ビルにロニー・デヴュルーの死の件をいうべきだろうか？　いわないと決める。電話で話すようなことではないと思ったのだ。だが、そのうちに、ごく近いうちに、ビルに会わなければならない。それまでは――。

「ビル？」

「はい、もしもし？」

「明日の夜、いっしょにお食事をしましょう」

「いいね。そのあとはダンスに行こう。きみに話したいことがたくさんあるんだ。じっさいのところ、つい最近、ひどいショックを受けてね――ついてないったら――」

「それは明日、聞くわ」バンドルはエヴァーズレイの話をひややかにさえぎった。「ところで、ジミー・セシジャーの住所、わかる？」

「ジミー・セシジャーの？」

「そういったでしょ」

「ジャーミンストリートに部屋を借りてる――あれ、ジャーミンストリートだったかな？」

「それぐらいは憶えていられるAクラスの頭脳をもってるんでしょ」

「ああ、そうだ、ジャーミンストリートだ。ちょっと待ってくれたら、番地を教えるよ」

短い間。

「まだそこにいるね？」

「いつだっているわよ」

「電話ってのはいつ切れるかわからないからな。いいかい、一〇三番地だ、わかった？」

「ジャーミンストリート一〇三番地ね。ありがとう、ビル」

「どういたしまして。けど、ちょっと訊きたいんだけど、彼の住所を知って、どうするつもりなんだい？　彼とは顔見知りでもないっていっただろ？」

「ええ、そうだけど、三十分以内には知り合いになるわ」

「彼の住まいを訪ねる気かい?」

「ご名答よ、ホームズさん」

「だけどね――彼は起きていないと思うよ」

「起きていない?」

「どう考えても、そうだと思う。誰だって、早起きしなきゃならない理由がなければ、早起きなんかしないだろう? つまり、そういうことさ。ぼくなんか、毎朝十一時にここに来るために、どれほど苦労していることか。ちょっとでも遅れたら、こっちがびっくりするほど、コッダーズが大騒ぎするんだぜ。ねえ、バンドル、きみにはわからないだろうねえ。こういう忠犬みたいな暮らしが――」

「そういう話は、明日の夜、拝聴させてもらうわ」バンドルは急いでエヴァーズレイの愚痴《ぐち》をさえぎった。

受話器を架台に掛けてから、じっくりと手順を考えてみる。まず最初に、時間を確かめる。午前十一時三十五分。ビル・エヴァーズレイは友人の習慣を熟知しているだろうが、いかになんでも、この時間なら、ジミー・セシジャーももう起きていて、訪問者に会う準備をととのえているだろう。バンドルはそう思い、タクシーをつかまえてジャーミンストリート一〇三番地に向かった。

ドアを開けたのは、引退した紳士に仕える従僕の完璧な見本ともいうべき、紳士然とした男だった。無表情で、慇懃《いんぎん》。ロンドンのこういう特権的な区域ではよく見かけるタイプだ。

「どうぞこちらへ、マダム」

バンドルは上階のじつに居心地のよさそうな居間に案内された。広々とした部屋で、ゆったりした革張りの肘掛け椅子がいくつも置いてある。そのひとつに腰をおろしたバンドルは、先客がいるのに気づいた。自分より少し年下らしい女性だ。小柄で金髪。黒一色の装いだ。

「どちらさまでしょう?」従僕は慇懃にいった。

「名のる気はありません。重要な用件でミスター・セシジャーにお会いしたいの」

召使いは慇懃に頭をさげ、重々しい態度で引きさがって部屋を出ると、しずしずとドアを閉めた。

静寂。

「気持のいい朝ですわね」金髪の先客が遠慮がちに声をかけてきた。

「ええ、とっても気持のいい朝ですこと」バンドルもあいさつを返した。

また静寂。

「今朝、田舎から車をとばしてきたんですよ」今度はバンドルが口を切った。「こちらはひどい霧に閉ざされているかと覚悟していたんです。でも、霧は出ていませんわね」

「ええ。霧は出ていませんね」金髪女性はそういってから、つけくわえた。「あたしも田舎から来たんですよ」

バンドルは前よりも注意して相手をみつめた。じつをいえば、先客がいたことに、多少、腹だたしい思いをしていたのだ。彼女は〈思い立ったら一直線〉という、せっかちでエネルギッシュなタイプなのだ。セシジャーに自分の用件を切りだすには、この先客を早々に追い払ってしまわなければならないのは、当然の理《ことわり》だ。見知らぬ人物の前で、ぺらぺらしゃべれる用件ではない。

前よりも注意して先客をみつめているうちに、突飛な考えがひらめいた。もしかすると？　そう、先客は見るからにうちしおれているし、黒一色の装いもさもありなんという気がする。当て推量にすぎないが、バンドルはまちがいないと思った。深く息を吸いこんでから、口を開く。

「失礼ですけど、あなた、もしかして、ミス・ロレイン・ウェイドじゃありません？」

金髪女性は目をみはった。「ええ、そうです。よくおわかりになりましたわね。お会いしたことはないと思いますけど？」

「昨日、手紙が届いたと思います。わたしはアイリーン・ブレントです」

「ご親切に、ジェリーの手紙をお送りいただきまして」ロレインはいった。「お礼状をさしあげようと思っていたんですよ。まさかここでお会いできるなんて、思ってもいませんでした」

「なぜこちらにうかがったか、お話ししますわ。あなた、ロニー・デヴュルーをごぞんじでしょう？」

ロレインはうなずいた。

「先だって、知らせに来てくださいました。ジェリーのことを……ごぞんじですわね。そのあとも、二、三回はいらしてくださって。あのかた、ジェリーの親友のおひとりだったんです」

「ええ、知っています。じつは、そのう――彼が亡くなったんです」

ロレインの口がぽっかりと開いた。「亡くなった！　だって、とってもお元気そうでしたよ」

バンドルはできるかぎり簡潔に、彼の死のいきさつを語った。ロレインの顔が恐怖と怯えにゆがむ。

「それなら、ほんとうだったんだわ。まちがいなかったんだわ」

「ほんとうだったって、なにが？」

「あたしの考えが――ずっと、何週間も考えていたことが。ジェリーは事故で死んだんじゃない。殺されたんです」

「そう思っていらっしゃるの？」

「ええ。ジェリーは薬の助けなんか借りなくても眠れるひとです」ロレインの顔にかすかな笑みが浮かんだ。「睡眠薬なんか必要ないほど、寝つきのいいひとでしたもの。ずっと、おかしいと思っていたんです。あのかたもそう思っていらっしゃいました――あたしは知っています」

「あのかたって？」

「ロニーです。そして、今度はあのかたが……。あのかたも殺されてしまったなんて」ロレインはそこで口をつぐんだが、またその口を開いた。「だから、今日こちらに来たんです。あなたが送ってくださったジェリーの手紙を読んで、すぐにロニーと連絡をとろうとしたんですけど、何度電話しても、彼はいないといわれるばかりで。だから、ジミーに会おうと――ジミーはロニーとも仲がいいから。彼なら、あたしがどうすべきか、教えてくれるんじゃないかと思って」

「それって――」バンドルは少し間をおいた。「セヴン・ダイアルズのこと？」

ロレインはうなずいた。「じつは――」

ロレインが話しだそうとした、ちょうどそのとき、ジミー・セシジャーが居間に入ってきた。

8　ジミー・セシジャーとふたりの訪問客

　ここで話は二十分ほど前にさかのぼる。眠りという靄《もや》が徐々に晴れてきて、体と意識が目覚めはじめると、ジミー・セシジャーの耳に、よく知っている声と、なんだか聞き憶えのある声とがかわしている会話がかすかに聞こえてきた。

　まだ完全に覚醒していない脳が状況を把握しようと働きだしたが、うまくいかなかった。セシジャーはあくびをして、寝返りを打った。

「だんなさま、若いレディがおいでになって、お会いしたいとおっしゃっておられます」

　無情な声だ。この声の主は、セシジャーがあきらめないかぎり、執拗《しつよう》に何度でも同じことをくりかえすだろう。セシジャーは目を開け、ぱちぱちとまばたきした。

「ああ、スティーヴンズか。もう一度いってくれないか」

「若いレディがおいでになって、お会いしたいとおっしゃっておられます」

「へえ」セシジャーは必死になって状況を呑みこもうとした。「なぜだい？」

「ぞんじません」

「うん、わたしにもわからない。まったくわからない」セシジャーは考えこんだ。「おまえにわかるはずはないよな」

スティーヴンズはベッドサイドテーブルのトレイをひったくるように取りあげた。「熱いお茶をお持ちしましょう。これはもう冷めてしまっておりますから」

「起きて、そのレディとやらに会ったほうがいいと思うかい？」

スティーヴンズは返事をしなかったが、その背中がこわばるのを見て、セシジャーは彼の意見を正確に読みとった。

「ああ、そうか。そのほうがよさそうだな。そのレディの名前は？」

「ぞんじません」

「ふうん。まさかジェマイマ叔母さまじゃないだろうね？　もし叔母さまなら、起きたくないよ」

「あのかたが、どなたかの叔母ごさまである可能性はなさそうに思います。よほどの大家族の末っ子でないかぎりは」

「ははあ。若くて美人か。どういうタイプかい？」

「こう申しあげてよろしければ、じつにみごとに作法をわきまえた《コム・イル・フォー》レディです」

「うまいね」セシジャーは褒《ほ》めた。「こういってよければ、おまえのフランス語の発音は、じつにみごとだ。わたしよりずっといい」

「お褒めいただき、恐縮です。最近、フランス語の通信教育講座を受けておりますもので」

「ほんとかい？　すごいやつだな、おまえは」

スティーヴンズは得意げな微笑《びしょう》を浮かべ、部屋を出ていった。

セシジャーは横になったまま、自分を訪ねてきた、若くて美人で、みごとに作法をわきまえた女性の名前を、記憶のなかから引っぱりだそうとした。

やがてスティーヴンズが、熱いお茶をのせたトレイを持ってもどってきた。セシジャーはお茶をすすりながら、心楽しく好奇心をつのらせた。「スティーヴンズ、お客さまに新聞やなにかをお出ししてあるんだろうな?」

「はい、『モーニング・ポスト』紙と『パンチ』誌をお出ししておきました」

玄関の呼び鈴が鳴り、スティーヴンズは出ていった。が、すぐにまた引き返してきた。

「若いレディがお見えです」

「はあ?」セシジャーは頭をかしげた。

「若いレディがもうおひとかたお見えになりました。お名前はおっしゃいませんでしたが、とても重要な用件でだんなさまにお会いしたいと」

セシジャーはスティーヴンズをじっとみつめた。

「おそろしく奇妙だな、スティーヴンズ。おそろしく奇妙だ。おい、わたしは昨夜何時に帰ってきた?」

「昨夜というか、今朝がたの五時ちょうどでした」

「で、どんなだった?」

「少しばかり、いいご機嫌でして――ほかにはとりたててどうということはございません。ただ、〈ルール・ブリタニア〉を歌っていらっしゃいましたが」

「そりゃまた、とんでもない話だな。〈ルール・ブリタニア〉とはね。しらふのときにしろ自分がそれを歌っているところなんか、想像もできないよ。隠れた愛国心が刺激されたんだな――あんまりカップルが多かったんで。そうだ、思い出したぞ。〈芥子菜《からしな》と芹《せり》〉で飲んでたんだ。店名の野菜っぽいイメージとはちがって、骨っぽいパブだったのかもしれないな、スティーヴンズ」少し考えこんでから、また口を開く。「どんなものだろうなあ――」

「は？」

「パブで何組ものカップルに刺激されてしまい、酔った勢いで、新聞に保母か家庭教師かを求む、という広告でも出したんじゃなかろうか」

　スティーヴンズはこほんと咳をした。

「だって、若いレディがふたりも訪ねてきてるんだろ。へんだよ。これから〈芥子菜と芹〉は敬遠しよう。うん、〝敬遠する〟というのは、なかなかうまいいいまわしだな。このあいだ、クロスワードパズルでみつけて、すっかり気に入ってしまってね」

　そんなことをしゃべりながら、セシジャーは手早く身仕度にかかった。十分もたたないうちに、ふたりの見知らぬ訪問客に会う準備がととのった。

　居間のドアを開けると、まっさきに目にとびこんできたのは、マントルピースに寄りかかっている、黒髪のほっそりした若い女性だった。まったく見憶えがない。ゆったりした革張りの肘掛け椅子に視線を移すと、心臓の鼓動が一拍、跳んでしまった。ロレインだ！

　ロレインは立ちあがり、いささか不安げな口調でいった。「さぞ驚いていらっしゃるでしょうね。でも、こちらに来るしかなくて。その理由はすぐにお話しします。あの、こちらは、レディ・アイリーン・ブレント」

「バンドルですわ――ふだんは、その名前で通っています。ビル・エヴァーズレイからお聞きになったことがおありだと思いますが」

「ああ、はい、もちろんお聞きしてます」セシジャーは状況を把握しようと懸命に頭を働かせた。「どうです、すわって、カクテルかなにか飲みましょう」

この申し出を、女ふたりは丁重に断った。

「じつをいうと、わたしはつい先ほど起きたばかりでして」

「ビルから聞いています」バンドルはいった。「ビルに電話して、こちらにうかがうつもりだといいましたら、あなたはまだ起きていらっしゃらないだろうといってました」

「まあね、でも、ほら、いまは起きていますよ」セシジャーはバンドルを鼓舞するようにいった。

「ジェリーのことなんです」ロレインが口をはさんだ。「それに今度はロニーが――」

「どういう意味です？ 〝今度はロニーが〟っていうのは？」

「昨日、銃で撃たれて亡くなったんですって」

「えっ？」

これで二度目になるが、バンドルは事の次第を語った。

セシジャーは夢でも見ているような面もちでその話を聞いていた。

「ロニーが――撃たれた」セシジャーはつぶやいた。「どういうことだろう？」

セシジャーは椅子の端に腰をおろして考えこんだ。それから、平板な口調で静かにいった。

「あなたがたに話しておかなければならないことがあります」

「どうぞ」バンドルはセシジャーをうながした。

「ジェリー・ウェイドが亡くなった日のことです。あなたに」とロレインにうなずいてみせる。「悲しい知らせを伝えにいく途中、ロニーがいったんです。いや、いおうとしたというほうが正しい。わたしになにかいいたかったようなんですが、誓いのようなものに縛られているといって、口をつぐんでしまった」

「誓いのようなものに縛られている……」ロレインが考えこむようにくりかえした。

「あいつはそういいました。当然ながら、わたしはそれ以上、無理に聞きだせなかった。だが、あいつの態度はおかしかった。とてもおかしかった。お宅に着くまでずっと。ジェリーの件に関してなにか疑念をいだいていた――そんな印象を受けましたよ。わたしにはいわなかったけけれど、医師にはそのことを話したものだとばかり思っていました。だが、話さなかったんですね。だから、わたしは自分の思いちがいだと思いました。その後、証拠やらなにやらから、はっきりした結論が出ました。わたしは自分の疑念は単なる気の迷いだと思いなおしたんです」

「でも、ロニーは疑いを捨てなかった？」バンドルは訊いた。

セシジャーはうなずいた。「いま、気づいたんです。あれ以来、誰もロニーを見た者がいないんです。あいつはひとりで動いていたんじゃないかな――ジェリーの件で、隠れている真実を探ろうと。さらにいえば、なにかを探りだしたんだと思いますよ。そのせいで撃たれたんだ。瀕死の状態で、必死になって、わたしになにかを伝えようとしたが、きちんといえなかった」

「セヴン・ダイアルズ」バンドルは小さく身震いした。

「セヴン・ダイアルズ」セシジャーは重々しくくりかえした。「ともかく、それこそが、わたしたちが知り得た手がかりですね」

　バンドルはロレインにいった。「なにかわたしたちに話そうとなさっていたんじゃ――？」

「ええ、そうです。第一は、あの手紙のこと」ロレインはセシジャーにいった。「ジェリーはあたし宛に手紙を書いていたんです。それをレディ・アイリーンが――」

「バンドルよ」

「バンドルがみつけてくださって」ロレインは簡潔に事情を説明した。

　セシジャーは興味津々というようすでその話に聞きいった。手紙の件は初耳だったのだ。ロレインはバッグからその手紙を取りだして、セシジャーに渡した。セシジャーは手紙に目を通すと、ロレインに訊いた。

「あなたが助けてくれそうですね。ジェリーはあなたになにを忘れてくれといっているんです？」

　ロレインは困惑して、軽く眉根を寄せた。「いまはもう、正確なことは思い出せないんですけど、前に、うっかりして、ジェリー宛の手紙を開けてしまったことがあって。安っぽい便箋になぐり書きされていました。文字を書き慣れていない人特有の、乱暴な字だったことを憶えていますわ。便箋の上部に、セヴン・ダイアルズと書いてありました。あたし宛ではないとわかったんで、文面は読まずに、封筒にもどしたんです」

「ほんとうに？」セシジャーは低い声で念を押した。

ロレインは笑い声をあげた、笑ったのはこれが初めてだ。

「なにをお考えなのか、わかりますよ。女は好奇心のかたまり――それはあたしも認めます。でも、好奇心をかきたてられるような手紙ではなかったんです。名前と日付がずらずらと並んでいるだけの、なにかの一覧表みたいなものだったんですもの」

「名前と日付、か」セシジャーは考えぶかげにいった。

「ジェリーはあたしが封を切ってしまったことを、たいして気にしなかったみたい」ロレインは話をつづけた。「笑って、こういったんです――アメリカのマフィアのことを聞いたことがあるかって。そして、イギリスにもマフィアみたいな組織ができたら、とんでもないことになるだろうなって。だけど、ああいうたぐいの組織はイギリス人には受けないだろうと。〝イギリスの犯罪者たちは、独創的な想像力があんまりないからね〟って、そういってました」

セシジャーは口笛を吹くかのように、くちびるをすぼめた。

「ふうむ、わかりかけてきたぞ」口笛は吹かず、セシジャーはそうつぶやいた。「セヴン・ダイアルズというのは、なんらかの秘密組織の本部にちがいありませんよ。あなたの手紙に書いてあるように、彼は最初は冗談事だと思っていた。だが、冗談事ではなかった――彼はそう書いています。そしてなんらかの理由があって、あなたにいったことを忘れてほしいと願った。

その理由はひとつしかありません――その秘密組織が活動していることを誰かに知られたら、知った者は危険にさらされる。あなたも危険だ――ジェリーはそこに気づいて、心底、心配になったんでしょう。あなたの身が」

セシジャーはそこでいったん口をつぐんだが、また静かに話をつづけた。「そう、ここにいるわたしたち全員が、危険にさらされることになりますね――もし、これ以上深入りすれば」

「もし――?」バンドルは憤然《ふんぜん》とした口調でいった。

「あなたたちふたりのことをいっているんですよ。わたしは別です。ロニーの親しい友人でもあったし」そういってバンドルをみつめる。「あなたはもうご自分の役目を果たしました。彼の最期の伝言を、わたしに届けてくださった。それで終わりになさい。後生ですから、この件からは手を引いてください。あなたもロレインも」

バンドルは尋ねるようにロレインを見た。バンドル自身の決意は固まっていたが、そんなそぶりはまったく見せなかった。ロレイン・ウェイドを危険にさらすようなまねはしたくなかったのだ。

しかし、ロレインの小さな顔は怒りに燃えあがった。「よくもそんなことを! あたしが手を引くとでも思っていらっしゃるの? ジェリーが――大好きな兄が殺されたというのに? 世界でいちばん妹思いのやさしい兄でした。あたしがこの世でたよりにしていた、たったひとりのひとだったんですよ!」

ジミー・セシジャーは気まずそうに咳払いをした。内心では、ロレインはすてきだ。じつにすてきだと、感嘆していた。

「あのですね」セシジャーはぎごちない口ぶりでいった。「そんなことをいってはいけませんよ。まるでこの世にひとりぼっちみたいじゃないですか――つまらないことをいうんじゃありません。あなたには友人が大勢います。できることならなんでも喜んでしようという友人たちが。わたしのいう意味がわかりますね?」

急に顔が赤くなったところをみると、ロレインにはわかったようだ。そして狼狽《ろうばい》を隠すかのように早口でいった。「これで決まりですね。あたしはお手伝いするつもりです。誰にも止められませんことよ」

「もちろん、わたしも」バンドルはいった。

ふたりの女はセシジャーをみつめた。

「そうか」セシジャーはのろのろといった。「うん、そうだな」

彼をみつめていたふたりの女の目に、けげんそうな色が浮かぶ。

「考えていたんですよ」ジミー・セシジャーはいった。「どこから手をつけるべきか、と。わたしたち三人で」

9 計画

ジミー・セシジャーの言が三人の意向が合致する決定的な端緒となり、三人はすぐさま具体的な相談を始めた。

「いろいろ考えてみても、わたしたちには手がかりといえるものは、ほとんどありません。じっさいのところ、〈セヴン・ダイアルズ〉という名称だけです。その同名の地域のどこを指しているのか、わたしにはさっぱりわかりません。かといって、その地域一帯を、一軒ずつ調べてまわるのは不可能です」セシジャーがいった。

「不可能ではありませんわ」バンドルが異議を唱えた。

「そりゃあね、結果的には成し遂げられるかもしれません——だけど、探りあてることができるとは、とうてい思えない。住人が多い地域だとは思いますが、それが恰好いい決め手にはならないでしょう」自分でいった〝恰好《びしょう》いい〟ということばで、それがソックスの口癖だったことを思い出し、セシジャーは思わず微笑した。

「それに、ロニーが撃たれたのは田舎だという事実があります。そのへんを調べてみることはできますよね。とはいえ、そういう捜査は警察がやっているでしょうし、わたしたちより警察のほうが効率がいいはずですよ」

「あなたのいいところは」バンドルは皮肉っぽい口調でいった。「陽気で楽天的な点ですわね」

「いまのご意見は気になさらないで、ジミー」ロレインがものやわらかにいった。「先をつづけてくださいな」

「そう性急に決めつけてはいけませんよ」セシジャーはバンドルにいった。「名探偵というのは、こまごまとした調査を重ねながら、不必要で益体もない事柄をふるい落として、徐々に真相に近づいていくものです。さて、第三の問題が立ちはだかっています――ジェリーの死。いまのわたしたちは、あれが殺人だったことを知っています。ちなみに、その点に関しては、あなたたちも同意しますよね？」

「はい」とロレイン。

「ええ」とバンドル。

「よかった。わたしもそうです。つまり、きわめて薄弱ながらも、わたしたちには可能性があるということです。こういう推測ができます――ジェリーがクロラールを持っていなかったのなら、誰かがその薬を持って彼の部屋にしのびこみ、グラスの水に溶かしこんだにちがいない。ジェリーが寝る前に水を飲むことを見越して。もちろん、空《から》の薬箱だか空き瓶だかは残しておく。どうです、わたしの推測に異議はありませんか？」

「ええ、まあ」バンドルは少しためらった口ぶりでいった。「でも――」

「待ってください。その誰かは、当時、あの館《やかた》にいた人物にちがいありません。外から侵入した者のしわざだとは考えられませんからね」

「ええ」今度はバンドルもきっぱりとうなずいた。

「同意してくれますか。よかった。そうすると、その誰かを特定する範囲を絞りこみましょう。まず、使用人たち。ほぼ全員がもとからあの館に仕えている――つまり、お宅の召使いたちですよね？」

「ええ、そうです」バンドルはうなずいた。「館をお貸ししたとき、使用人たち全員を館に残しました。主だった者たちはいまも館にいます。もちろん、下働きの者たちのなかには、出入りがあったと思いますが」

「そこです。わたしが知りたかったのはそこなんです」セシジャーはバンドルにいった。「その点をあなたに調べていただきたい。当時、新規に雇われた者が何人いたのか。たとえば、従僕はどうだったのか。どうでしょう？」

「従僕のひとりは新規採用でしたわ。ジョンという名前の者ですが」

「では、そのジョンなる者のことを調べてください。あと、ごく最近、雇われたばかりの使用人がいれば、その人物のことも」

「そうですね」バンドルはゆっくりいった。「召使いだったにちがいありませんわね。でも、お客さまの誰かってことはありえます？」

「まさか」

「正確にいうと、お客さまはどういうかたたちだったんです？」

「ええっと、女性が三人。ナンシー、ヘレン、それにソックス――」

「ソックス・ダヴェントリー？　彼女なら知っています」

「そのひとでしょうね。〝恰好いい〟というのが口癖ですよ」

「それなら彼女だわ。〝恰好いい〟というのは、あのひとのお気に入りのことばなんです」

「それから、ジェリー・ウェイド、わたし、ビル・エヴァーズレイ、そしてロニー・デヴュルー。あとは、もちろん、サー・オズワルドとレディ・クート。あ、そうだ！　ポンゴ！」

「ポンゴって？」

「ルーパート・ベイトマンの仲間内での愛称でしてね。サー・オズワルドの秘書です。根っからきまじめな性格《たち》で、良心的なやつですよ。彼とは学校がいっしょでした」

「あやしそうなひとはいないみたいですねえ」ロレインがいった。

「ええ、そうですね」バンドルはうなずいた。「あなたがおっしゃったように、召使いを調べてみる必要がありそう。それはともかく、目覚まし時計がひとつ、窓から捨てられていたのは、なにか関係があるとお思いにならない？」

「窓から投げ捨てられた目覚まし時計、ですか」セシジャーは目をみはった。これまた、彼には初耳だったのだ。

「それがどう関わっているのか、さっぱりわからないんですけど、奇妙だと思いますわ。なにか意味があるような気がします」

「そういえば」セシジャーはなにかを思い出したようだ。「ジェリーにお別れをいうために、あの部屋に入ったとき、マントルピースの上に目覚まし時計がずらっと並べられていました。

でも七個しかないことに気づきましたよ――八個ではなく」

セシジャーはふいにぶるっと身を震わせ、弁解するようにいった。「失礼。目覚まし時計のことを考えると、つい震えがきてしまって。ときどき、夢に見るぐらいです。暗い部屋に目覚まし時計がずらっと並んでいる光景なんて、二度と見たくない」

「部屋のなかが暗かったら、見えないでしょうに」バンドルは現実的なことをいった。「夜光性の文字盤《ダイアル》でなければ――あっ！」バンドルはふいに声をあげた。頬が上気している。「わかりません？　七つの時計、つまり、セヴン・ダイアルズです！」

セシジャーもロレインも疑わしげな表情だが、バンドルはつのる興奮を抑えきれなかった。

「そうにちがいないわ。偶然ではありえない」

静寂。

やがてセシジャーがその静寂を破った。「あなたがおっしゃるとおりかもしれませんが、いささか飛躍しすぎではありませんかね」

バンドルは熱をこめてセシジャーに訊いた。「あの時計を買ったのはどなた？」

「わたしたち全員です」

「では、時計のことを思いついたのは？」

「わたしたち全員です」

「そんなことはありえないでしょ。最初に思いついたひとがいるはずです」

「そんなふうな流れじゃなかったんですよ。わたしたちはジェリーを起こすにはどうすればいいか、みんなで相談しました。そうしたら、ポンゴが目覚まし時計のことをいったんです。誰かが一個じゃだめだろうといったんで、ほかの誰か——ビル・エヴァーズレイだった気がします——が、それなら一ダースならどうだと。それはいい考えだというんで、みんなで買いにいくことになったんです。各自に一個ずつ、それから、除け者にしては悪いと思って、ポンゴとレディ・クートの分も買いました。あ、そうだ、ビルのやつ、あなたがいればなあなんていってましたよ。要するに、綿密に策を練ったわけではないんです——なりゆきでそうなったんですよ」

バンドルは黙っていたが、納得したわけではなかった。

セシジャーは話を整然とまとめた。「確かな事実がいくつかありますね。マフィアみたいな秘密組織が存在している。ジェリー・ウェイドはそのことを知ったが、最初は冗談事だとみなした——無理もありませんが、ばかばかしい話だと思ったんでしょう。それがほんとうに危険な組織だとは、夢にも思わなかったはずです。だが、その後、なにかがあって、じっさいに存在する組織だと気づき、真剣に考えるようになった。そして、そのことをロニー・デヴュルーに相談したんじゃないかな。ともかく、ジェリーがあんなことになり、ロニーは彼の死に疑念をいだいた。たぶん、疑念をいだくだけのことを知っていたため、ジェリーと同じように深入りしたにちがいない。しかし、残念ながら、わたしたちはまったく手探りの状態で事にあたらなければなりません。あのふたりが知っていたことを、わたしたちはまったく知らないのですから」

「それがあたしたちの強みになるわ」ロレインが冷静に指摘した。「向こうはあたしたちが疑っているなんて知らないんですもの、あたしたちを排除しようとはしないんじゃないかしら」

「そうだといいんですがねえ」セシジャーは不安そうだ。「いいですか、ロレイン、ジェリーは例の話をあなたに忘れてもらいたかった。手を引いてほしかった。それを——」

「いいえ、手を引くなんて無理です。その点を蒸し返すのはやめましょう。時間のむだです」

〝時間〟ということばで、セシジャーは時計に目を向け、驚きの声をあげた。立ちあがってドアを開ける。

「スティーヴンズ」

「はい」

「昼食はどうなってる？　用意してくれるんだろう？」

「そうおっしゃられると思い、家内が用意いたしました」

「気の利くやつだなあ」セシジャーは安堵の吐息をつき、元の椅子にもどった。「頭がいいやつでしてね。じつにするどい。フランス語の通信教育を受けているんですよ。わたしも通信教育を受ければ、少しは役に立つかなと思っているところです」

「ばかなことをおっしゃらないで」ロレインがいった。

スティーヴンズがドアを開け、いやに手のこんだ料理を運んできた。オムレツのあとにウズラ料理、そして、みごとに軽く仕上がったスフレがつづく。

「独身の男のかたって、どうして幸福そうなんでしょうね」ロレインは悲しげにいった。「あたしたち女性にではなく、使用人に世話をしてもらうほうが、ずっと幸せそうなのはなぜなんでしょう」

「え！　それは誤解です」セシジャーはあわてた。「そんなことはありませんとも。あるわけないじゃないですか。つねづね、わたしだって――」

セシジャーはしどろもどろになって口ごもった。ロレインは顔を赤らめた。

いきなりバンドルが声をあげたため、セシジャーとロレインは仰天した。

「なんて愚かなのかしら、ばかだわ――いえ、わたしのことですよ。あれを忘れるなんて……」

「なんです？」

「コッダーズをごぞんじですわね。ジョージ・ロマックスのことですけど」

「いろいろと噂を聞いてますよ。ビルやロニーから」

「そのコッダーズが来週、お酒抜きのハウスパーティを開くそうです。で、そのことでセヴン・ダイアルズから警告状が届いたんですって」

「なんですって！」セシジャーは興奮して身をのりだした。「ほんとうですか？」

「ええ。コッダーズがわたしの父にそういったんですよ。これはどういうことでしょうね。どう思います？」

セシジャーは椅子の背に寄りかかった。頭を忙しく、しかし慎重に働かせて考えこむ。しばらくして、口を開いた。短く、簡潔にいう。

「そのパーティではなにかが起こりますね」

「わたしもそう思います」バンドルがうなずく。

「それなら、すべてが合致します」セシジャーは夢見るようにいった。そしてロレインに顔を向けた。「戦争中、あなたはおいくつでしたか?」意外な質問だ。

「九つ――いえ、八つでした」

「そうすると、ジェリーは二十歳《はたち》ぐらいか。はたちぐらいの青年はほとんどが戦争に行っていた。だが、ジェリーはそうではなかった」

「ええ」少し考えてから、ロレインはうなずいた。「ジェリーは軍事奉仕には行きませんでした。どうして行かずにすんだのかは知りません」

「わたしにはわかりますよ」セシジャーはいった。「というか、少なくとも推測できます。真相に近い推測だと思いますがね。彼は一九一五年から一九一八年まで海外にいました。苦労してそれを突きとめたんです。なにせ、彼がどこにいるのか、誰も正確に知らないようでしたからね。わたしが思うに、彼はドイツにいたんじゃないでしょうか」

ロレインの頰が紅潮した。セシジャーに称賛の目を向ける。「よくわかりましたね」

「彼はドイツ語が堪能でしたよね?」

「ええ、まるでドイツ人みたいに」

「やはり、思ったとおりだ。いいですか、おふたりさん。ジェリー・ウェイドは外務省に勤めていました。表面的には、ビル・エヴァーズレイやロニー・デヴュルーと同じように、ひとのいい、愛すべきマヌケにしか見えなかった――こんないいかたをして、申しわけありませんが、わたしのいいたいことはわかってもらえると思います。役所のなかでは、お飾り同然の無用のしろもの。だが、じっさいはちがっていた。ジェリー・ウェイドは実践的な人材だった——わたしはそう思います。我が国の諜報機関は世界でも最高の組織だといっていい。ジェリー・ウェイドはその諜報機関のなかで、かなり重要な地位にいたのではないか。それですべての説明がつきます！　チムニーズ館での最後の夜に、わたしはなにげなく、こういった憶えがあります——ジェリーは見かけほどマヌケではないと思う、と」

「あなたの説が正しいとすれば？」バンドルはあくまで実際的に訊きかえした。

「とすれば、わたしたちが考えているより、事態は重大だということですよ。セヴン・ダイアルズがからんでいる事件というのは、単なる犯罪ではない——国際的に重大な事件ということになります。ひとついえるのは、そのロマックスのパーティというのに、誰かが出席すべきだということですね」

バンドルはちょっと顔をしかめた。「わたしはジョージ・ロマックスを知っていますけれど、向こうはわたしを嫌っています。わたしを重要な集まりに招いてくれるとは思えません。でも、ひょっとすると——」バンドルは考えこんだ。

「ビルにたのめば、わたしがそのパーティに出席できるんじゃないでしょうかね」セシジャーはいった。「彼はコッダーズの片腕ですから、当然パーティには出席するでしょう。彼なら、なんとか手をまわして、わたしを招待してくれるかもしれない」

「それはいい考えですわね」バンドルは賛成した。「ビルをいいくるめて、もっともらしいことをいわせるように仕向ける――そうなさる必要がありますわね。ビルは自分じゃそんなことはできませんから」

「どういえばいいと思います？」セシジャーは謙虚におうかがいを立てた。

「あら、そんなの、簡単ですよ。あなたのことを裕福な青年で、政治に関心をもっていて、議員に立候補したがっているって、ビルがジョージに吹きこめばいいんですもの。ジョージはあっさり引っかかりますわ。政党がどういうものか、ごぞんじでしょう？　いつだって、鵜《う》の目鷹の目で裕福な若手の賛同者を求めているんです。あなたが裕福だということをビルが強調すればするほど、話は簡単に進みます」

「ロスチャイルドと同じぐらいの富豪だと吹聴されなければ、それでかまいませんよ」

「それじゃあ、決まりましたね。わたし、明日の夜、ビルと会うつもりなんです。パーティの出席者のリストをもらいますわ。役に立つでしょうから」

「あなたが出席できないのは残念ですね。とはいえ、いろいろ考え合わせてみると、そのほうがいいという気がします」

「出席できないかどうか、まだわかりません」バンドルはいった。「コッダーズはわたしを毒虫みたいに嫌ってますけど――でも、ほかにも方法はあります」バンドルは考えこんだ。

「あたしはどうすればいいのかしら？」ロレインがおとなしい、小さな声で訊いた。

「あなたはその場面には登場しない」セシジャーはロレインに即答した。「いいですか？　つまり、誰かが舞台の外にいて――」

「なんのために？」とロレイン。

セシジャーはこの問いには答えないことに決め、バンドルに顔を向けた。「どうでしょう、ロレインはこの問題に関わってはならない——そう思いませんか？」

「ええ、そう思いますわ」バンドルは同意した。

「次の機会がありますよ」セシジャーはやさしくロレインにいった。

「でも、次の機会がなかったら？」ロレインは訊きかえした。

「いやいや、きっとありますとも。まちがいなく」

「わかりました。あたしはうちにいて——そして待っています」

「それがいい」セシジャーはいかにも安心したという面もちだ。「わかってくれると思ってましたよ」

「それに」バンドルが口をはさんだ。「わたしたち三人がそろって無理な行動をとったら、かえってあやしまれるんじゃないかしら。あなたは特に目だってしまうと思うわ。それはおわかりになるでしょう？」

「ああ、そうですね」ロレインはこくりとうなずいた。

「では、決まりだ——あなたはなにもしない、と」セシジャーは結論を出した。

「あたしはなにもしない」ロレインはおとなしくくりかえした。

バンドルはふいに疑惑に駆られ、ロレインをみつめた。ロレインがこれほど素直に決定を受け容れたのが、不自然に思えたのだ。ロレインもバンドルをみつめた。その目は青く澄んでいて、なにか企んでいるようには見えない。まつげも震わせずに、バンドルの目をまっすぐに見ている。

バンドルは彼女の素直な同意を、それこそ素直に信じることができなかった。ロレイン・ウエイドのこの従順さは、じつに疑わしい。

10　バンドル、スコットランドヤードを訪ねる

三人はなごやかに話しあったが、それぞれが胸になにかを秘めているようすだった。〈誰もがすべてを語るとはかぎらない〉という金言は真なるかな、といえる。たとえば、ロレインがセシジャーを訪ねるに至った動機が、口上どおりのものであったかどうかは疑問だ。

同様に、ジミー・セシジャーはジョージ・ロマックスのパーティについていろいろと考え、なにやら腹案があるのに、それをバンドルにいおうとはしなかった。

バンドルはバンドルで考えぬいた計画があり、それを即刻実行するつもりだったが、そのことはいっさい口にしなかった。

ジミー・セシジャーの住まいを辞去すると、バンドルはスコットランドヤードにタクシーを走らせ、バトル警視に面会したいといった。

バトル警視は相当に大物の警官だ。主に、政治的な問題がからむ微妙な事件をあつかう。四年前にチムニーズ館《やかた》でその手の事件が起こったさいには、彼が出張ってきた。バンドルは警視がその件を憶えていると確信して、それを利用しようと考えたのだ。

しばらく待たされてから、バンドルはいくつもの廊下や回廊を通り、バトル警視の執務室に

案内された。警視は木彫りの面のように無表情で、鈍重そうに見えるため、とうてい鋭敏な頭脳の持ち主とは思えない。刑事というより、無愛想な軍人あがりの使丁《コミッショナー》という印象だ。

バンドルが部屋に入ると、バトル警視は窓ぎわに立ち、無表情な顔つきでスズメたちを眺めていた。

「こんにちは、レディ・アイリーン。どうぞお掛けください」

「ありがとう。わたしのこと、憶えていらっしゃらないんじゃないかって、不安でしたわ」

「ひとの顔は忘れません」そういってから、つけくわえた。「職業上」

「あら」バンドルはなんとなくがっかりした。

「で、どういうご用ですか?」

バンドルは前置きもなしでずばりと本題に入った。「スコットランドヤードでは、ロンドンにある秘密組織や、そういうたぐいの団体を網羅したリストを作っている――という話を耳にしたことがあります」

「時代に遅れないようにしています」バトル警視は慎重にことばを選んだ。

「そのほとんどは危険ではないと思いますが」

「見分けるには、ちょっとした基準がありましてね。口で剣呑《けんのん》なことをいう連中ほど実行には移さない、という基準が。的中率は驚くほどですよ」

「わざと野放しにしているという話も聞きますけど」

警視はうなずいた。「そのとおりです。〈自由の兄弟〉と名のって、週に二回、地下室で会合を開き、血なまぐさい話をしたっていいじゃありませんか。それぐらいなら、その連中にもこちらにもなんの害もありません。もしなにか事件が起こっても、彼らのいるところはわかっていますから、そこに行って捕まえればいいんです」

「でも、なかには」バンドルはゆっくりといった。「誰も想像できないような、ひどく危険な組織もあるんでしょう？」

「ありませんね」

「でも、ひょっとすると、ということはありえますよね？」バンドルは追及した。

「そうですね、ひょっとすると、あるかもしれません」警視はうなずいた。

沈黙。

やがてバンドルが沈黙を破り、静かにいった。「バトル警視、セヴン・ダイアルズに本部を置いている、秘密組織のリストをいただけませんか？」

感情を表に出さないのをバトル警視はひそかに自慢していた。だが、バンドルがそういったとたん、警視のまぶたがひくっと動いたが、それもほんの一瞬のことで、すぐに無表情な顔にもどっていた。だが、バンドルはその一瞬の動きを見逃さなかった。

いつもどおりの無表情な顔で、バトル警視はいった。「レディ・アイリーン、厳密にいいますと、現在、セヴン・ダイアルズという地域はありませんよ」

「ない？」

「ええ。その一帯はほとんど取りこわされて、再開発が進んでいます。かつては貧民街だったんですが、こんにちでは、れっきとした一等地になっています。謎の秘密組織の本部が存在するような、小説向きの地域ではありません」

「まあ」バンドルは困惑した。

「それにしても、あなたの頭にそんな考えを吹きこんだのは、いったいどういうひとなのか、ぜひとも知りたいものです」

「いわなきゃいけません？」

「ええ、そのほうが面倒がはぶけますからね。いわば、共通の認識をもてますから」

バンドルはためらったが、それも一瞬のことだった。「昨日、ひとりの男性が撃たれて亡くなりました」ゆっくりと事情を説明する。「最初は、わたしが車で轢《ひ》いたのかと思い——」

「ミスター・ロナルド・デヴュルーのことですね」

「その一件、もちろん、ごぞんじですよね。なぜ新聞には記事が載らなかったんでしょう？」

「どうしてもお知りになりたいんですか、レディ・アイリーン？」

「ええ、どうしても」

「警察としては、二十四時間の猶予がほしかったんですよ。明日には記事が掲載されます」

「え？」バンドルは理解できなくて、警視の顔をみつめた。

バンドルは考えた——この無表情な顔の下には、なにが隠されているのだろう？　ロナルド・デヴュルーが射殺されたのは、ごくありふれた犯罪だとみなしているのか。それとも、特殊な犯罪だと見ているのか。どちらだろう？

「亡くなるまぎわに、彼は〝セヴン・ダイアルズ〟といったんです」バンドルはゆっくりとつけくわえた。

「ありがとう。それは書きとめておきます」警視は手もとのメモ用紙にペンを走らせた。

バンドルは別の一手をくりだした。

「昨日、ミスター・ロマックスが警告状めいたものを受けとったと、こちらにいらしたそうですね」

「ええ」

「セヴン・ダイアルズからきたものですよね」

「ええ、確かに、冒頭にセヴン・ダイアルズと書いてありました」

これでは鍵のかかったドアを、むやみにばんばんたたいているのと同じだ――バンドルはそんな気がしてきた。

「レディ・アイリーン、ご忠告しますが――」

「おっしゃりたいことはわかります」

「家に帰って、この件にはもう頭を悩ませないことです」

「あなたにすべてお任せして？」

「そうです。なんといっても、わたしたちは専門家ですから」

「わたしは素人にすぎない？　ええ、そのとおりです。でも、これだけはお忘れなく。わたしはあなたのような知識も捜査の技術ももっていませんが、ひとつだけ強みがあります。秘密裡に行動できるという強みが」

その強気の発言が的を射たかのように、警視はかすかに身じろぎした――バンドルにはそう思えた。

「とにかく」バンドルはさらにいった。「秘密組織のリストをいただけないのであれば――」

「いや、さしあげないとはいってませんよ。網羅したリストをさしあげましょう」

バトル警視はドアを開け、そのすきまから頭を突きだして部下になにやら命じてから、また

もどってきて、椅子にすわった。

バンドルは肩すかしをくった気がした。これほど容易に要求が通るとは、なんだか疑わしい

ではないか。

椅子にすわった警視はおだやかな目でバンドルを見ている。

「ミスター・ジェラルド・ウェイドが亡くなった件を憶えていらっしゃいます?」バンドルは

唐突に訊いた。

「お宅で亡くなられたんですよね? 睡眠薬の過剰摂取で」

「妹さんは、彼は睡眠薬の助けなんか借りたことはないといっています」

「いやいや、世間には、姉や妹が知らないことは多数ありますよ。驚くほどたくさん」

またもやバンドルは、肩すかしをくった気がした。黙って待っていると、警視の部下がタイ

プされた用紙を持ってきて、それを警視に渡すとすぐに部屋を出ていった。

「さて、と」部下が出ていくと、警視はバンドルにいった。「セント・セバスティアヌス血盟

団、ウルフハウンド団、平和同盟、同志クラブ、圧迫されし者たちの友、モスクワの子どもたち、赤い旗手団、ヘリング党、戦没者同盟——ほかにもあと半ダースはあります」

警視はバンドルにリストを渡した。その目が、めずらしくも、おもしろそうにきらめいている。

「こうしてリストをくださるのは」バンドルはいった。「なんの役にも立たないとわかっているからでしょう？　いっさい関わるなとおっしゃりたいのね」

「そうしていただきたいですな。よろしいですか、あなたがあのあたりをむやみに動きまわったりすれば、こちらはたいへん面倒なことになるんです」

「わたしを守るために？」

「あなたを守るために。そのとおりですよ、レディ・アイリーン」

バンドルはすでに立ちあがっていたが、立ち去ろうかどうしようかと迷っていた。ここに来るまでは、バトル警視の意見を確かめることを重視していたのだ。だが、これでは……。しかし、ふと、四年前の事件でごくささやかながらも自分がなした助力を思い出し、それを最後の訴えに使うことにした。

「先ほど、素人は専門家にはできないことができると申しました。あなたは反論なさいませんでしたね。それは、あなたが正直なかただからですわ、バトル警視。わたしが正しいとわかっていらっしゃる」

「それで？」警視は先をうながした。

「チムニーズ館で捜査なさったときは、わたしにも手伝わせてくださいましたよね。今回は手伝わせていただけませんの？」

警視は胸の内で、あれこれ思案しているようすだ。警視の沈黙をいいことに、バンドルは話をつづけた。「わたしがどんな人間か、よくご承知ですよね、バトル警視。わたしは気になることを見過ごしにできず、つい、鼻を突っこんでしまいます。おせっかい屋なんです。あなたの邪魔はしたくありませんし、あなたがなさることや、あなたのほうがうまくできることなどを、自分でやってみようなんて僭越《せんえつ》なことを考えているわけではありません。でも、素人にもできることがあるなら、やらせてもらえませんか？」

ふたたび沈黙をつづけたのち、警視は静かにいった。

「できないことは口になさらない。なるほど、さすがですね、レディ・アイリーン。ですが、これだけはいっておきます。あなたがなさろうとしているのは、危険なことなんです。わたしが危険だといえば、まさしく危険なんですよ」

「それは承知しています。わたしだってばかじゃありませんもの」

「ばかだなんて、とんでもない！　あなたのように若くて賢いご婦人には、会ったことがありませんよ。レディ・アイリーン、わたしにできることを申しましょう——ひとつだけ、ちょっとしたヒントをさしあげます。それというのも、わたしが〈安全第一〉ということを金科玉条としていないからです。わたしの意見としては、横断歩道でもないところをバスに轢かれないようにちょこまかと横断している人々の半分は、むしろ轢かれて、バスが安全に道路を走れるようにしてくれたほうがいい。そういう連中はなんの役にも立ちませんからね」

常識の権化のようなバトル警視の口から、これほど過激な意見がとびだすとは。バンドルは息が止まりそうなほど驚いた。なんとか呼吸をととのえてから、訊きかえす。「それで、ちょっとしたヒントって、なんです？」

「ミスター・エヴァーズレイをごぞんじですよね？」

「ビルですか？　ええ、もちろん。でも、それが――」

「セヴン・ダイアルズに関することなら、ミスター・エヴァーズレイが語ってくれると思いますよ」

「ビルが知っているんですか？　あのビルが？」

「そうはいいませんでしたよ。そんなことはこれっぽっちも。ですが、若くて頭のいいレディであるあなたなら、知りたいことを彼から聞きだせるんじゃないかと思います」

そういってから、バトル警視はきっぱりとつけくわえた。「わたしとしては、これ以上、なにも申しあげることはありません」

11　バンドル、ビル・エヴァーズレイと夕食

次の日の夜、バンドルは期待に胸をはずませて、ビル・エヴァーズレイとの約束を果たしに出かけた。

エヴァーズレイはバンドルに会うと、全身で喜びを表わした。バンドルは内心で思った——ビルってほんとうにいいひとね。うれしくて尻尾を振りまくる、ぶきっちょな大型犬みたい。その大型犬は短い感想や報告を一貫性もなく、騒がしく吠えたてた。

「きみ、すごくすてきだね、バンドル。会えてどんなにうれしいか、口ではいえないぐらいだ。牡蠣《かき》を注文しておいたよ。牡蠣、好きだろ？　で、どうだい？　外国暮らしがずいぶん長かったじゃないか。楽しかったかい？」

「いいえ、ちっとも。つまらなかったわ。さんさんと輝く太陽のもとを、病身の老いたる元大佐たちがよろよろとうろついていたり、しなびた独身女性たちが図書館や教会を牛耳っていたりでね」

「おお、我がイギリスよ！　ぼくは外国なんかごめんだな——スイスは別だけど。スイスは好きだ。このクリスマスにはスイスに行こうと思ってるんだよ。いっしょに行かないかい？」

「考えておくわ。最近はどうしてたの、ビル？」

これはうかつな質問だった。バンドルは単なる社交辞令として彼の近況を尋ね、それを会話の糸口として本題をもちだすつもりだったのだ。しかし、エヴァーズレイは待ってましたとばかりに、その質問に食いついた。

「それだよ、それを話したくてね。きみは頭がいい。だから、助言してほしいんだよ。《あなたの目が怖い》っていうミュージカルを知ってるかい？」

「知ってるわ」

「きみに話したいのは、あの業界の醜い一面なんだ。若い女優がいてね、アメリカ人なんだけど、すばらしい美人で――」

バンドルは気持がふさいできた。エヴァーズレイの女友だちに関する愚痴《ぐち》は、いつ終わるともしれないものなのだ。いつまでもだらだらとつづき、止まることがない。

「その女の子の名前はベイブ・シーモアっていうんだけど――」

「どうしてそんな名前にしたのかしら」バンドルは皮肉っぽく訊いた。

エヴァーズレイは皮肉に気づかなかったのか、まともに受けとめた。「『名士録《フーズフー》』でみつけたんだって。あてずっぽうにページを開けて、並んでる名前は見ずに、ひとさし指をぱっと突きたてたんだとさ。しゃれてるよねえ。本名はゴールドシュミットだか、アブラメイヤーだか、なんだか発音しにくい名前なんだけど」

「ええ、ほんとうに」バンドルはうなずいた。

「うん、ベイブ・シーモアのほうがずっと気が利いてる。頭がいいよねえ。それに、体も鍛《きた》えててね。八人で人間の橋をこさえる役のひとりで——」

「ビル」バンドルは辛抱《しんぼう》しきれなくなった。「わたし、昨日の朝、ジミー・セシジャーを訪ねたの」

「なつかしのセシジャーか。でね、さっきもいったように、ベイブ・シーモアってなかなか頭がいいんだ。今日びの女性はかくありたしってとこだな。彼女なら、たいていの役者にひけをとらない。あの業界で生きぬくには高飛車に出ること——彼女はそういってる。それに、いいかい、彼女はどこをとっても申し分ないんだ。演技ができる——そりゃあもう、たいしたものさ。だけど《あなたの目が怖い》では、役に恵まれていない——きれいな女の子たちの一団にまぎれてしまってね。ぼく、いってやったよ——どうして本格的な舞台をめざさないんだって。ほら、ミセス・タンカレイとか、ああいう女優をめざすってことだけど、そういったら、彼女、笑って——」

「ジミーとはよく会ってるの?」

「今朝、会ったよ。えーっと、どこまで話したっけ? あ、そうそう、あの大騒ぎのことはまだ話してないよね。あのね、嫉妬が原因だったんだ。ばかげた、意地の悪い嫉妬。相手の女優の容貌は、ベイブの足もとにも及ばない。本人もそれは承知している。それで、陰にまわって——」

バンドルはあきらめた。こうなっては、ベイブ・シーモアが《あなたの目が怖い》の舞台からはずされた、不遇の経緯を拝聴するしかない。エヴァーズレイが一部始終を語り終えるまで、ずいぶん長い時間がかかった。息つぎと同情とを求めて、エヴァーズレイが黙りこんだ一瞬を逃さず、バンドルはいった。

「あなたのいうとおりね、ビル。恥ずべき出来事だわ。嫉妬はすごいんでしょうね、ああいう世界では――」

「演劇界はねたみそねみで腐りはてているよ」

「そうでしょうねえ。ね、ジミー・セシジャーは来週、アベイに行くとかいってなかった？」

ここで初めて、エヴァーズレイはバンドルの話に注意を向けた。「ジミーのやつ、じつにくだらないことをコッダーズに吹聴してほしいと、しつこくいってたよ。保守党に入りたいとかいってたな。だけどね、バンドル、それって、すごく危険なんだよ」

「まさか！　ジョージがジミーの正体を見破ったとしても、あなたのせいにはできないでしょ。あなたは仲介の労をとっただけなんですもの」

「そういうことじゃないんだ。ジミーにとって危険だというんだよ。なにがなんだかわからないうちに、トゥーティング・イーストのようなところに連れていかれて、あかんぼうにキスしたり、演説をしたり、という羽目になる。コッダーズがどれほど徹底的に、しかも、どれほど精力的に動きまわるか、きみは知らない」

「そうね、そのリスクは避けられないわね。でも、ジミーならなんとか切り抜けるわよ」

「きみたちはコッダーズのことを知らなさすぎる」

「パーティにはどういうかたがたが来られるの？　特別なゲストばかり？」

「いつものように、つまらない人物ばかりさ。たとえば、ミセス・マカッタとか」

「国会議員の？」

「そう。児童福祉とか、まじりけのないミルクとか、子どもたちを救うとか、そういうことを熱心にいいたてている議員だ。その女史にジミーがとっつかまっているところを想像してごらんよ」

「ジミーのことは気にしないで。ほかのゲストのことを聞かせてちょうだい」

「そうだな、ハンガリー人がひとり。いわゆる〝青年ハンガリー派〟という進歩的な人物だ。発音しにくい、なんたらいう名前の伯爵夫人でね、すばらしい女性だよ」

エヴァーズレイはなんとなくあわてたように、ごくりと唾を呑みこんだ。しかも、指先で神経質にパンを砕いている。

バンドルはそのさまをじっとみつめていた。「若くて、きれいなかたなの？」さりげなく訊く。

「うん、まあ」

「ジョージが女性の美に敏感だなんて、ちっとも知らなかった」

「いや、そうじゃないんだ。伯爵夫人はブダペストで育児施設というのかな、そういう施設を経営してる。そこで、当然ながら、伯爵夫人とミセス・マカッタが協力しあおうという話になってね」

「ほかには？」

「サー・スタンリー・ディグビーに――」

「航空大臣の？」

「そう。それと、彼の秘書のテレンス・オルーク。ちなみに、この秘書はなかなかたいした男なんだ――かつては優秀な飛行士としてならした人物でね。それから、ヘル・エベルハルト。ものすごく感じの悪いドイツ人だよ。いったいどういう人物なのか、ぼくは知らないんだけど、この男のことではみんな大騒ぎしている。二度ほど昼食の席で接待しろと命じられたんだけどね、バンドル、これがもう冗談事じゃすまされなくて。大使館勤めの礼儀正しい人々とはまったくちがうタイプなんだよ。スープは音をたててすするし、豆はナイフですくって食うし。それだけじゃない。この無作法な男は、なんと、爪を嚙む癖があるんだぜ。しょっちゅう、いらいらと爪を嚙んでる」

「それはあんまりだわね」

「そうだろ？　確か、発明家じゃないかな――なにかを発明したらしい。まあ、そういう面々だ。あ、そうだ、それから、サー・オズワルド・クート」

「レディ・クートもごいっしょ？」

「そうだね、夫人も出席するはずだよ」

バンドルは考えた――ビルのリストはなかなか示唆に富んでいるが、いまこの場では、あれやこれやと可能性を考えている時間的余裕はない。次の問題を切りださなければ。

「ねえ、ビル、セヴン・ダイアルズって、なんのことかわかる？」

ビル・エヴァーズレイは一瞬、激しく動揺した。ぱちぱちと目をしばたたかせ、バンドルの視線を避けた。

「なんのことかわからないな」

「冗談はいいっこなし。あなたならよく知っているといわれたのよ」

「なにを？」

ちょっと性急だったかもしれない。バンドルは追及のしかたを変えることにした。「どうしてそんなに隠したがるのか、わからないわ」不満そうにいう。

「隠しだてするようなことなんか、なにもないよ。あんなところ、いまでは、もう、誰も行きたがらないよ。一時は流行《はや》ったけどね」

なんとも不可思議な話だ。バンドルは悲しげな口調でいった。「むかしの栄華、いまいずこってとこなのね」

「いや、そんなに嘆くことじゃないよ。いまいったように、かつては、誰もがこぞって行ったんだけどね。つまらないとこなんだ、そうとも、きみだって、あそこのフライドフィッシュにはうんざりするって」

「誰もがこぞって行ったって、どこに？」

「もちろん、セヴン・ダイアルズ・クラブに、さ」エヴァーズレイは驚いたようにいった。

「だって、きみ、そこのことを訊いたんじゃないの？」

「クラブだってことは知らなかったのよ」

「むかしはトッテナム・コート・ロード沿いの貧民街だったんだ。そこがすっかり取りこわされて、きれいになったんだよ。だけど、セヴン・ダイアルズ・クラブはむかしの雰囲気を保っている。フィッシュ&チップスとかね。むさくるしいとこだよ。過去のイーストエンドそのまという風情でね、劇場がはねたあとに行くには、じつに便利なクラブなんだ」

「そう、ナイトクラブみたいなところなのね。ダンスとかもできるんでしょ？」

「そういうこと。得体の知れない連中がわんさか集まってた。品がいいとはいえない。芸術家や風変わりな女たちが多いなかに、ぼくみたいな勤め人もちらほらまじってる。いろんな話題がとびかってるけど、ばかばかしい話ばっかりさ。だけど、そういうのが受けたんだよ」

「すてき。このあと、わたしたちも行きましょうよ」

「いやいや、それは無理だ」エヴァーズレイはまたもや動揺した。「もう廃《すた》れてるっていっただろ。前とちがって、さっぱり人気がないんだよ」

「いいの、行きましょう」

「バンドル、きみは気に入らないと思うよ、ほんとに」

「セヴン・ダイアルズ・クラブに連れていってくれるか、どこにも行かないか、どっちかよ、ビル。それに、どうしてそんなに行くのを渋ってるのか、わけを知りたいわね」

「ぼくが？　行くのを渋ってる？」

「気が進まないみたい。うしろぐらい秘密でもあるの？」

「うしろぐらい秘密？」

「わたしがいったことを、いちいちくりかえすのは、やめてちょうだい。そうか、時間かせぎをしたいのね」

「とんでもない！」エヴァーズレイはむかっぱらを立てたようだ。「ただ――」

「ほら、やっぱりわけがあるのね。あなたって隠しごとができない性質《たち》だもの」

「隠しごとなんかないよ。あのね、ある夜、例のベイブ・シーモア嬢を連れていったら――」

「あら、ミス・ベイブ・シーモア、再登場ね」

「いけないかい？」

「彼女と関係があるなんて思わなかっただけ――」バンドルはあくびを嚙み殺した。

「とにかく、ぼくは彼女をそこに連れていった。彼女はロブスターが大好物でね。ぼくはロブスターを小脇に抱えて――」

エヴァーズレイの話はえんえんとつづいた。話がようやく、彼と無礼な見知らぬ男とのあいだでロブスターの取り合いとなって、ロブスターがばらばらになったというところまでくると、バンドルは聞き流していた話に注意をもどした。

「へえ、そうなの。で、ロブスターは活きてたのね？」

「うん。だけど、それはぼくのロブスターだったんだ。ぼくが金を払って買ったものだったんだよ。ぼくに権利があったのに――」

「ええ、そうね、そのとおりだわ」バンドルは急いでそういった。「でもね、そういうことはもう、とっくに忘れられているわよ。それにわたしはロブスターなんかどうでもいいし。だから、行きましょ」

「警察の緊急手入れがあって、捕まってしまうかもしれないよ。階上にはバカラをやってる賭《と》博場《ばく》があるんだ」

「そうなったら、父がもらいさげにきてくれるわ。それだけのことよ。さ、行くわよ、ビル」

ビル・エヴァーズレイはまだ渋っていたが、バンドルは断固として彼をうながした。けっきょく、ふたりはタクシーで目的地に向かった。

行ってみると、バンドルが想像したとおりの場所だった。ハンスタントンストリート十四番地——狭い通りにある高い建物だ　バンドルは頭のなかに住所をメモした。

ドアを開けてくれた男の顔に、バンドルはなんとなく見憶えがあった。彼女の顔を見たとき、男ははっと驚いた表情をしたようだったが、エヴァーズレイを知っているらしく、うやうやしく頭をさげた。その背の高い金髪の男は、見るからに軟弱で、貧血症なのか顔が青白く、目におちつきがない。バンドルはどこで会ったのだろうと、くびをひねった。

エヴァーズレイは持ち前のバランス感覚をとりもどし、陽気に楽しんでいた。ふたりは地下室でダンスをしたが、室内には紫煙が濃くたちこめていて、人の顔も青っぽい靄《もや》を通して見ているようだ。おまけに、フライドフィッシュの油のにおいが強烈ときている。

壁には木炭のスケッチ画が何枚も飾られている。ほとんどがお粗末な出来だが、本物の才能が感じられるものもまじっている。客層はじつにさまざまで、太った外国人や裕福なユダヤ人女性、すっきりした身ごなしの者もいれば、世界最古の職業についているとおぼしい女性たちもいる。

しばらくすると、エヴァーズレイはバンドルを階上に誘った。ドアマンを兼ねていた軟弱そうな金髪男が、ここでは警備についていて、賭博室に入ろうとする客たちをするどい目で監視していた。

と、バンドルはふいに思い出した。

「ああ、わたしったらばかね。チムニーズ館《やかた》で第二従僕だったアルフレッドじゃないの。元気なの、アルフレッド？」

「はい、ありがとうございます、お嬢さま」

「チムニーズ館をいつやめたんだっけ？　わたしたちが帰ってくるよりもかなり前だった？」

「いえ、一カ月ほど前です、お嬢さま。出世できる勤め口がありましたので、そのチャンスを逃す手はないと思いまして」

「ここのお給料はいいんでしょうね」

「はい、お嬢さま、かなり」

賭博室は、このクラブの真の姿を表わしている部屋といえる。バンドルはすぐさま、賭け金が高額なことに気づいた。ふたつのテーブルに集まっている人々は、根っからのギャンブラーたちだ。鷹のようにするどい目つき、憔悴した顔。賭博熱で血がたぎっている。

バンドルとエヴァーズレイは見物していただけだったが、三十分もすると、エヴァーズレイがそわそわしはじめた。

「ここを出ようよ、バンドル。ダンスをしよう」

バンドルは同意した。ここには見るべきものはなにもない。ふたりはまた地下室に行った。三十分ほど踊り、フィッシュ&チップスを食べてから、バンドルはもう帰ろうといった。

「だけど、まだ早いじゃないか」エヴァーズレイは反対した。

「いいえ、そんなことはないわ。今日は長い一日だったし、明日という日が待っているし」

「明日って、なにをするつもりなんだい?」

「まだ決めてない」バンドルは謎めかして答えた。「でも、これだけはいっておくわね、ビル。わたしの足の下に草は生えないって」

「そうだろうねえ」ビル・エヴァーズレイはうなずいた。

12　チムニーズ館《やかた》で聞きこみをする

バンドルの気質は、父親から受け継いだものではない。それはまちがいない。ケイタラム卿はのんびりしていて、基本的にものぐさだ。その父親にくらべると、バンドルの足の下に草が生えることはない。これはビル・エヴァーズレイも認めたぐらい明らかなことだ。

エヴァーズレイと夕食をともにした翌朝、バンドルは元気いっぱいで目覚めた。今日は、考えていた三つの計画を実行に移すつもりだった。だが、時間と場所とに制限があるため、それが多少の支障になるのは承知している。

幸いなことに彼女は、ジェリー・ウェイドやジミー・セシジャーの困った性癖、どうしても朝早く起きられない、という性癖とは無縁だった。サー・オズワルド・クートであろうと、バンドルが早起きだという点には文句のつけようがないだろう。

バンドルは午前八時半には朝食をすませてロンドンを発ち、愛車のヒスパノ・スイザをチムニーズ館に向けて走らせていた。

チムニーズ館に着くと、父親に温厚な笑顔で迎えられた。

「おまえときたら、いつ帰ってくるのかさっぱりわからん。だが、おかげで電話をする手間がはぶけた。電話というやつは好かんからな。昨日、検死審問の件を伝えに、メルローズ大佐がやってきたんだよ」

メルローズ大佐は地元警察の署長で、ケイタラム卿とはむかしからの友人でもある。

「ロニー・デヴュルーの検死審問のことね。いつ？」

「明日の十二時。今日にでも、メルローズがおまえに直接電話してくるだろう。おまえが死体をみつけたんだから証言を求められるはずだが、怖じけなくていいといっておった」

「どうしてわたしが怖じけなきゃならないの？」

「そりゃあね」ケイタラム卿は弁解するようにいった。「メルローズは古いタイプの紳士だからな」

「十二時ね。わかりました。ちゃんとここにいます。生きていればね」

「生きていないかもしれないという理由でもあるのかい？」

「先のことは誰にもわからないでしょ。現代人は日々、緊張にさらされて暮らしている――新聞にはそう書いてあるもの」

「それで思い出した――ジョージ・ロマックスが来週、アベイに来てほしいといってよこしてね。もちろん、断ったよ」

「よかったわ。おとうさまがおかしな事件に巻きこまれるのはいやですもの」

「おかしな事件が起こりそうなのかい？」ケイタラム卿は急に興味をもったようだ。

「ほら、警告状だか脅迫状だかが届いたりしてるでしょ」

「ジョージが暗殺されるかもしれないな」ケイタラム卿はおもしろそうにいった。「どうだろうね、バンドル。わたしも行ったほうがいいような気がするんだが」

「血を見たいなんて本能は抑えて、うちで静かにすごすほうがいいと思うわ。そうだ、わたし、ミセス・ハウエルと話をしなきゃ」

ミセス・ハウエルというのは、かのレディ・クートが戦々恐々としていた、床をきしませて歩く、威風堂々たる家政婦のことだ。しかし、レディ・クートとはちがい、バンドルは少しも怖くない。バンドルの父親がやむなく侯爵位を継いでチムニーズ館に住むようになる前、バンドルが脚ばかり長い子どもだったころから、ここに来るたびに、ミセス・ハウエルには〝バンドル嬢ちゃま〟と呼ばれていたのだ。いまでもまだ、その呼びかたは変わっていない。

「ねえ、ハウエル、わたしの部屋でいっしょにココアを飲みましょう。で、うちのなかの話をいろいろ聞かせてよ」

バンドルは苦もなく、知りたかったことをミセス・ハウエルから聞きだして、情報を頭のなかにメモしていった。

「厨房《ちゅうぼう》の洗い場に新しいメイドがふたり入ったんでございますよ」

ふたりとも村の娘で、彼女たちは問題にならない。

「それから、やはり新しく、三番手のハウスメイドが参りました。ハウスメイド頭の姪でございますがね」

これも問題なし。だが、ミセス・ハウエルの話しぶりから、彼女がレディ・クートをけっこう恐ろしがらせたようだとわかる。さもありなん。

「チムニーズ館に、縁もゆかりもないかたがたがお住まいになる日がこようとは、思ってもいませんでしたよ、バンドル嬢ちゃま」

「あら、時代は変わるのよ。それに合わせていかなくちゃ。この館が、こぎれいな庭つきの共同住宅になるのを見なくてすんだんですもの、幸運だと思わなきゃね」

ミセス・ハウエルは骨の髄《ずい》から保守的で、しかも貴族信奉者だった。そのせいで自身も貴族的な思考をするようになっているため、バンドルの言に芯から震えあがった。

「わたし、サー・オズワルド・クートにはお目にかかったことがないのよ」バンドルはいった。

「サー・オズワルド・クートがなかなかの遣り手だというのは、まちがいございませんね」ミセス・ハウエルはひややかな口調でいった。

その口調から、バンドルには、サー・オズワルドが使用人たちに好かれていなかったことがわかった。

「すべてをきちんと取り仕切っておられたのは、秘書のミスター・ベイトマンでございますよ」ミセス・ハウエルは話をつづけた。「とても有能なかたでしてね。ええ、そりゃあもう、有能な紳士です。どんなことであろうと、かくあるべしということを、よく心得ていらっしゃいました」

バンドルはうまく誘導して、ジェラルド・ウェイドの死のことに話題をもっていった。じつをいえば、ミセス・ハウエルはその話がしたくてたまらなかったので、ここぞとばかりに、かわいそうな青年紳士を悼《いた》むことばをまくしたてたが、バンドルには耳新しい情報はひとつもなかった。

　じきにミセス・ハウエルが部屋を出ていくと、バンドルは階下《した》に降りていき、トレッドウェルを呼んだ。

「ねえ、トレッドウェル、アルフレッドはいつやめたの？」

「一カ月ほど前でございましたよ、お嬢さま」

「どうしてやめたの？」

「本人の希望でございまして。ロンドンに行ったはずです。どちらにしろ、あれがやめても残念だとは思いません。かわりはすぐにみつかりました。新しく入った従僕のジョンの仕事ぶりは、お嬢さまにもご満足いただけるとぞんじます。自分の仕事をよくわきまえていて、誠心誠意、勤めておりますよ」

「どこから来たひと？」

「非の打ちどころのない推薦状がありましてね。こちらに来るまではマウント・ヴァーノン卿のもとで働いておりました」

「そう」バンドルは考えこんだ。いま現在、マウント・ヴァーノン卿は東アフリカに狩猟旅行にいっているはずだ。

「その新しい従僕の姓はなんていうの、トレッドウェル？」

「バウアーでございますよ、お嬢さま」

　そのあと、トレッドウェルは一、二拍、黙って待っていたが、バンドルの用は終わったと見てとり、静かに立ち去った。

バンドルは、思考の海をただよいつづけた。

ジョン・バウアーというのは、ロンドンから帰ってきたときに、チムニーズ館のドアを開けてくれた従僕だ。そのときは、ことさらになにがどうということはなかったのだが、彼女はその従僕に注目した。よく仕込まれた、無表情な顔つきの完璧な召使い。従僕というより、軍人というほうが適切だという気がする。それに、後頭部の形が少し変わっていた。

とはいえ、そんなこまごましたことは、目下の状況にはなんら関係のないことだ。バンドルは眉間にしわを寄せながら、目の前のテーブルの上のメモ用紙をじっとみつめた。そしてえんぴつを手に取ると、なんとなく、メモ用紙に何度もバウアーと書いた。

ふと、ある考えがひらめいた。いたずら書きの手を止め、何度も書きちらした名前をみつめる。そして、もう一度、トレッドウェル、バウアーのスペルは？」

「ねえ、トレッドウェル、バウアーのスペルは？」

「B・A・U・E・Rでございます」

「イギリス人の姓ではないわね」

「スイス出身ではないかと思いますよ、お嬢さま」

「ああ、そうね。ありがとう、トレッドウェル」

スイス出身？　ちがう。ドイツ人だ！　軍人めいた挙措、扁平《へんぺい》な後頭部。しかも、彼がチムニーズ館に勤めるようになったのは、一カ月ほど前にアルフレッドがやめたすぐあと、ジェリー・ウェイドが亡くなる二週間前だ。

バンドルは立ちあがった。この館で調べることはすべて調べた。もちろん、このあとも調べるべきことはたくさんある。バンドルはすぐに父親を捜しにいった。

「また出かけます」ケイタラム卿をみつけると、バンドルはきっぱりいった。「マーシア伯母さまにお会いしなきゃならないの」

「マーシアに?」ケイタラム卿は仰天した。「どうして会わなきゃならないんだ?」

「今度だけは、自分の自由意志で決めたの」

ケイタラム卿は目をみはって娘をみつめた。あの恐るべき義姉《あね》に自分から進んで会いたいという者がいるとは。卿にはとうてい理解できない。亡くなった兄ヘンリーの妻、第八代ケイタラム侯爵の寡婦であるマーシアは、どこをとっても非の打ちどころのない、じつにりっぱな女性だ。妻としてみごとにヘンリーを支えた。ヘンリーが外務省での任務をきっちりまっとうできたのは、ひとえに、妻、マーシアのおかげだといっても過言ではない。それはケイタラム卿も認めている。その一方で、ヘンリーが早逝《そうせい》したのは、兄にとっては慈悲深い解放だったのではないかという気がしてならない。

したがって、バンドルがマーシアに会いにいくというのは、愚かにも、みずからライオンの口に頭を突っこむのと同じだとしか思えなかった。

「なんとね! わたしならそんなことはしないよ。どんなことになるか、わかったものではないからね」

「それぐらい、承知していますとも。でも、わたしならだいじょうぶよ、おとうさま。ご心配なく」

バンドルが部屋から出ていくと、ケイタラム卿はため息をつき、体をもぞもぞさせて、らくな姿勢にすわりなおし、『フィールド』誌を熱心に読みはじめた。

と、バンドルがまたひょっこりとドアから顔を出した。「お邪魔してごめんなさい。もうひとつ、訊きたいことがあるの。サー・オズワルド・クートって、どういうかた？」

「前にいっただろう。人間蒸気ローラーだよ」

「おとうさまの個人的感想を聞きたいわけじゃないの。彼はなんで財を成したのかしら。ズボンのボタン？　それとも、真鍮《しんちゅう》のベッド？」

「ああ、そうか。鉄鋼だよ。我が国最大の鉄鋼所を作りあげたんだ。イギリスでは製鉄所というのかな。まあ、なんでもいいがね。もちろん、いまは彼個人が経営しているわけではない。会社組織になっている。それも、ひとつではなく、いくつもの会社だ。わたしをそのどれかの会社の重役にしてくれたよ。じつにいい役職だ。年に一回か二回、シティのキャノンストリートだか、リヴァープールストリートだかのホテル街に行って、まっさらのメモ用紙が置いてあるテーブルにつけばいいんだ。すると、クートか、頭の切れるジョニーだかが、数字を並べたてて演説するんだが、幸いなことに、そんな演説を謹聴する必要はない。そうだ、これだけはいえるな――たいてい、すてきにうまい昼食が出るんだ」

ケイタラム卿の昼食などに興味はなかったので、バンドルは卿の話が終わるのも待たずに、さっさとドアを閉めた。

ふたたび愛車ヒスパノでロンドンに向かう途中、バンドルは手に入れたいくつもの断片的な情報を、満足のいくまで、あれこれと組み合わせてみた。

そして、どう考えても、鉄鋼業と児童福祉は並びたたないという結論が出た。片方は人数合わせで呼ばれたにちがいない。おそらくは後者が。つまり、国会議員のミセス・マカッタとハンガリーの伯爵夫人は問題にしなくていい。このふたりはカモフラージュなのだ。そう、ゲストのなかで要となるのは、あまりぱっとしない、ヘル・エベルハルトというドイツ人だろう。ふつうなら、ジョージ・ロマックスが招待するようなタイプではない。ビル・エヴァーズレイの漠然とした説明によると、そのドイツ人は発明家らしい。それに航空大臣と、鉄鋼業界の大物のサー・オズワルド・クート。この三者は、なんらかの結びつきがありそうだ。

これ以上考えても進展がなさそうなので、バンドルはパーティのゲストのことは頭の隅っこに追いやり、義理の伯母であるレディ・ケイタラムに、どう話をしようかと思案をめぐらした。

レディ・ケイタラムは、ロンドンの高級住宅地にある陰気な大邸宅に住んでいる。なかに入ると、封蠟《ふうろう》や鳥の餌や枯れかかった花のにおいがした。レディ・ケイタラムそのひとは大柄な女性だ——あらゆる点で〝大きい〟。体格がいいというよりも、堂々たる体軀といったほうがあたっている。鳥のくちばしのような大きな鉤鼻に金縁の鼻眼鏡をのせていて、上くちびるには、髭といえそうなものがうっすらと生えている。

そのレディ・ケイタラムにしても、突然の義理の姪の訪問にはいくぶんか驚いたようすだったが、よそよそしく頰をさしだした。その頰に、バンドルは礼儀正しくキスをした。

「思いがけないお越しだねえ、アイリーン」レディ・ケイタラムはひややかな目で義理の姪を見た。

「こちらに帰ってきたばかりなんですよ、マーシア伯母さま」ほんとうは血縁関係のない義理の伯母だが、面倒なので、〝マーシア伯母さま〟と呼びならわしている。

「知っているよ。おとうさまはどう？　あいかわらずかい？」

その声音には、いささか軽侮の響きがこもっていた。第九代ケイタラム侯爵である義弟のクレメント・エドワード・アリステア・ブレントを、まるっきり評価していないのだ。もし彼女が〝座食の徒〟という語を知っていたら、まちがいなくそう呼んでいただろう。

「ええ、元気ですわ。いまはチムニーズ館にいます」

「じつのところ、チムニーズ館を貸すなんて、わたしはぜったいに賛成できなかったんだよ。なにしろ、由緒ある館だからね。軽々にあつかうべきではありません」

「ヘンリー伯父さまがいらしたころは、さぞすばらしかったでしょうねえ」バンドルはかすかにため息をついた。

「ヘンリーは責任というものを充分に心得ていましたからね」第八代ケイタラム卿の寡婦はきっぱりといった。

「あの館に集《つど》ったかたがたって」バンドルはうっとりした口調でいった。「ヨーロッパの名だたる政治家ばかりだったんですよね」

レディ・ケイタラムもため息をついた。「一度ならず、あの館で歴史が作られたといえますよ」そういいながら、バンドルをじっとみつめた。「もしあなたのおとうさまが――」途中でいいやめて、悲しげに頭を振る。

「政治というものは、父には退屈なんですよ。でも、わたしは、政治ほどおもしろいものはないと思えますけどね。その裏がわかればわかるほど」バンドルは顔を赤らめもせずに、本音とは裏腹のことばを口にした。

レディ・ケイタラムは軽く目をみはって姪をみつめた。

「あなたがそういうとはね、とてもうれしいよ、アイリーン。あなたは現代風に楽しみばかりを追いかけて、政治などに興味はないのだと思っていたから」

「以前はそうでした」

「あなたはまだ若い」レディ・ケイタラムは感慨ぶかげにいった。「でも、いろいろな点でひとよりも抜きんでた立場にあるのだから、それにふさわしい相手と結婚すれば、いずれ、現代の政治家の妻として、トップ・レディになれます」

バンドルはどきりとした。いますぐにでも、伯母が〝ふさわしい相手〟とやらの話をもちだすのではないか――そんな恐ろしい不安に襲われたのだ。

「でも、自分がつくづくいやになります。だって、そちら方面のことは、なにも知らないんですもの」

「それなら、すぐにでも学べます」レディ・ケイタラムは力をこめていった。「その関係の書物ならどっさり持っていますよ。あなたに貸してあげましょう」

「ありがとうございます、マーシア伯母さま」その話がつづかないように、バンドルは急いで、伯母攻略戦の第二段階に進むことにした。「ちょっとうかがいますが、伯母さまはミセス・マカッタをごぞんじかしら?」

「知っていますとも。とても頭のいい、尊敬に値する女性です。わたしは、本来、女性が議会に進出するのは賛成できない。もっと女らしい方法で影響を与えられると思っていますからね」レディ・ケイタラムはそこで口をつぐんだ。かつて、あまり乗り気ではなかった夫を猛烈に焚きつけて政界入りをさせたのだが、その成果はめざましく、夫婦の努力が実った、あれこれの記憶がよみがえってくる。

「だけど、時代は変わりました。ミセス・マカッタの仕事は国際的にも重要だし、女性全般にとってもたいへんに意義があります。じつに女らしい仕事だといえますね。あなたもミセス・マカッタに会うべきですよ」

バンドルはいかにも残念そうにため息をついてみせた。「ミセス・マカッタは、来週、ミスター・ジョージ・ロマックスのハウスパーティに出席なさるんですって。もちろん、父も招待を受けたんですけど、行く気はないようです。でも、ミスター・ロマックスは、わたしを招待しようなんてことは、まったく頭に浮かばないみたい。わたしのことを、よっぽどばかだと思っているんでしょうね」

それを聞いたレディ・ケイタラムは、いつのまにか姪が成長したことに気づいた。もしかすると、不幸な恋でもしたのだろうか？　レディ・ケイタラムには持論がある——若い女は不幸な恋を経験すると、めざましく成長するものだ、という持論が。そういう経験をすれば、若くても、自分の人生を真剣に考えるようになるからだ。

「なるほど、ジョージ・ロマックスはまだ気づいていないんじゃないかしらね。あなたが——なんというか——成長したことに。アイリーン、わたしからロマックスにひとこといっておきましょう」

「彼には嫌われていますもの。わたしなんか招待してくれませんわ」

「ばかな。そこはきっちりいってやります。ジョージ・ロマックスのことなら、こんな背丈のころから知っています」レディ・ケイタラムは信じられないほど低い背丈を、手で示した。「わたしのたのみなら、喜んで聞いてくれますとも。それに、こんにち、わたしたち上流社会に属する若い女性が、国家の福祉事業に知的な関心をもつということは、政治的に見ていかに重要な流れであるか、彼にもわかるはずです」

バンドルは思わず〝謹聴《ヒヤ》！　謹聴《ヒヤ》！〟といいそうになったが、ぐっと自分を抑えた。

「参考になりそうな本を何冊か貸してあげましょう」レディ・ケイタラムは立ちあがり、よく通る声を張りあげた。「ミス・コナー！　ミス・コナー！」

きちんとした身なりの秘書が、怯えたような表情で駆けつけてきた。レディ・ケイタラムは彼女にあれこれと指図した。

その結果、ブルックストリートにもどるバンドルの愛車には、読む気にもなれない、いかにも無味乾燥という感じの書物が、ひとかかえほど積みこまれていた。

バンドルの次の計画は、ジミー・セシジャーに電話することだった。彼の第一声には勝ち誇った響きがこもっていた。

「やりましたよ。ビルとさんざんやりあいましたがね。ビルときたら、じつに頭が固くてね。わたしが狼の群れのなかの羊になってしまうと思いこんでしまって。ですが、最後にはその石頭に穴を開けてやりました。とはいえ、わたしは政情にうとく、わけのわからないことばかりなので、いまはせっせと勉強しているところです。議会や政府の刊行物の〈青表紙本〉とか〈白書〉とかをね。じつに味気ない、退屈なしろものです――でも、やるべきことはやっておかないといけませんからね。ねえ、サンタフェの境界線紛争のことか、聞いたことがありますか?」

「いいえ、ぜんぜん」バンドルはあっさりいった。

「いま、その問題に手こずっているところなんです。何年も前のことですし、いやに複雑で。でも、この問題に専念しようと決めたんです。現代では、どんなことにしろ、専門的な分野をもっているほうがいいですからね」

「わたしもそういう専門書をどっさり手に入れましたわ。マーシア伯母から借りたんです」

「誰からですって?」

「マーシア伯母。父の義理の姉です。政界に通じているひとなんですよ。その伯母の口ききで、わたしもジョージ・ロマックスのパーティに招待してもらえそう」

「なんと！　いやいや、それはすごい」ちょっと間《ま》をおいてから、セシジャーは話をつづけた。

「ロレインにはなにも話さないほうがいいと思うんですが、どうです？」

「そのほうがいいでしょうね」

「あのひとは除け者にされるのをいやがるかもしれません。でも、こういうことには関わるべきじゃないと思います」

「はあ」

「つまり、あのひとを危険にさらすようなまねはできないということです！」

セシジャーは如才《じょさい》ない人物とはいえないようだ――バンドルはそう思った。バンドルが危険にさらされるかもしれないという点は、どうでもいいらしい。

「電話はまだ通じていますよね？」セシジャーは訊いた。

「ええ、ちょっと考えごとをしていただけです」

「なるほど。ところで、明日の検死審問にはいらっしゃいますか？」

「ええ。あなたは？」

「わたしも行きます。検死審問の件は夕刊に出ていますよ。隅に小さく。おかしいですね――もっと大きく取りあげられると思っていたのですが」

「ええ――同感です」

「さてと、仕事にもどらなくては。ボリビアが通達をよこした、というところを読んでいるさなかなんです」

「わたしも伯母に薦められた本を読まなくちゃ。あなた、ひと晩じゅう、そのお仕事をなさるつもりなんですの？」

「そのつもりです。あなたは？」

「ええ、わたしも。では、ごきげんよう」

どちらも鉄面皮な嘘つきといえる。

ジミー・セシジャーはロレイン・ウェイドを夕食に連れだすつもりだった。

バンドルはバンドルで、電話を切るやいなや、なんともいいようのない取り合わせの衣類を身に着けはじめた。じつをいえば、メイドに借りた衣類なのだ。着替えがすむと、セヴン・ダイアルズに行くにはバスか地下鉄かどちらがいいだろうと考えながら、活発な足どりでケイタラム侯爵のタウンハウスを出た。

13　セヴン・ダイアルズ・クラブ

バンドルがハンスタントンストリート十四番地にたどりついたのは、夕方の六時ごろだった。予想どおり、その時間帯のクラブは静まりかえっていた。バンドルの目的はただひとつ。ここに勤めている元従僕のアルフレッドをつかまえること。それができれば、あとは容易に事を進める自信があった。貴族であるバンドルは、使用人をあつかうコツを心得ている。めったに失敗することはない。今回も失敗する理由はまったくなかった。

ただし、見当がつかないこともある――このクラブには何人ぐらいの従業員が住みこんでいるのか、という点だ。当然ながら、自分の姿はできるだけ人目にさらしたくない。

どういうふうにアルフレッドに会おうかと悩んでいたが、あっけないぐらい簡単に、バンドルの悩みは解決した。クラブのドアが開き、アルフレッド本人が出てきたのだ。

「こんにちは、アルフレッド」バンドルは陽気に声をかけた。

アルフレッドはとびあがった。「あっ！　あの、どうも、こんにちは、お嬢さま。お嬢さまだとわかりませんでした」

バンドルは胸の内で、メイドの私服借り着作戦は成功だとほくそえみ、さっそく用件を切りだした。

「あなたとちょっとお話がしたいのよ、アルフレッド。どこで話しましょうか?」

「いや——あの——その、お嬢さま、どこといわれても——このあたりにはお嬢さまにふさわしい場所なんか——いや、ほんとに——」

バンドルはしどろもどろのアルフレッドをさえぎった。「クラブのなかには誰かいるの?」

「いえ、いまのところ、誰もいません」

「それなら、なかで話しましょう」

アルフレッドは鍵を取りだして、ドアを開けた。バンドルはさっさとなかに入った。アルフレッドは困りきった顔で、おずおずとついていった。バンドルは椅子にすわると、おちつかないようすのアルフレッドをまっすぐにみつめた。

「おまえも承知していると思うけど」バンドルはてきぱきした口調でいった。「ここの仕事は違法よね」

アルフレッドはぎごちなく、一方の足からもう一方の足へと体重を移した。「一度、警察の手入れを受けたのは事実です。でも、違法なものはなにもみつかりませんでした。ミスター・モスゴロフスキーの手筈がよくて」

「ギャンブルのことだけをいってるんじゃないのよ。それ以上の——たぶん、おまえが知っている以上の、大事《だいじ》があるのよ。アルフレッド、ずばり、訊くわね。ほんとうのことを話してちょうだい。いくらもらって、チムニーズ館《やかた》をやめたの?」

アルフレッドはなにかいい考えでも浮かばないかと、二度もカーテンボックスをにらみ、三度、四度と唾をのみこんだ。そしてついに、強い意志をもった相手に対峙《たいじ》したさいに、意志の弱い者が陥る穴にはまった。

「お嬢さま、じつはこうなんです。チムニーズ館の公開日に、ミスター・モスゴロフスキーが観光客のみなさんといっしょにおいでになりました。その日は、執事のミスター・トレッドウエルのぐあいがよくなくて。そのう、足の爪が肉にくいこんでしまって――それで、みなさんを案内する役目がわたしにまわってきたんです。ひととおり公開場所を巡り終えるころ、いちばんうしろにいたミスター・モスゴロフスキーが気前よく心づけをくださいまして、それがきっかけで話がはずんで」

「それで？」バンドルは元気づけるようにうながした。

「それで、簡単に申しますと」アルフレッドは急にはずみをつけて話しだした。「すぐにお館勤めをやめて、このクラブの仕事に就いてくれれば、百ポンド出すといわれまして。上流階級の家庭に慣れた者を雇いたい、クラブの格を上げたいのだと。その申し出を断るのは、神のおぼしめしに反するような気がしまして。ここの給料が、お館で第二従僕としていただいていた給料の三倍だという点は、いうまでもありませんが」

「百ポンド。大金だわね、アルフレッド。それで、おまえのかわりに、誰かをチムニーズ館に入れたいなんて話もあったの？」

「わたしも急にやめるのは、ちょっとどうかとためらいました。そういうやめかたはふつうではありませんし、お館にも迷惑がかかります。ミスター・モスゴロフスキーにそういうと、彼はちょうどいい若い男を知っているといいまして。良家に勤めていた経験があり、すぐにでもチムニーズ館に勤められる者だというんです。それで、その男の名前を、わたしからミスター・トレッドウェルに伝え、万事めでたくおさまったわけでして」

バンドルはうなずいた。疑惑は的中していたし、その手口もまた、推測どおりだった。さらに質問してみることにする。

「ミスター・モスゴロフスキーって、誰なの？」

「このクラブを経営なさっているロシア人の紳士です。とても頭の切れるかたで」

バンドルはこのオーナーのことを追及するのはやめて、ほかの質問をすることにした。「百ポンドは大金よね、アルフレッド」

「わたしも、一度も手にしたことはありませんでしたよ、お嬢さま」アルフレッドは正直にいった。

「なにかあやしいとは思わなかったの？」

「あやしいとは？」

「ギャンブルのことをいっているんじゃないのよ。それよりもっと重大なこと。おまえだって刑務所には入りたくないでしょ？」

「そんな！　お嬢さま、それって、どういうことです？」

「一昨日、スコットランドヤードに行ってきたの」バンドルは重々しい口調でいった。「いろいろと興味ぶかい話を聞いたわ。それでね、アルフレッド、おまえに手を貸してほしいのよ。

そうすれば――事態があやうくなったら、わたしが口添えをしてあげる」

「わたしにできることでしたら、喜んで。はい、なんでもいたしますとも」

「それじゃあ、まず最初に、このクラブのなかを全部、見てみたいの。このクラブの地下室から最上階まで」

事態がのみこめず怯えているアルフレッドに付き添われ、バンドルは建物内を隅々まで巡回して視察した。さして注意を惹かれるものもないまま賭博室《とばく》に入ったバンドルは、その部屋の隅に、目だたないドアがあるのに気づいた。ドアは施錠されている。

すぐにアルフレッドが説明した。「お嬢さま、そこは逃走用に使われているんです。向こうの部屋のなかの隠し扉を開けると階段がありまして、隣の道路に降りていけるんですよ。突然に警察の手入れがあったときには、地位や身分のあるお客さまがたが逃げ出せるように」

「警察は知らないのね?」

「ちょっと細工をしてあるんですよ。隠し扉が戸棚の扉にしか見えないように」

バンドルは興奮してきた。「見てみなくちゃ」

アルフレッドはくびを横に振った。「無理でございますよ、お嬢さま。鍵を持っているのは、ミスター・モスゴロフスキーだけですので」

「でも、ほかにも鍵はあるでしょう?」

そのドアの錠はごくありふれたものなので、ほかのドアの鍵でも合うのではないだろうか――バンドルはそう読んだのだ。

アルフレッドは困りきったようすだったが、いわれたとおりに鍵束を持ってきた。

バンドルが一本ずつ試していくと、四番目の鍵が合った。鍵を回してドアを開け、なかに踏みこむ。

狭くてむさくるしい室内のまんなかに、長いテーブルが一台。そのまわりに椅子が数脚。ほかに家具はない。暖炉の両側に造りつけの戸棚があるだけだ。アルフレッドは手前の戸棚を顎《あご》で示した。「あれがそうです」

バンドルは戸棚の扉を開けてみようとしたが、きっちり施錠されていた。ひと目で、特殊な錠だとわかる。その錠に合わせて造られた鍵を使うしかない、特許ものの錠だ。

「とても巧妙な細工なんです」アルフレッドが説明する。「扉を開けても、帳簿が何冊か入っているだけで、なにもあやしいところはございません。ですが、ある場所を押しますと、戸棚ぜんたいが動いて、手前に開くんです」

バンドルは戸棚を背にして、室内をくまなく見まわした。まず目についたのは、先ほど入ってきたドアだ。ドアぜんたいに羅紗布《ベイズ》が貼ってある。完全な防音装置になっているにちがいない。それから椅子に視線を移す。全部で七脚。長いテーブルの両側に三脚ずつ並び、一脚だけりっぱな造りの椅子がテーブルの上席を占めていた。

バンドルの目がきらめいた。求めていたものがみつかったのだ。ここは秘密組織の会議室にちがいない。ほぼ完璧といっていいほどのしつらえだ。見たかぎりでは、あやしむべきところはなにもない――賭博室から入れるし、戸棚という隠し扉からも出入りができる。秘密の細工も、警備措置も、隣の部屋でおこなわれているギャンブルをいいわけにできる。

とりとめのない種々の考えが、頭のなかをよぎっていく。バンドルはなにげなく、暖炉の大理石の棚板を指先でなでてみた。

それを見たアルフレッドは勘違いしたようだ。「申しあげるまでもございませんが、汚れてはおりませんよ。今朝、ミスター・モスゴロフスキーにこの部屋を掃除するように申しつかりましてね。わたしが掃除をすませるまで待っておいででした」

「あら」バンドルの頭脳が忙しく働く。「今朝？」

「ときどきは掃除をしなければなりません。この部屋が使われることは、めったにないとはいえ」

次の瞬間、アルフレッドはショックを受けた――バンドルがこういったからだ。

「アルフレッド、この部屋のなかで、わたしが隠れていられる場所をみつけてちょうだい」

アルフレッドは唖然としてバンドルをみつめた。「そんなむちゃな！　厄介なことに巻きこまれたら、わたしは職を失ってしまいます！」

「刑務所に行く羽目になったら、どっちみち職を失うわよ」バンドルはひややかにいった。「でもね、おまえが心配する必要はないわ。誰にも知られずにすむから」

「隠れられるような場所なんかございませんよ。信じられないとおっしゃるのなら、ご自分の目で確かめてください」

アルフレッドがそういうのも無理はない――バンドルはしぶしぶそれを認めた。とはいえ、彼女は冒険をものともしない、不屈の精神の持ち主だ。

「つまらないことをいわないの。きっとあるはずよ」

「ですが、そんな場所はございません」アルフレッドは泣きそうな声で反論した。

確かに、隠れるのに適した場所など、まったく見あたらない。薄汚ない窓にはみすぼらしいブラインドが下りていて、カーテンはない。バンドルが窓を調べてみたところ、外側に突きでている窓敷居は四インチの幅しかなかった。室内にある家具は、テーブルが一台と、椅子が七脚、それに暖炉の両側の戸棚だけ。隠し扉になっている戸棚とは別の戸棚の鍵穴には、鍵がささっていた。バンドルはその扉を開けてみた。なかは数枚の棚板で仕切られていて、棚にはグラスや陶器などが雑然と置いてある。揃いのセットではなく、ちぐはぐな寄せ集めだ。

「半端な食器をしまってあるんです」アルフレッドが説明した。「お嬢さまがご自身の目でごらんになったとおり、ここには猫一匹、隠れる場所はありません」

バンドルは棚板をさわってみた。「ちゃちな造りだわ。ねえ、アルフレッド、この食器類をしまっておけるような戸棚が、階下《した》にある？　そう、あるのね。よかった。じゃあ、すぐにトレイを持ってきて、この食器類を運びだしてちょうだい。急いでね。のんびりしている時間はないから」

「そんなむちゃな。もう時間がありません。じきに料理人たちが出勤してきます」

「ミスター・モスゴ……なんとかが来るのは、もっと遅くなってからだと思うけど？」

「あのかたは真夜中より前にはいらっしゃいません。ですが、お嬢さま——」

「もう、話はおしまいよ。トレイを持ってきて。ぐずぐずしていると、まちがいなく、厄介なことになるわよ」

文字どおりに両手をもみしぼりながら、アルフレッドはトレイを取りにいった。

まもなく、トレイを持ってもどってきたアルフレッドは、もはや反対してもむだだと悟ったようすで、バンドルが指図したとおりに、てきぱきと仕事をすませた。

バンドルが見てとったとおり、棚板は簡単にはずれた。バンドルははずした棚板を戸棚の内部の壁にもたせかけて並べてから、開いた空間に入りこんだ。

「うーん、狭いわね。扉をそっと閉めてちょうだい、アルフレッド。そう、そうよ。ええ、これならだいじょうぶ。次は錐《きり》がほしいわ」

「錐、でございますか?」

「そういったでしょ」

「どうして――」

「いいから、錐を持ってきて。先っぽがらせん状になっている錐がいいわね。なければ、外に出て買ってきてもらうことになるから、よく捜したほうがいいわよ」

アルフレッドはそそくさと部屋を出ていったかと思うと、役に立ちそうな道具をあれこれ持ってもどってきた。

バンドルは望みの品を手に取り、すばやく、かつ、手際よく、扉に小さな穴を開けはじめた――右の目の高さのところに。扉の外側から注意ぶかく錐で穴を穿《うが》つ。扉を閉めた状態で、穴が目だってはいけないので、穴を大きく広げたりはしない。

「さあ、これで良し、と」

「あの、お嬢さま、あのう――」

「なあに?」

「もしみつかったら――もし扉が開けられたら――」

「開けようたって、開かないわ。だって、おまえが扉に施錠して、鍵を持っておくんだもの」

「ですが、たまたまミスター・モスゴロフスキーが鍵はどこだとお訊きになったら?」

「なくなったとおっしゃい」バンドルはきっぱりといった。「それに、誰もこの戸棚のことを気にかけたりはしないでしょうよ――あちらの隠し扉になっている戸棚だけだと目だつから、一対になっていると見せかけるために造ってあるのよ。さあ、アルフレッド、行動開始よ。そろそろ誰かが来るかもしれないわ。わたしを閉じこめて施錠したら鍵を持っておいて、誰もいなくなったら扉を開けにきて」

「ご気分が悪くなりますよ、お嬢さま。気を失ってしまうかも――」

「気を失ったりはしないわ。でも、カクテルを一杯、持ってきてもらおうかしら。それが要りそうな気がする。カクテルを持ってきたら、この戸棚に鍵をかけてちょうだい。そのあと部屋を出たら、忘れずにこの部屋のドアにも鍵をかけること。鍵束も元のところに返しておくのよ、アルフレッド。びくびくしなくていいのよ。いいわね、なにがあっても、決しておまえを見捨てはしないから」

バンドルは、アルフレッドが怖じ気づいて、彼女を見捨てるのではないかという心配などしていない。自衛本能の強い彼がそんなまねをするはずはないと、ちゃんとわかっているからだ。よく仕込まれた召使いは、訓練のたまもので、自分の感情を〝召使い〟という仮面の下に隠すことができるのだ。

しかし、ひとつだけ、バンドルが心配していることがある。今朝、この部屋が掃除されたという話を聞き、その言だけで、今日この部屋が使われると判断したのだが、それがまちがいなら……。もし誤っていたら……。

バンドルは狭い戸棚のなかでため息をついた。これから長い時間、ここでがんばってみても、なんの成果も得られないかもしれないという見通しは、決してうれしいものではなかった。

14　セヴン・ダイアルズの会合

　そのあとの四時間、バンドルの苦行は省略するにかぎる。バンドルが隠れているのは、じつにまさに窮屈《きゅうくつ》そのものの空間だったのだ。彼女の予想では、会合の時刻は――もし開かれるとすればの話だが――クラブがいちばん賑わっているときだろう。おそらくは深夜零時から午前二時のあいだのどこか。

　バンドルがもう午前六時ぐらいになったのではないかと思っていると、ようやく耳にうれしい音――ドアが解錠される音が聞こえた。

　そのあと、電灯のスイッチが入る音がした。そして、数人の低い声。遠くの潮騒のように、低く抑えた数人分の声が聞こえたかと思うと、いきなりぴたりと止んだ。バンドルの耳に、がちんとかんぬきをかける音が届いた。隣の賭博《とばく》室から誰かが入ってきたのはまちがいない。それにしても、賭博室とのあいだの仕切りのドアにほどこされた防音装置の効果はたいしたものだと、バンドルは感嘆した。

　そして、バンドルの視界に人々の姿が入ってきた。錐《きり》で開けた小さな穴から見える範囲は限られているものの、彼女の目的に充分に応えてくれた。視界に入ってきたのは、背の高い、肩幅の広い男。精悍《せいかん》な顔つきをしていて、もみあげから顎《あご》にかけて黒い髭《ひげ》を生やしている。バンドルはこの男に見憶えがあった。昨夜、賭博室のバカラテーブルにいた男だ。

するとこれが、アルフレッドのいっていた謎のロシア人で、このクラブのオーナーであり、悪事を企んでいるモスゴロフスキーにちがいない。興奮のあまり、バンドルの心臓が早鐘を打ちはじめた。この瞬間、快適さを愛する父親とはまったく似ていないバンドルは、自分が窮屈そのものの狭い空間に隠れていることに、内心で凱歌《がいか》をあげた。

ロシア人はすぐには席につかず、髭をなでながらテーブルの前に立っていた。そしてポケットから懐中時計を取りだして、ちらっと見た。満足げにうなずき、またポケットに手を突っこんでなにかを取りだした。なにを取りだしたのか、あいにくバンドルには見えなかったうえに、ロシア人は移動してバンドルの視界から消えた。

ふたたびロシア人が視界に現われたとき、バンドルはあやうく驚きの声をあげそうになったが、かろうじてそれを呑みこんだ。

ロシア人の顔は仮面におおわれていた。が、いわゆる仮面ではない。人の顔を模した仮面ではなく、顔面にカーテンのように布を垂らしているだけだ。両目のところにひとつずつ穴があいている。額のあたりに小さな円形のものがくっついている。円形のものには長い棒と短い棒のようなものが描きこまれていて、これが長針と短針となって、円形ぜんたいが時計の文字盤のように見える。二本の針は〈六時〉を指していた。

セヴン・ダイアルズだ！　バンドルは胸の内で叫んだ。

と、新たに音が聞こえた。くぐもったノックの音が七回。

モスゴロフスキーがバンドルの視界を横切った。例の、戸棚式隠し扉のほうに行ったのだ。かちっという音のあとに、外国語であいさつをかわす声が聞こえた。

まもなく、バンドルの視界に、新たにふたりの人間の姿が入りこんできた。

彼らも時計の仮面を着けていたが、二本の針の位置はそれぞれ異なっている――〈四時〉と〈五時〉だ。ふたりとも男で、夜会服姿だが服の仕立てはちがっている。ひとりは品のいい細身の若い男で、まとっている夜会服は洗練された仕立てだ。優雅な所作から察するに、イギリス人ではなく外国の上流社会の者と思われる。もうひとりは、針金のように痩せている。夜会服はぴたりと体に合っているが、ただそれだけというものだった。男の声を聞かなくても、バンドルには〈四時〉の国籍がわかった――アメリカ人だ。

「今夜はぼくたちが一番乗りだと思ってましたよ」耳に心地いい響きの声は、アメリカ人らしく母音をのばした気どった発音だが、アイルランド人のような抑揚《よくよう》がある。

品のいい若い男は流暢《りゅうちょう》に、いささか大仰な英語をしゃべった。「今夜はなかなか抜けられなくて、ちょっと苦労しました。いつもうまくいくとはかぎりませんからね。この〈四時〉とちがって、ぼくは自由気ままな身ではありませんので」

バンドルはくびをひねった――この〈五時〉の国籍はどこだろう？　彼の声を聞くまでは、フランス人ではないかと思っていたのだが、アクセントがフランス人らしくない。オーストリア人か、ハンガリー人、あるいは、ロシア人かもしれない。

〈四時〉がテーブルに近づいたようだ。バンドルからは〈五時〉は見えるが、〈四時〉の位置は見えない。だが、椅子を引き出す音は聞こえた。

「〈一時〉は大成功でしたね」〈四時〉がいった。「あれほどの危険をおかして成功したとは、たいしたものです」

〈五時〉は肩をすくめた。

ふたたび七回、くぐもったノックの音が聞こえた。モスゴロフスキーが隠し扉のほうに行く。テーブルの両サイドから離れているところは視界からはみだしているため、バンドルにはしばらくのあいだ、なにがどうなっているのか、状況をつかめなかった。だが、まもなく、髭のロシア人――〈六時〉――の声が聞こえた。少しばかり高く張りあげた声が。

「では、始めましょうか」

モスゴロフスキーはテーブルをまわって、上席の肘掛け椅子の隣に座を占めた。バンドルが隠れている戸棚と向かい合わせの位置になる。ロシア人の隣に品のいい〈五時〉がすわっている。三脚目の椅子はバンドルの視界には入らないのだが、〈四時〉のアメリカ人が彼女の視界を横切ったあと、椅子にすわる音が聞こえた。三脚目の椅子にすわったのだろう。

テーブルの片側にも椅子が三脚あるのだが、バンドルには二脚しか見えない。目を凝らしていると、誰かが二番目の椅子――正確にいえばまんなかの椅子――の背に手をかけてテーブルの下に押しこんだと思うと、新来の誰かがすばやく戸棚の前を横切り、モスゴロフスキーの向かい側の椅子にすわった。〈一時〉の席だ。もちろん、誰がすわったにしろ、バンドルには背中しか見えない。バンドルはその背中に見とれた。というのも、それは肩をむきだしにしたド《デコルテ》レスをまとった、じつに美しい背中だったからだ。

そして、その背中の持ち主がまっさきに口を切った。外国訛りの気持のいい声――聞く者が引きこまれるような響きのある声だ。女は空《から》の上席に目をやった。

「今夜も〈七時〉にはお会いできないんですか？　ねえ、みなさん、〈七時〉にお目にかかることはできるんでしょうか？」

「いい質問ですね」アメリカ人がいった。「なかなかいい質問だ。〈七時〉に関していえば、ぼくは存在しないんじゃないかと思ってますよ」

「その考えには賛成できかねますな」モスゴロフスキーがおもしろそうな口調でいった。

沈黙――バンドルには気まずい沈黙に感じられた。

先ほどから、バンドルは美しい背中に見とれていた。右の肩胛骨《けんこうこつ》の下に小さな黒いホクロのある背中に。そのホクロのせいで、肌の白さがいっそう引きたっている。バンドルが読んだ多数の小説のなかには、たびたび〈美しき女性冒険家〉という人物が登場したが、その意味がいま、現実として実感できた。この女は、背中だけではなく、顔も美しいにちがいない――情熱的な目をもつ、謎めいた美女。

ロシア人の声が聞こえ、バンドルは小説の世界から現実に引きもどされた。どうやら、モスゴロフスキーが進行役らしい。

「議事にとりかかりましょう。まずは、欠席している同志〈二時〉に関して」

モスゴロフスキーは奇妙な手つきで、女の隣の空席を示した。同席しているほかの者たちも、いっせいにその空席に顔を向けたようだ。

「今夜も〈二時〉に来てもらいたかったですね」モスゴロフスキーはいった。「なすべきことがたくさんあります。想定外のむずかしい問題が起こってしまった」

「彼から報告はありましたか?」〈四時〉のアメリカ人が訊く。

「いえ――報告は受けていません」少し間《ま》があく。「その点が納得できないんです」

「というと、彼の報告書はどこかに迷いこんでしまった――とお考えなんですか?」

「その可能性がある、と」

「いいかえれば」〈五時〉がやんわりといった。「危険、だと」〈五時〉は慎重にそのことばを選び、なおかつ、じっくりと噛みしめるような口調でいった。

モスゴロフスキーは強くうなずいた。「そう、〝危険〟です。わたしたちのことも、この場所のことも、知られすぎています。あやしんでいる者が何人かいることもわかっています」そしてひややかにつけくわえた。「その者たちは黙らせるべきです」

バンドルの背筋に戦慄が走った。もしここでみつかれば、黙らされる? しかし、次のことばを聞いたとたん、妄想は消え、意識がしゃんとした。

「では、チムニーズ館《やかた》に関しては、まだなにもわかっていないんですね」アメリカ人が訊きかえす。

モスゴロフスキーはうなずいた。「なにも」

つと、〈五時〉が身をのりだした。「わたしは〈一時〉と同じ意見ですよ。我らが首領、〈七時〉はどこにいるんですか？　わたしたちは彼に招集されたんですよ。なのに、なぜ本人に会えないんですか？」

「〈七時〉には」モスゴロフスキーはいった。「ご自分のやりかたがおありなんです」

「あなたはいつもそういいますね」

「さらに申しますと、男であれ女であれ、あのかたに敵対するひとを気の毒に思いますよ」

ぎごちない沈黙。

「わたしたちはわたしたちの仕事をいたしましょう」モスゴロフスキーは静かにいった。「〈三時〉くん、ウァイヴァーン・アベイに関する計画は？」

バンドルは緊張して耳をすました。これまでのところ、〈三時〉の姿はちらりとも見ていないし、声も聞いていないのだ。いま初めて聞くその声をしっかりと耳の底に刻む。低く、気持のいい声だが、聞きとりにくい発音――高等教育を受けた、育ちのいいイギリス人特有の話しかただ。

「ええ、計画書を持ってきました」

テーブルの上に書類が何枚か置かれる。テーブルを囲む面々が身をのりだす。

やがてモスゴロフスキーが顔をあげた。「客のリストは？」

「これです」

モスゴロフスキーはリストの名前を読みあげた。「サー・スタンリー・ディグビー、ミスター・テレンス・オルーク、サー・オズワルド・クート、レディ・クート、ミスター・ベイトマン、アンナ・ラデツキー伯爵夫人、ミセス・マカッタ、ミスター・ジェームズ・セシジャー」
モスゴロフスキーはそこで間をとり、するどい口調で質問した。「このジェームズ・セシジャーというのは何者ですか?」

〈四時〉のアメリカ人が笑い声をあげた。「彼のことならご心配なく。ごくふつうのマヌケな青年ですから」

モスゴロフスキーは名前の読みあげにもどった。「ヘル・エベルハルト、ミスター・エヴァーズレイ。リストは以上です」

バンドルは胸のなかで突っこみを入れた――そうかしら? 感じのいいレディ・アイリーン・ブレントはどうなっているの?

「そうですな、特に懸念すべき者はいないようです」モスゴロフスキーはそういって、テーブルを囲む人々を見まわした。「エベルハルトの発明の価値については、疑う余地もないと思いますが」

〈三時〉がいかにもイギリス人らしい、ぶっきらぼうな口調でいった。「そのとおり」

「ビジネスとして見ると、数百万ポンドの価値があるでしょうな」モスゴロフスキーはいった。

「国際的観点から見れば――さよう、ごぞんじのとおり、どの国にしろ、国家というのは貪欲きわまりないものです」

仮面の下で、モスゴロフスキーは不敵な笑いを浮かべているにちがいない――バンドルはそう思った。

「そう、まさに金鉱です」モスゴロフスキーはそうつけくわえた。

「何人かの生命と引き替えにする価値はありますね」〈五時〉は皮肉っぽくそういって、笑い声をあげた。

「だが、発明というのがどういうものか、みなさん、ごぞんじだと思いますが」〈四時〉のアメリカ人がいった。「必ずしも実用化がうまくいくとはかぎりません」

「サー・オズワルド・クートなら、ミスなどしないでしょうな」モスゴロフスキーがいった。

「飛行機乗りとしていわせていただければ」〈五時〉が口をはさんだ。「あれは完璧に実用化可能な発明ですよ――ああでもないこうでもないと、何年も議論が戦わされてきたんですが、実現するには、エベルハルトの天才的な頭脳が必要だったんです」

「それならば」モスゴロフスキーがあとを引き取った。「わたしたちがこれ以上議論すべき必要はありませんな。みなさん、計画書を読みましたね。これよりもいい計画があるとは思えません。ちなみに、ジェラルド・ウェイドの手紙が発見された件ですが……。そう、この組織のことが書かれていたという手紙です。発見したのは何者ですか?」

「ケイタラム卿の令嬢です――レディ・アイリーン・ブレント」

「バウアーが気をつけておくべきでしたな」モスゴロフスキーはいった。「彼の不注意です。誰に宛てて書かれた手紙なんですか?」

「彼の妹です」〈三時〉がいった。

「遺憾ですな。だが、いたしかたない。明日はロナルド・デヴュルーの検死審問が開かれます。

手は打ってあるのでしょうね？」

「あのへん一帯に、地元の若者がライフルの試し撃ちをしていた、という噂が広まっていますよ」〈四時〉が報告した。

「それならけっこう。もう申しあげることはないようです。親愛なる同志〈一時〉を祝福し、彼女が役割をまっとうされることを願うばかりです」

「ウラー！」〈五時〉が叫んだ。「〈一時〉に！」

全員が同じように両手をあげた。以前にバンドルも、これと同じしぐさを見たことがある。

「〈一時〉に！」

〈一時〉はいかにも外国人らしいしぐさで、みんなの称賛と激励に感謝の意を表してから、すっと立ちあがった。ほかの者も彼女に倣った。〈三時〉が〈一時〉にコートを着せかけてやったので、ここで初めて、バンドルは〈三時〉のうしろ姿を垣間見ることができた。背の高い、がっしりした体格の青年だ。

やがて一同はぞろぞろと隠し扉から出ていった。みんなが出ていくと、モスゴロフスキーがその扉をしっかりと閉めたようだ。数分ほどたってから、明かりが消され、もうひとつのドアのかんぬきが開けられる音と、ドアを開閉する音がした。

そのあと、二時間もたたないうちに、不安で青ざめたアルフレッドがやってきて、狭い戸棚からバンドルを解放してくれた。

バンドルがアルフレッドの腕のなかに倒れこみそうになったため、彼は必死で彼女を支えた。

「だいじょうぶよ。体がこわばっているだけ。ちょっとすわらせてちょうだい」

「ああ、お嬢さま、さぞ恐ろしかったでしょう」

「どういたしまして。うまくいったわ。もうすべて終わったから、やきもきしなくていいのよ。失敗する可能性もあったけど、ありがたいことに、そうならずにすんだし」

「おっしゃるとおりです。ありがたい。わたしはひと晩じゅう、はらはらしておりました。おかしな連中でしたでしょう？」

「ほんとうにおかしな連中だった」バンドルは腕や脚をせっせとマッサージしながらいった。

「じっさいのところ、今夜までは、ああいう連中は小説のなかにしか存在しないと思っていたんだけど。ねえ、アルフレッド、生きていると、いろいろなことを学ぶものね」

15　検死審問

午前六時すぎに、バンドルはロンドンの屋敷にもどってベッドにもぐりこんだ。だが九時半にはもう起きだして、着替えてからジミー・セシジャーに電話をかけた。

セシジャーが早々に電話に出てきたので、バンドルはひどく驚いたが、検死審問に出席するためだといわれて納得した。

「わたしも出席します」バンドルはいった。「それから、あなたにお話ししたいことがいろいろとあります」

「それなら、わたしの車で行きませんか。そうすれば、道中、話ができますから。いかがです？」

「いいですよ。でも、チムニーズ館《やかた》にもどらなければならないので、そちらに寄り道をしていただけます？　わたしを迎えに、警察署長がチムニーズ館に来られることになっていますので」

「どうして？」

「とてもご親切なかたなんです」

「わたしもそうですよ。とても親切です」

「あら！　あなたはマヌケなんですって。昨夜、誰かがそういっているのを聞きました」

「誰が?」

「正確にいうと、ロシア系ユダヤ人が。いえ、そうじゃないわね。ええっと——」

だがセシジャーの憤慨《ふんがい》した声が、バンドルをさえぎった。「そりゃあ、わたしはマヌケかもしれません。だからといって、ロシア系ユダヤ人ごときに、そんなことをいわれる筋合いはありませんよ。バンドル、昨夜はいったいなにをしていたんですか?」

「それをお話しするつもりなんです。それじゃあ、あとで」

バンドルはじらすようにそういって、電話を切った。

セシジャーは煙に巻かれたような気分だったが、腹はたたなかった。バンドルの才覚には心から敬意をいだいている。かといって、それがロマンチックな感情に変わることはありえない。そそくさとコーヒーを飲みほしながら、セシジャーは思った——彼女はなにかつかんだんだな。うん、まちがいない、なにかつかんだんだ、と。

二十分後、セシジャーのツーシーターの小さな車が、ブルックストリートの屋敷の前に停まった。待ちかまえていたバンドルが軽やかな足どりで玄関階段を降りてきた。セシジャーは観察眼がするどいほうではないが、バンドルの目の周囲にうっすらと黒い隈ができているのは見落とさなかった。どうやら、昨夜はかなり夜更かしをしたようだ。

車が郊外にさしかかると、セシジャーは本題に入った。「それで、いったいどんなおてんばをなさったんですか?」

「それをお話ししますけど、話が終わるまで黙って聞いてくださいね」

バンドルの長い話を聞きながら、セシジャーは事故を起こさないようにと、運転に神経を集中するのにひと苦労した。バンドルの話が終わると、セシジャーはため息をついた──そして、探るような目でバンドルを見た。

「バンドル？」

「はい？」

「わたしをからかっているんじゃないでしょうね？」

「どういう意味です？」

「悪いけど、なんだか以前に聞いたことのある話に、よく似ているみたいな気がして──夢のなかで、ですけどね」

「わかります」バンドルは慰めるようにいった。

セシジャーは頭のなかで筋の通る思考をたどってから、きっぱりいった。「ありえないなあ。美貌の外国人女性冒険家、国際的ギャング団、正体不明の謎の〈七時〉──そういうのは、小説のなかで百回ぐらい読みましたけどねえ」

「そうでしょうね。わたしもそう思います。だからといって、そういうことは現実にはありえない、という理屈にはなりません」

「いやあ、それはそうですが」

「けっきょく、小説というのは、現実を踏まえて創作されていると思うんです。つまり、じっさいに、なにかが起こらなければ、そういうことを思いつくことさえ、できないんじゃないかしら」

「うーん、一理ありますね。ですが、目が覚めているのかどうか、頰をつねってみたくなるのもほんとうです」

「同感です」

セシジャーは深いため息をついた。「では、わたしたちはふたりとも、ちゃんと目覚めているのはまちがいない、と。ロシア人。アメリカ人。イギリス人がふたり。ただし、ひとりはオーストリア人かハンガリー人のように思える、と。そして国籍不明のレディ——この女性はロシア人かもしれないし、ポーランド人かもしれない。そうですね、なんだか、さまざまな国の代表が集まった会合みたいだ」

「ドイツ人もいますよ。ドイツ人のことをお忘れなく」

「うーん」セシジャーはのろのろとうなずいた。「つまり——」

「欠席していた〈二時〉ですが、これはバウアーだと思います。チムニーズ館の従僕の。報告を待っているのに届いていないといっていたのは、バウアーが欠席したせいでしょう。それがチムニーズ館に関する報告なのかどうか、それはわかりませんけれど」

「きっと、ジェリー・ウェイドの死に関することですよ」セシジャーはいった。「わたしたちには見当もつかないなにかがあるにちがいない。彼らは、はっきりとバウアーという名前を口にしたんですね?」

バンドルはうなずいた。「わたしがみつけた手紙を、彼がみつけられなかったことを責めていました」

「すると、その推測は当たっているといえますね。反論する理由がない。最初にあなたの話を聞いたときには疑ってしまってすみませんでした。許してください、バンドル。それにしても荒唐無稽《こうとうむけい》な話だなあ。ところで、来週、わたしがウァイヴァーン・アベイに行くことも知られているんですね？」

「ええ、思い出しましたが、ロシア人ではなく、アメリカ人がそういったんです。心配する必要はないともいっていました。そのう、あなたはマヌケなふつうの青年にすぎないから、と」

「ふん！」セシジャーはアクセルを強く踏みこんだ。車の速度が増す。「それを話してくださって、感謝しますよ。おかげで、この件に関して、個人的な興味がぐっと高まりましたからね」

セシジャーはそのあとしばらく黙っていたが、やがてまた口を開いた。「ドイツ人の発明家はエベルハルトという名前でしたっけ？」

「ええ、それがなにか？」

「ちょっと待ってください。なにか思い出しそうなんです。エベルハルト、エベルハルト、と……。そうか、そうだ！」

「なんです？」

「エベルハルトというのは、鉄鋼に関するたいそうな製法を考案して、特許を取った男のことなんだ。わたしには科学的知識がないので、正確な説明はできませんが、彼が取得した特許製法のおかげで、針金状の細い鋼鉄が太い棒のように硬く強くなったという話を聞いています。

エベルハルトのその特許は航空機にも関係しています。彼が発明した製法で、航空機の重量が大幅に軽減するのではないかといわれているんです。これは航空業界にとっては革命的な進歩ですよ。コストも下がりますからね。彼はその特許製法をドイツ政府に売りこみましたが、政府は見過ごしにはできない欠点をいくつか指摘して、売りこみには応じませんでした。それもひどく陰険な拒絶のしかただったとか。彼はすぐさま改良に着手し、あらゆる困難を乗り越えて、研究を完成させたんです。だが、ドイツ政府の応対に激怒していたので、我が子同様にたいせつな製法を、ぜったいにドイツ政府には渡さないと心に誓ったんです。わたしはいままで、そんなのは眉唾の作り話だと思っていたんですが――どうやら、そうではないようですね」

「そうですとも」バンドルは力をこめてそういった。「ジミー、あなたのおっしゃるとおりだと思いますよ。エベルハルトは特許製法を、我がイギリス政府に売りこんだにちがいありません。イギリス政府はその売りこみを考慮中なのか、あるいはすでに受けるつもりになっているんです。とすると、サー・オズワルド・クートの専門家としての意見を求めるでしょうね。その件で、アベイで非公式の会合が開かれるんですよ。サー・オズワルド、ジョージ・ロマックス、航空大臣、そして、エベルハルト。エベルハルトは、ほら、なんといいましたっけ、企画書だか工程法だか、なにかそんなものを持ってくるんじゃないかしら」

「製法といういいかたでよかったのかな？　確か〝フォーミュラ〟というのが正しい用語だと思いますけどね」

「彼がその製法に関する書類を持参するなら、セヴン・ダイアルズはそれを奪うつもりですね。

そういえば、その特許製法には数百万ポンドの価値があると、ロシア人がいってました」

「さもありなん」

「それに、数人の人間の生命と引き替えにする価値があるとも――これはロシア人ではなく、ほかの者がいったんですけど」

「なるほどね」セシジャーの表情が曇った。「今日の検死審問のことを考えてごらんなさい。バンドル、ロニーはほかになにかいいませんでしたか?」

「なにも。〝セヴン・ダイアルズ……伝えて……ジミー・セシジャー〟としか。お気の毒に、そういうのがやっとだったんです」

「彼が知っていたことがわかればいいのに。でも、ひとつ、明らかになったことがありますね。チムニーズ館に新規に雇用された従僕、バウアーというやつが、ジェリーの死に関与しているのは確かだと思いますよ。ねえ、バンドル――」

「はい?」

「ときどき、心配になるんです。次にやられるのは誰なんだろうか、と。若い女性が関わっていいような事件ではありませんよ」

バンドルは思わずこみあげてくる笑みを抑えきれなかった。セシジャーがバンドルをロレイン・ウェイドと同じ範疇《はんちゅう》、つまり〝かよわい女性〟という枠に入れるのにずいぶん時間がかかったものだと思うと、おかしくなったのだ。

「わたしより、あなたのほうがあぶないんじゃありませんか」バンドルは朗らかにそういった。

「やれやれ。それなら、いっそ、向こう側の人間を何人かやっつけてしまうというのはどうですかね？　今朝はなんだか、血に飢えているような荒っぽい気分なんですよ。そうだ、バンドル、もし顔を見たら、それがメンバーのひとりだとわかりますか？」

バンドルは即答できなかった。ためらいつつ答える。「〈五時〉ならわかるかもしれません。口調が独特でしたから――ちょっと舌たらずの、意地の悪い口調。そうですね、会って話をすれば、わかるんじゃないかしら」

「イギリス人はどうです？」

バンドルはくびを横に振った。「ほんのちょっとだけ、うしろ姿を見ただけですし、声もふつうでした。ただ、がっしりした大きな男で、これといった特徴はありませんでした」

「それでは、女性。女性なら見分けやすいのでは？　もっとも、その女に、偶然あなたが出くわすなんてことはなさそうですねえ。そういう女は好色な閣僚をたらしこんでいっしょに食事をし、その席で、よからぬ仕事にいそしむんじゃないかなあ。相手にたっぷり酒を飲ませ、ふたりきりになったら国家機密を聞きだすとか。少なくとも、小説のなかではそういう展開になりますけどね。じっさいのところ、わたしは大臣はひとりしか知りませんが、彼が飲むのはレモン果汁を絞りこんだお湯なんですよ」

「たとえば、ジョージ・ロマックスが外国人の美女に好色な目を向けているところなんか、想像できます？」バンドルは笑いながらそういった。

バンドルの批評に、セシジャーはうなずいて同意した。「それに、謎の男、〈七時〉」セシジャーは話をつづけた。「その男の正体、見当がつきませんか?」

「ぜんぜん」

「小説のなかでは、世間でもよく知られている人物、というのがありがちなんですけどね。そうだ、ジョージ・ロマックスそのひと、ということはないですか?」

バンドルはいかにも残念そうにくびを横に振った。「小説なら、それで完璧な展開になりますけど、でも、コッダーズを知っていれば——」バンドルはおかしくてたまらなくなった。

「コッダーズ。じつは大犯罪組織の首領」堪えきれずに笑ってしまう。「そうなら、愉快痛快じゃありません?」

セシジャーはまったくそのとおりだとうなずいた。ふたりが論議を重ねるあいだ、一度ならず車のスピードが落ちた。セシジャーが論議のほうに気をとられたせいだ。

車がチムニーズ館に到着すると、警察署長のメルローズ大佐がすでに待っていた。セシジャーは大佐に自己紹介をして、三人はいっしょに検死審問が開かれるところに向かった。

メルローズ大佐がいっていたとおり、審議はごく簡単にすんだ。バンドルの証言。医者の証言。事件現場近辺でライフルが発砲されていたという証言。評決は、未知の何者かによる過失致死。

検死審問が終わると、メルローズ大佐がバンドルをチムニーズ館に送るといってくれたので、セシジャーはひとりロンドンにもどった。

ジミー・セシジャーは楽天的な性質《たち》だが、それでもバンドルの話には動揺し、真剣に受けとめていた。ロンドンの自宅にもどると、セシジャーはくちびるをきっと引き結んで、あれこれ考えてから、つぶやくようにいった。「ロニー、わたしはやるぞ。だが、きみはゲームに参加できないんだな」

ふいに、ある考えが頭に浮かんだ。ロレイン！　彼女が危険だ！

ちょっとためらったが、セシジャーは受話器を取り、ロレインの自宅に電話をかけた。

「やあ、ジミーです。きみも検死審問の評決を知りたいだろうと思って。評決は過失致死でしたよ」

「まあ、でも――」

「そう、なにか裏がありそうですね。検死官がそれらしいことをいってました。この一件をもみ消そうと、誰かが手をまわしたようです。ねえ、ロレイン――」

「はい？」

「いいですか、おかしな動きがあります。充分に注意してください。わたしのためにも」

ロレインの声に警戒の響きがこもった。「ジミー、それなら、あなただって危険でしょう。どうか気をつけて」

セシジャーは笑った。「いや、だいじょうぶですよ。わたしは猫と同じく、九つの命をもっていますからね。ではまた」

受話器を置くと、セシジャーはしばらく考えこんだ。そしてスティーヴンズを呼んだ。

「スティーヴンズ、ちょっとピストルを買ってきてくれないか」

「ピストル、でございますか?」従僕としての訓練のたまものか、スティーヴンズは顔色ひとつ変えなかった。「どのようなタイプのピストルをご所望で?」

「引き金に指をかけたら、その指を離すまで弾が出てくるやつだ」

「自動拳銃《オートマチック》でございますね」

「それそれ、オートマチック。銃先が青い《ブルーノーズ》のがいいな——おまえや銃器店の店員がそういうのを知っていれば、の話だが。アメリカの小説では、主人公はいつも、ポケットにブルーノーズのオートマチックをしのばせているんだ」

スティーヴンズはかすかに、つつしみぶかい微笑《びしょう》を浮かべた。「わたしが知るかぎりでは、たいていのアメリカ人男性は、銃とはまったく異なる品を、尻ポケットにしのばせているようでございますが」

ジミー・セシジャーは声をあげて笑った。

16　アベイでのハウスパーティ

金曜日の午後、バンドルはお茶の時間にまにあうように車をとばして、ワァイヴァーン・アベイに向かった。バンドルにとって意外だったのは、いつもとちがって、ジョージ・ロマックスがあたたかく迎えてくれたことだ。

「アイリーン、ようこそ。あなたをここにお迎えできて、じつにうれしい。あなたのお父上をお招きしたときに、あなたに声をかけなかったことを許してください。じつをいうと、あなたがこういうパーティに関心をおもちになるとは、夢にも思わなかったんですよ。レディ・ケイタラムからあなたが、そのう、政治に関心をおもちだとうかがい、そのう、驚くと同時に、そのう、たいへんうれしく思いました」

「ぜひこちらにおうかがいしたかったんですよ」バンドルはあっさりと、無邪気そのものの口調でいった。

「ミセス・マカッタはもっと遅い汽車での到着になります。昨夜はマンチェスターで講演をなさいましたからね。ミスター・セシジャーとお会いになったことは？　まだ若いけれど、外国の政情についてなかなかよく勉強していますよ。いやいや、とてもそうは見えないんですがね」

「ミスター・セシジャーならぞんじています」

バンドルはしかつめらしくセシジャーと握手をかわした。今日の彼は、きまじめな表情に見えるのを狙ったのか、髪をまんなか分けにしている。

「あのですね」ロマックスが席をはずすと、セシジャーは小声でせかせかといった。「怒らないでくださいよ。じつはこのもくろみのことをビルに打ち明けたんです」

「ビルに？」バンドルは少しばかりむっとした。

「ですが、あなたも知ってのとおり、ビルは仲間のひとりですから。ロニーはビルの親しい友人だったし、ジェリーもそうでした」

「それは知っています」

「でも、話すべきではなかったとお思いなんですね？　すみません」

「もちろん、ビルならいいと思いますよ。彼に話すべきではなかったというんじゃないんです。でも、彼は――いえ、いいわ。あのひとは根っからの粗忽者ですから」

「切れ者ではないということですか？　とはいえ、ひとつ、お忘れですよ。ビルはなかなか威力のある拳固《げんこ》の持ち主です。わたしとしては、そのうち、威力のある拳固が必要になるかもしれないと思っているんです」

「そうですね、そうかもしれません。彼の反応はいかがでした？」

「しばらく頭をかかえてましたよ。いろいろな事実が山盛りで、混乱したんでしょうね。わかりやすいことばで、根気よく何度もくりかえし話して聞かせたんで、ようやくあの石頭にもしみこんだようです。当然ながら、危険という点では、彼もまた、わたしたちと同じというわけです」

ロマックスがもどってきた。「アイリーン、ご紹介します。サー・スタンリー・ディグビー、こちらはレディ・アイリーン・ブレントです。それから、こちらはミスター・オルーク」

航空大臣のディグビーは小柄な丸っこい男で、丸い顔に陽気な笑みを浮かべている。彼の秘書のオルークは背の高い青年で、典型的なアイルランド人という容貌だ。青い目に笑みをたたえ、バンドルと力のこもった握手をかわす。

「退屈な政治パーティになると思っていましたよ」アイルランド青年は如才《じょさい》なく、小声でバンドルにささやいた。

「あら」バンドルはいいかえした。「わたし、政治は好きですわ——とても」

「サー・オズワルドならびにレディ・クートご夫妻」ロマックスの紹介はつづいている。

「お会いするのは初めてですわね」バンドルはにこやかに微笑《びしょう》しながらそういったが、内心では父親の描写力に感心していた。

サー・オズワルドの握手は鉄のように硬くがっちりしていた。バンドルはかすかに顔をしかめた。

レディ・クートは悲しげなようすでバンドルにあいさつをすると、ジミー・セシジャーのほうを向き、会えて喜んでいるとおぼしい表情を見せた。朝食に遅れるという悪癖にもかかわらず、このピンクの頬の愛想のいい青年に好意をもっていたのだ。彼がまとっている、いかにも善良そうな雰囲気が魅力的なので、レディ・クートとしては彼の悪癖を矯《た》め、世間で認められる人間に仕立てなおしたいという母性的な思いに駆られていた。もっとも、仕立てなおされたセシジャーがいまのように魅力的かどうか、そんな疑問はかけらほども、彼女の頭には浮かばないのだが。それはさておき、レディ・クートはセシジャーを相手に、友人が痛ましい自動車事故にあった話をはじめた。

「ミスター・ベイトマン」ロマックスはバンドルにいった。これを早くすませて、すぐに次の人物を紹介したいといわんばかりだ。まじめそうな青白い顔の青年がバンドルにおじぎをする。

「さてそれでは」ロマックスはバンドルにいった。「ラデッキー伯爵夫人を紹介しましょう」

それまで、伯爵夫人はサー・オズワルドの秘書のベイトマンと話をしていた。ソファの背にゆったりともたれ、大胆に脚を組み、トルコ石の飾りのついた、おそろしく長いシガレットホルダーで煙草を吸っている。

バンドルは思った――いままでに会ったなかでも最高の美女のひとりだ、と。その大きな目は青く、髪は漆黒、肌はなめらかで、鼻はやや低め、そして、ほっそりとしなやかな姿態。くちびるは赤い――これほど赤く塗られたくちびるは、ここ、ウァイヴァーン・アベイではかつて見られたことがなかっただろう。

伯爵夫人はロマックスに熱意をこめて訊いた。「こちらはミセス・マカッタ――そうですね？」

ロマックスはそれを否定し、バンドルを紹介した。伯爵夫人はどうでもよさそうにバンドルにうなずいてみせ、まじめくさったベイトマンとの会話にもどった。

セシジャーがバンドルの耳もとでささやいた。「ポンゴのやつ、あのハンガリー美人にすっかり参ってますね。哀れなものだ。そう思いませんか？　さあ、お茶でもいただきましょう」

バンドルとセシジャーはサー・オズワルドのそばに行った。

「お宅のチムニーズ館《やかた》はじつにすばらしいお屋敷ですな」堂々たる鉄鋼界の大物はバンドルにそういった。

「そういっていただいて、うれしいですわ」バンドルはおとなしく答えた。

「しかし、最新式の鉛管工事が必要ですね。近代化が」サー・オズワルドは少し考えこんだ。

「いまはオールトン公爵のお屋敷を借りているんですよ。三年契約で。そのあいだに、自分の屋敷を探すつもりなんです。お父上は、たとえそうお望みでも、あの屋敷を手放すわけにはいかないんでしょうね？」

バンドルは思わず息をのんだ。悪夢のようなイギリスの光景が脳裏に浮かぶ——数えきれないほどの〝クート〟が、チムニーズ館のように由緒ある屋敷を占拠している光景。どの屋敷にも最新式の鉛管工事がほどこされている……。

急にバンドルは、自分でも不合理だと思えるほどの激しい怒りを覚えた。父のケイタラム卿と、サー・オズワルド・クートとを並べてみれば、どちらが敗者になるか、それは目に見えている。サー・オズワルドは、近づく者すべての影を薄くする強力なパワーの持ち主だ。ケイタラム卿がいったとおり、彼は人間蒸気ローラーなのだ。しかし、さまざまな点でサー・オズワルド・クートが愚かなのは、疑う余地もない。専門的な知識やおそろしいほどの精力を別にすれば、おそらくは無知蒙昧《むちもうまい》といえるだろう。人生には、ささやかながらも真に価値のあることが多々ある。ケイタラム卿はそれを認め、しかも楽しむことができる。だが、そのことじたいが、サー・オズワルドには神秘にして不可解な謎だろう。

そういう思いを胸の内で噛みしめながら、バンドルは快活に会話をつづけた。ヘル・エベルハルトはすでに到着しているが、ひどい頭痛のせいで横になっているそうだ。それを教えてくれたのはオルークで、彼はバンドルのそばにへばりつき、そこを動こうとはしなかった。

やがてバンドルは夕食のために着替えをしようと、楽しい気分で二階の客室に向かった。だが、じきにミセス・マカッタに会うと思うと、少々、不安になってきた。ミセス・マカッタに気に入ってもらえるやりとりができるかどうか、楽観してはいけない。これはいわば、恋に似ていて、恋路が薔薇《ばら》色に輝いているかどうかはわからないのだ。

黒いレースのドレスに着替えて、バンドルがしとやかに階下《した》に降り、廊下を進んでいくと、最初の衝撃が待ち受けていた。

廊下の先に従僕が立っている――少なくとも、従僕のお仕着せをまとっている。だが、その角ばってがっしりした体格は、見まちがいようがなかった。

バンドルは立ちどまって、まじまじとその男をみつめた。「バトル警視」バンドルは思わず息をのんだ。

「そうです」

「まあ」バンドルはあやふやな声をたてた。「ここにいらしたのは――その――」

「警戒するためです」

「そうですか」

「あの警告状のことはごぞんじですね。ミスター・ロマックスがいささか気になさっていらっしゃいましてね。わたしが出張ってこないと、安心できないようでしたので」

「でも——あのう——」バンドルは先をつづけるのをやめた。バトル警視に、従僕姿が少しもさまになっていないと指摘するのは、はばかられた。たとえ従僕姿であっても、体ぜんたいに〈警察官〉とでかでかと書いてあるも同然で、バンドルとしては、いくらぼんくらな犯罪者でも警戒しないわけがないと思うのだが。

「いかがです?」警視は淡々といった。「正体を見破られますかね」

警視は〝正体〟という語を大文字でいった。

「ええ、そうですね、そう思います」バンドルは遠慮なくいった。

警視の木彫りの面のような顔にかすかな動きが生じた——見かたによっては微笑といえる。

「連中も用心するでしょうね。レディ・アイリーン、それではいけませんか?」

「それではいけないか?」バンドルは警視のことばをくりかえした。自分でもばかみたいだと思う。

バトル警視はゆっくりとうなずいた。「警察としては、みなさんに不愉快な思いをさせる気はありません。大上段にかまえるのは得策ではないんです。悪党どもにそれとなく知らしめる——つまり、ここにその筋の者がいることを見せつけるのが肝要なんです」

バンドルは敬意をこめて警視をみつめた。なるほど。思いがけず、バトル警視ほど高名な刑事が登場する――よからぬことを企んでいる者たちにとっては、相当の衝撃だろう。それはバンドルにも想像できる。

「大上段にかまえるのは得策ではないんです」警視は前と同じことばを、今度は語調を少し強めてくりかえした。「得策といえるのは、この週末を不快なものにしないことなんですよ」

バンドルは警視と別れて歩を進めながら、パーティの出席者のうち、スコットランドヤードの刑事が来ていることに、すでに気づいている者が何人ぐらいいるのだろうか、あるいは、そのうちに気づく者もいるのだろうかと思った。

居間に行くと、ロマックスがオレンジ色の封筒を手にして、顔をしかめていた。

「困ったことになりました」ロマックスはいった。「ミセス・マカッタから来られないという電報がきましてね。お子さんたちが耳下腺炎にかかってしまったそうです」

バンドルの心臓が安堵の鼓動を打った。

「気の毒に思いますよ、アイリーン、さぞ残念でしょうね」ロマックスはやさしくいった。

「あなたがどれほど彼女に会いたがっていたか、よくわかっています。ラデツキー伯爵夫人もひどくがっかりなさるでしょう」

「いえ、わたしのことはお気になさらないでください。彼女が無理をしてこちらに来られたとしても、耳下腺炎を伝染《うつ》されたら困りますもの」

「それはまたうがった見かたですね。ですが、あの病気はそんなふうに伝染するものではないと思いますよ。どちらにしても、ミセス・マカッタはそういう危険をおかさないかたです。強い社会的責任感をおもちで、高邁な主義を貫いておられるご婦人ですから。こんにちのように国家的危機が高まっている状況では、われわれは一致団結して――」

ロマックスはいつものように、ここぞとばかりに演説をぶちかまそうとしたが、唐突に我に返ったようだ。「ええ、また機会がありますとも。幸いなことに、あなたの場合は、早急にどうこうという事情があるわけではありませんからね。しかし、遺憾ながら、伯爵夫人は外国からいらしたお客さまなので」

「ハンガリーのかたですわね?」バンドルは彼女に興味をもった。

「そうです。あなたはもちろん、青年ハンガリー派のことを聞いているでしょう。伯爵夫人はその団体の指導者なんです。若くして寡婦となられた裕福なかたでしてね、その財産と持ち前の才能を社会奉仕に捧げていらっしゃる。特に、乳幼児の死亡問題に専念なさっています。これは目下のところ、ハンガリーでは恐るべき問題でして。わたしは――おや、ヘル・エベルハルトがいらした」

ドイツの発明家はバンドルが思っていたより若かった。三十三、四歳だろう。無骨でおちつきがないが、決して不愉快な人物ではなかった。青い目は陰鬱《いんうつ》というより、むしろ内気な感じで、ビル・エヴァーズレイがいったように爪を噛むという見苦しい癖も、おそらくは神経質な性質《たち》のせいであって、ほかに原因はないのではとバンドルは思った。痩せてひょろっとした体格から見て、貧血症で虚弱な体質らしい。

エベルハルトはおずおずと、ぎごちない英語でバンドルと会話をかわした。そこに航空大臣秘書のオルークが近づいてきた。バンドルもエベルハルトもオルークを歓迎した。やがてビル・エヴァーズレイが騒々しくやってきた——ほかに表現のしようがない。かわいがられているニューファンドランド犬が、嬉々として部屋にとびこんできたような感じなのだ。エヴァーズレイはすぐさまバンドルのそばに行った。なんだか途方にくれたような悩ましげな表情だ。

「やあ、バンドル。きみが来ているのは知っていたんだ。だけど、午後はずっとこき使われていたもんで。そうでなきゃ、もっと早く会えたんだけど」

「今夜も国のための仕事が山積みしているのかい？」オルークが同情するようにいった。

エヴァーズレイは呻いた。「きみの親分とは大ちがいだよ」不満たらたらという口ぶりだ。「きみの親分は太っていてずんぐりした小男だけど、ひとがよさそうじゃないか。だけど、コッダーズはまるでちがう。とてもついていけないよ。朝から晩まで、あれをしろ、これをしろ、ほらそれも、ってなぐあいでね。しかも、やったことはすべてまちがいで、しなかったことはすべてやっておくべきだったと怒られるんだ」

「祈禱書から引用したみたいな文句だな」ジミー・セシジャーが口をはさんだ。ちょうどぶらぶらと近づいてきて、四人の仲間入りをしたところだった。

エヴァーズレイは咎《とが》めるようにセシジャーに目をやった。「誰にもわかりっこないさ」不満が悲嘆に変わる。「ぼくがどれほど我慢に我慢を重ねているかなんて」

「伯爵夫人をおもてなしすること、とか？」セシジャーはいった。「かわいそうなビル。女嫌いを自認するきみにとっては、さぞつらいお務めだろう」

「どういうこと?」バンドルが訊く。

「お茶のあとで」セシジャーはにんまり笑いながら説明した。「伯爵夫人がビルに、この興味ぶかい古い屋敷を案内してくれとたのんだんですよ」

「断れっこないだろう?」そういったエヴァーズレイの顔は、赤煉瓦色《あかれんが》に染まっていた。

バンドルの胸の内がかすかにざわめいた。ビルことウィリアム・エヴァーズレイが女性の魅力に弱いことは、知りすぎるほどよく知っている。伯爵夫人のような女の手にかかれば、彼は蠟《ろう》のように溶けて、くにゃくにゃになってしまうだろう。セシジャーがバンドルと共有している秘密をエヴァーズレイに打ち明けたのが賢明だったのかどうか、バンドルはあらためて疑問に思った。

「伯爵夫人は」エヴァーズレイがいった。「とてもすてきなレディだよ。それに、じつに知的なかただ。この屋敷のなかを見物してまわったときの彼女を見せたかったね。質問がじつに広範囲にわたっていてね」

「たとえば、どういう質問?」急にバンドルが問いただした。

エヴァーズレイはあっけにとられた。「えっ! どういうって、建物にまつわる歴史についてとか。それに古い家具や調度品なんかのこととか。それから——そう、あらゆることに関して、さ」

ちょうどそのとき、伯爵夫人が居間に入ってきた。少し息を切らしている。体にぴったり合った黒いヴェルヴェットのドレス姿には、バンドルもつい目をみはってしまった。エヴァーズレイはすぐさま彼女に引き寄せられていった。そのふたりに、まじめくさった眼鏡の青年が加わった。

「ビルとポンゴ。ふたりともすっかり彼女に夢中ですね」セシジャーが笑いながらバンドルにいった。

だがバンドルには、笑いごとではなかった。

17　ディナーのあとで

ジョージ・ロマックスは近代的設備の信奉者ではない。そのために、ウァイヴァーン・アベイはセントラルヒーティングのような文明の利器とは無縁だった。したがって、ディナーのあとで居間にもどったとき、現代的なイヴニングドレスをまとった女性たちにとって、居間は心地いい温度とはいえないほど寒々としていた。ぴかぴかに磨かれた鋼鉄製の火格子の向こうで燃えている火が、いかにも好ましい。燃える火は磁石のごとく、三人の女性を引き寄せた。

「ぶるるる！」伯爵夫人はいかにも寒そうに、外国風のきれいな音を発した。

「日が沈むのが早くなってきましたわね」レディ・クートはそういって、はなやかな花模様のスカーフを肉づきのいい肩にかきよせた。

「どうしてジョージは、もっとちゃんとした暖房にしないのかしら」バンドルはいった。

「あなたがたイギリス人は、家のなかを暖めようとしないんですね」伯爵夫人がいった。そして、長いシガレットホルダーに煙草を詰めて火をつけた。

「この火格子は旧式ですわね」レディ・クートが指摘する。「それで、火の熱気が室内を暖めずに、煙突に抜けていってしまうんです」

「まあ！」と伯爵夫人。

間《ま》があく。伯爵夫人がほかのふたりに退屈しているのは明らかで、会話がはずまない。

「奇妙ですわね」沈黙を破ってレディ・クートがいった。「ミセス・マカッタのお子さんたちが耳下腺炎にかかってしまうなんて。いえ、奇妙だとはいいきれないんですけど――」

「耳下腺炎って、なんですの？」伯爵夫人が訊く。

バンドルとレディ・クートは口々に説明しはじめた。ふたりがかりでようやく説明できた。

「ハンガリーの子どもたちもその病気にかかりますでしょう？」レディ・クートは訊いた。

「え？」と伯爵夫人。

「ハンガリーの子どもたちだって、耳下腺炎にかかるでしょう？」

「ぞんじません」伯爵夫人はいった。「わたくしが知っているわけがありません」

レディ・クートは伯爵夫人に驚きの目を向けた。「でも、あなたは子どもたちのために活動なさっていると――」

「おお、そのとおりです！」伯爵夫人は組んでいた脚をほどき、くちびるからシガレットホルダーを離して、早口でしゃべりだした。「恐ろしい話をお聞かせしましょう。わたくしがこの目で見たことです。信じがたいほど恐ろしいこと！　きっと、信じていただけないでしょう！」

そのことばに偽りはなかった。伯爵夫人はよどみなく、いきいきとした描写力を駆使して語った。信じられないほどの飢餓と悲惨な光景が目に浮かび、聞き手たちは胸を痛めた。彼女はさらに、戦争終結直後から現在にいたるまでの、ブダペストの推移を語った。ドラマチックな語りかただが、バンドルはなんとなく録音されたレコードのようだと思った。伯爵夫人という蓄音機にスイッチを入れると、レコードが回りだす。だが、そのうちに、話はぴたりと止んでしまうのではないだろうか。

レディ・クートは骨の髄《ずい》まで震えあがった――それは容易に見てとれた。口をかすかに開け、悲しげな大きな黒い目を伯爵夫人にひたと据えている。そして、ときどき、ことばをはさんだ。

「わたしのいとこの三人の子どもも、焼け死んだんですよ。むごい話ではありませんか?」

伯爵夫人はあいづちすら打たずに語りつづけた。そして、始めたときと同様、いきなり話しやめた。

「そういうことですのよ」伯爵夫人はあらためて口を開いた。「わたくしの話はすみました。わたくしどもにお金はあります――ですが、組織がありません。ちゃんとした組織が必要なんですの」

レディ・クートはため息をついた。「夫はよくいっております――秩序ある組織的な方法がなければ、なにごともなしえない、自分が成功したのは、まさにそのおかげだ、そういう方法がなければ決して成功しなかっただろう、と申しておりますわ」

そういうと、レディ・クートはまたため息をついた。一瞬、成功しなかった夫の姿がふっと目の前をよぎった――陽気な自転車屋の若き店員だったころのまま歳を重ねた夫の姿が。そのほんの一瞬のあいだに、レディ・クートの脳裏に、オズワルド・クートが秩序ある組織的な方法などを考えつかなければ、どれほど楽しい人生になったことだろう、という考えが浮かんだ。

どういう連想作用が働いたのか、自分でも理解できなかったが、レディ・クートは唐突にバンドルに訊いた。「ちょっとうかがいますけど、レディ・アイリーン、お宅の園丁頭のこと、気に入っていらっしゃいます?」

「マクドナルドのことですか?　そうですね……」バンドルは口ごもった。「マクドナルドは、誰もが好きにならずにはいられないというタイプではありませんわね」そして、あやまるようにつけくわえた。「でも、庭師としての腕は第一級ですわ」

「ええ、それはわかっています」レディ・クートはうなずいた。

「つけあがらせないようにすればよろしいんですよ」バンドルはいった。

「そうなんでしょうねえ」レディ・クートはまたうなずいた。そして、マクドナルドをつけあがらせずに、いともやすやすと彼をあつかっているらしいバンドルを、うらやましそうな目でみつめた。

「格調高い庭園には、ただただ感嘆するばかりですわ」伯爵夫人がうっとりした口調でいった。場違いな感想に、バンドルは驚いた。ちょうどそのとき、邪魔が入った。ジミー・セシジャーがやってきて、せっぱつまった、おかしな口調でバンドルに話しかけたのだ。「エッチングを拝見しにいきませんか。みなさん、お待ちですよ」

バンドルは急いで居間を出た。セシジャーがついてくる。

「エッチングって、なんですの?」居間のドアが閉まるとすぐに、バンドルはセシジャーに尋ねた。

「エッチングなんかどうでもいいんです。あなたを連れだす口実がほしかったもので。さ、行きましょう、ビルが図書室で待ってます。あそこなら、ほかには誰もいません」

ビル・エヴァーズレイは図書室のなかを大股で行ったり来たりしていた。見るからに動揺しているようすだ。

「あのね」エヴァーズレイはいきなり大声でいった。「ぼくは気に入らない」

「なにが気に入らないの?」バンドルは訊いた。

「きみが巻きこまれることが。十中八、九、ここで危険な騒動が起こる。そして――」

バンドルを真剣に気遣っているエヴァーズレイの目を見て、バンドルは胸の内があたたかく、ほんわりした気持になった。

「このひとは手を引くべきだ。そうじゃないか、ジミー?」エヴァーズレイはセシジャーに同意を求めた。

「わたしも前にそういったよ」セシジャーが答える。

「冗談じゃないんだよ、バンドル！　あのさ、誰かがあぶない目にあうかもしれないんだから」

バンドルはセシジャーに訊いた。「ビルにはどの程度まで打ち明けたんです?」

「すべてを」

「だけどね、すっかり呑みこめたとはいえないんだ」エヴァーズレイは白状した。「きみがひとりで、セヴン・ダイアルズの例のクラブに行ったことやなんか」エヴァーズレイは憂鬱《ゆううつ》そうだ。「ねえ、バンドル、そんなまねはしてほしくないんだよ」

「そんなまねって?」

「こんな問題に巻きこまれること」

「どうして？　わくわくするじゃないの」

「ああ、そりゃあそうだ、確かにわくわくするね。だけど、おそろしく危険な展開になるかもしれないんだよ。ね、かわいそうなロニーのことを考えてごらん」

「そうね。あなたのお友だちのロニーのことがなければ、あなたがいうように、わたしが〝巻きこまれる〟ことはなかったでしょう。でも、わたしはすでに巻きこまれているのよ。いまさらあなたが泣き言をいっても、もう遅いわ」

「きみが勇敢な冒険家なのはよく知ってるよ、バンドル、とはいえ——」

「お世辞はけっこう。それじゃあ、計画を立てましょう」

あきらめたのか、エヴァーズレイがその提案を受け容れたので、バンドルはほっとした。

「特許製法の件は、きみのいうとおりだ」エヴァーズレイはセシジャーにいった。「エベルハルトがその製法の書類を持っている。というか、サー・オズワルドが持っているというべきかな。すでに彼の工場で試験精錬がおこなわれたんだ。——極秘でね。その場にはエベルハルトもいた。いま、彼らは書斎に集まっている——核心となる問題を検討中だといえるかな」

「サー・スタンリー・ディグビーはいつまで滞在するんだい？」セシジャーが訊いた。

「明日、ロンドンに帰るよ」

「ははあ。それなら、ひとつ、はっきりしたな。もしサー・スタンリーがその特許製法の書類を持ち帰るとすれば、なにか変事が起こるのは今夜だ」

「ぼくもそう思う」

「疑問の余地はないね。問題を絞りこめたのはありがたいかぎりだな。だけど、優秀な頭は念入りに使わなければ。細かい点まできっちり検討すべきだ。まず第一に、今夜、その製法の書類を持っているのは誰なんだ？　エベルハルト？　それとも、サー・オズワルドかい？」

「どっちでもない。今夜、航空大臣に渡されるはずだ。大臣が明日ロンドンに持ち帰れるように。その場合、秘書のオルークが保管するだろう。それはまちがいない」

「それでは、なすべきことはひとつだね。何者かがその書類を横取りしようと企てるとみなして、今夜は見張るしかないな。きみとわたしで」

バンドルは異議を唱えようと口を開けたが、なにもいわずに、その口を閉じた。

「ところで」セシジャーが話をつづける。「夕方、ハロッズのドアマンみたいな男を見かけたよ。おなじみのスコットランドヤードの刑事、レストレイドのお仲間かな」

「冴えてるね、ワトスン」エヴァーズレイは褒《ほ》めた。

「しかるに」とセシジャー。「わたしたちは彼の領分に鼻を突っこむことになるわけだ」

「しかたないよ。この件を見届けるのをあきらめないかぎりは」

「よし、それで決まりだ。見張りの時間を分担するかい？」

ふたたびバンドルは口を開いたが、今度もまた、なにもいわずにその口を閉じた。

「そうだな」エヴァーズレイは同意した。「最初はどっちがやる？」

「硬貨を投げて決めようか？」

「裏ならその逆」

「よし。じゃあ、いくぞ。表が出たら、きみが先で、わたしが二番手。裏ならその逆」

エヴァーズレイがこくりとうなずくと、硬貨が投げられた。セシジャーはしゃがんで床に落ちた硬貨を見た。「裏だ」

「ちぇっ。よし、前半はきみ。たぶん、そっちの番のときに、おもしろいことが起こるんだろうな」

「いやいや、それはわからないぞ。犯罪者というのは気まぐれだからね。何時にきみを起こせばいい？　三時？」

「うん、それでいいよ」

今度こそ、バンドルは口を開いて発言した。「わたしはどうなの？」

「なにもしない。ベッドに入って眠る」エヴァーズレイはきっぱりいった。

「まあ！　それじゃあ、ちっともおもしろくないわ！」

「わかりませんよ」セシジャーがやさしくいった。「ビルとわたしは難を逃れても、あなたは眠っているあいだに殺されるかもしれない」

「その可能性はありますわね。ねえ、ジミー、わたし、伯爵夫人が気になるんだけど。なんだかあやしく見えて」

「ばかばかしい」エヴァーズレイはむきになって否定した。「あのひとがあやしいなんて、とんでもない」

「どうしてそういいきれるの？」

「わかっているからだよ。ハンガリー大使館勤めの人物が、あのひとのことを保証している」

「へえ」エヴァーズレイの熱気に、バンドルは思わずたじろいだ。

「きみたち女性ときたら、みんな同じだね。ある女性がとても美しいという、ただそれだけの理由で――」

男ならではの、こういう偏《かたよ》った論調は、バンドルにはおなじみのものだった。「わかりました、でも、伯爵夫人のシェルピンクの貝のようなお耳に、わたしたちの秘密をささやいたりしないでね。さあ、わたしはもう寝るとしましょう。居間の堅苦しい雰囲気にはうんざりしたから、このまま部屋に行くわ。居間にはもどらずに」

バンドルは図書室を出ていった。エヴァーズレイはセシジャーにいった。「やっぱりいい娘《こ》だなぁ、バンドルは。文句をいわれるんじゃないかと心配してたんだよ。あらゆる点で、彼女はすばらしく頭が切れるんだ。だから、あんなに素直にぼくらの提案を受け容れてくれたんだ。ほんとうにいい娘《こ》だ」

「わたしもそう思う、ちょっと感動したよ」セシジャーは同調した。

「分別もあるんだぜ、どうにもならないと見きわめたら、そこで引くということを心得ている。あ、そうだ、なにか武器を調達したほうがいいんじゃないかな。こういう冒険にのりだすときには、武器を持つのが定番じゃないか」

「ブルーノーズの自動拳銃を持ってるよ」セシジャーはひかえめながらも得意そうな面もちだ。

「数ポンドの重さしかないが、いかにも物騒なしろものに見えるよ。見張りの交替をするときに、きみに貸してあげよう」

エヴァーズレイは尊敬と羨望のいりまじった目でセシジャーをみつめた。「どうしてそんなものを持ってくる気になったんだい？」

「わからない」セシジャーはあっさり答えた。「ただそんな気になっただけだよ」

「まちがった相手を撃たないようにしないと」エヴァーズレイは不安そうだ。

「そんなことをしたら、たいへんなことになるな」ジミー・セシジャーは重々しい口調でそういった。

18　ジミー・セシジャーの冒険

　ここから先は、一連の出来事の流れを、まったく異なる三つの部分にわけ、それぞれの部分を個別に記述していかなければならない。波瀾万丈の展開となったその夜、その現場を三人の人物が目撃したのだが、三人が同時に目撃したわけではないので、彼もしくは彼女の視点に同調して見ていくべきだろう。

　まずは、陽気で愛想のいい青年ジミー・セシジャーが、冒険仲間のビル・エヴァーズレイとおやすみのあいさつを交わしたところから始めよう。

「忘れるなよ」エヴァーズレイが念を押した。「午前三時。それまで、きみが生きていられたら、の話だけど」なかなか思いやりのあることばをつけくわえる。

「わたしはマヌケかもしれないけどね」セシジャーはバンドルから聞いた、自分に対する人物評価を恨みがましく思い出した。「見かけほどマヌケじゃないんだぜ」

「きみ、ジェリー・ウェイドのこともそういってたな」エヴァーズレイはゆっくりといった。「憶えてるかい？　そして、まさにその夜、彼は――」

「やめろよ。きみはばかか。少しは時と場合をわきまえろ」

「もちろん、わきまえているさ。ぼくは新進気鋭の外交官だからね。外交というのは、すべからく時と場合を考慮するべきなんだ」

「あはあ。要するに、まだオタマジャクシの段階にいるってことだな」

「いやあ、バンドルにはかなわないよ」エヴァーズレイはふいに前の話題にもどった。「そうだなあ、こういうべきかな。彼女は――そう、あつかいにくくなったよ。成長したんだな。それも、大いに」

「きみのボスもそういってたよ。意外なほどの成長ぶりだって」

「ぼくには彼女がいやに愛想がよかったように思えたけどね。だけど、コッダーズはああいうボンクラだから、なんでも鵜呑《うの》みにしてしまう。ま、いいや。じゃ、おやすみ。交替時間にぼくを起こすには、ちょっとばかり時間がかかるかもしれないけど――めげずに起こしてくれよ」

「もしきみがジェリー・ウェイドの二の舞になっていたら、めげるなんてものじゃないな」セシジャーは意地悪くいった。

エヴァーズレイは責めるようにセシジャーをにらんだ。「ひとに不愉快な思いをさせて、どうしようっていうんだい？」

「なにね、さっきのお返しだよ。さあ、もう行けよ」

だがエヴァーズレイは立ち去りかねていた。一方の足からもう一方の足へと体重を移しては、ぐずぐずしている。「あのね」

「うん？」

「ぼくがジェリーの件をもちだしたのは――そう、きみはきっとだいじょうぶだといいたかっただけなんだ。それだけだよ。そうだよな？　冗談のつもりだったんだけど、ロニーのことも思い出したもんだから――」

セシジャーは目を怒らせてエヴァーズレイをみつめた。エヴァーズレイに悪気がないのは確かだし、それは充分にわかるのだが、思いやりがあるのかないのか、その点は不器用にすぎる。

「わかったよ。そうだな、わたしのレオポルドを見せたほうがいいようだ」

セシジャーはエヴァーズレイに見せようと、夕食前に着替えたダークブルーのスーツのポケットに手をすべりこませ、レオポルドなるものを取りだした。

「ほらね、正真正銘、ブルーノーズの自動拳銃だよ」セシジャーは抑えてはいるものの、得意げな表情だ。

「うへえ、本物かい？」エヴァーズレイは感銘を受けているようだ。

「従僕のスティーヴンズが買ってきてくれたんだ。保証書つきで、性能は確かだ。このボタンを押せばいいんだぜ。あとはレオポルドがやってくれる」

「へええ！　ねえ、ジミー」

「なんだい？」

「気をつけてくれよ。ひとに向けて撃ったりしないでくれ。寝ぼけて歩いているディグビーでも撃ったら、大騒動になりかねない」

「だいじょうぶだよ。金を払って手に入れた以上、レオポルドの威力を知りたい気はするが、血に飢えた本能はできるかぎり抑えるとも」

「わかった。じゃあ。おやすみ」エヴァーズレイはこれで十四回目になるおやすみをいってから、今度こそ図書室を出ていった。

セシジャーはひとり、見張りについた。

サー・スタンリー・ディグビーの部屋は西翼の二階、いちばん奥のつづき部屋だ。彼の部屋の隣は浴室で、もう一方の隣には部屋がある。ふたつの部屋のあいだにはドアがあり、行き来ができる。狭いつづき部屋には秘書のオルークが入っている。サー・スタンリーの部屋、オルークの部屋、そして浴室のドアは、三つとも短い廊下に面している。見張るには好都合だ。短い廊下が中央の廊下につながっているところにオーク材の戸棚があるので、その陰に目だたないように椅子を置けばいい。西翼に行くにはそこを通るしかない。この位置ならば、そこを通る者がいれば、必ず見える。それに、ひとつだけ、まだ電灯が点いている。

セシジャーは椅子にふかぶかと腰をおろして脚を組み、ひたすら待った。

腕時計をのぞく。零時四十分。屋敷内の者がすべて各自の部屋に引きとってから、ちょうど一時間たった。どこか遠くで時計が時を刻む音がするほかは、静けさを破る物音はない。

どういうわけか、セシジャーは遠くの時計の音が気にくわなかった。その音のせいでさまざまなことを思い出す。ジェラルド・ウェイドのこと、マントルピースに並べられていた七つの目覚まし時計のこと……。いったい誰が、そして、なぜ、あんなことをしたのだろうか。セシジャーは身震いした。

こんなふうに待っているのは、決して気分のいいものではない。降霊会でいろいろなことが起こるのも不思議ではないといえる。暗がりにすわっていると、神経が高ぶってくる——かすかな物音にびくっとするほどに。そして、いやな考えが次々に脳裏に浮かんでくるのだ。ロニー・デヴュルー！　ロニーとジェリー！　ふたりとも若く、生命力と活力にあふれていた。両人ともに元気いっぱいで、健康だった。それなのに、いまはどうだ？　暗い土のなかで……虫たちに食われて……やめろ！　どうして、こんな恐ろしい考えを脳裏から追い払えないのだ？

セシジャーはまた腕時計をのぞいた。午前一時二十分。時間がたつのが、どうしてこんなに遅いのか。

セシジャーの思考はあちこちに跳んだ——バンドルは驚くべき女性だ！　ひとりでセヴン・ダイアルズに潜入するとは、勇気があるうえに大胆きわまりない。なぜ自分には、それを思いつくだけの大胆さと、実行に移す勇気がなかったのだろう。それというのも、あまりにも突拍子もない思いつきだからだ。

それにしても、〈七時〉。いったい何者だろう？　もしかすると、その当人が、いまこの屋敷にいるかもしれない？　召使いのふりをして？　いくらなんでも、ゲストのひとりに扮することはできないはずだ。うん、それは不可能だ。だが、それをいうなら、この事態ぜんたいがありえない。バンドルは基本的に真実しかいわないと信じていなければ——そうでなければ、すべてが彼女の作り話だと思ってしまうところだ。

セシジャーはあくびをした。おかしなことに、緊張しているのに眠い。また腕時計に目をやる。午前一時五十分。時はちゃんと流れている。

そのときふいに、セシジャーは息をこらし、身をのりだして耳をすました。物音が聞こえたのだ。

数分がすぎた……そしてまた物音が。床板がきしむ音だ。階下《した》のどこかから聞こえた。また聞こえた。かすかに、床板がきしむ音。何者かが足音をしのばせて屋敷内を歩いている。

セシジャーは音もたてずに、機敏に椅子から立ちあがった。階段の上までそっと歩いていく。屋敷内はしんと静まりかえっている。だが、確かに彼は床板がきしむ音を聞いた。決して空耳ではない。

足音をしのばせて、注意ぶかく階段を降りていく。右手にしっかりとレオポルドを握りしめている。自分が聞いたのは真下のどこかの床板を踏む音だ、という判断が正しければ、そのどこかとは、図書室にちがいない。

忍び足で図書室のドアまで行き、セシジャーは耳をすましたが、なかからはなんの音も聞こえない。いきなりドアを開け、すぐさま電灯のスイッチを押した。

誰もいない！　広い図書室は電灯の光で隅々まで照らしだされている。だが、人っ子ひとりいなかった。

セシジャーは眉をひそめた。「ぜったいにここだと――」自分にいいきかせるようにつぶやく。

広い図書室にはフレンチウィンドウが三つあり、そのどれもがテラスに面している。セシジャーは忍び足でそちらに行き、ひとつずつ確かめてみた。まんなかのフレンチウィンドウの掛け金がはずれていた。

それを開けてテラスに出て、端から端まで見渡した。誰もいない。

「なにもないようだ」低くつぶやく。「とはいえ――」

つかのま、その場に突っ立って考えこんでいたが、すぐに室内に引き返した。ドアを閉めてロックし、鍵穴にささっていた鍵をポケットにしまう。明かりを消す。またしばらく耳をすましていたが、開け放しておいたフレンチウィンドウにそっと近づくと、レオポルドをかまえて立つ。

テラスを走っていくひそやかな足音がしたような、しなかったような……。どっちだ？　いや、空耳だ。レオポルドをしっかり握りしめ、セシジャーはさらに耳をすました。

遠くの厩舎《きゅうしゃ》の塔に取りつけられた時計が、午前二時を打った。

19　バンドルの冒険

　バンドルことアイリーン・ブレントは才知に長けている——そのうえ、想像力も豊かだ。今夜の危険な見張りに参加したいといえば、セシジャーはさておき、エヴァーズレイには猛烈に反対されるのは想定ずみだった。無為な論争で時間をむだにするのを、バンドルは良しとしない。おとなしく引きさがったけれども、彼女には彼女の計画があった。そしてそれを実行する手筈をととのえた。夕食の時間となり、階下《した》に降りていく直前に客室の窓から眺めた景色は、大いに満足のいくものだった。ヴァイヴァーン・アベイの灰色の壁は、びっしりと蔦《つた》におおわれている。彼女の部屋の外壁をおおう蔦は特に頑丈そうで、持ち前の高い運動能力を発揮するのに、なんの支障もなさそうだ。

　エヴァーズレイとセシジャーの計画に遺漏《いろう》はないようだ。うまくいきさえすれば。だが、そううまくいくとは思えなかった。とはいえ、彼女もふたりと同じ観点に立っていたので、批判がましい意見は口にしなかった。というのも、エヴァーズレイとセシジャーがアベイの内部で見張っているあいだ、バンドルは屋敷の外に目を配るつもりだったからだ。

　自分に割り振られた、おもしろくもなんともない役割をおとなしく受け容れたけれども、バンドルは内心では愉快でたまらなかった。彼女の素直な態度に、男ふたりが手もなくだまされたのが不思議なぐらいだと、いささか侮蔑的な気持になる。こういってはなんだが、ビル・エヴァーズレイは才気あふれる人物と周知されているわけではない。しかし、バンドルのことをよく知っている。というか、知っているはずなのだ。ジミー・セシジャーにしても、つきあいが浅いとはいえ、彼女が簡単に説得できる相手ではないことぐらい、見当がつきそうなものなのだが。

ふたりと別れて部屋にもどると、バンドルは手早く計画の実行に着手した。まず最初に、イヴニングドレスと、その下のものをすべて脱ぎすて、別の衣類を身に着けていく。小間使いは連れず、荷物も自分で詰めて、ここにやってきたのだ。そうでなければ、彼女付きのフランス人の小間使いは、お嬢さまは乗馬ズボンを用意なさったのに、ほかの乗馬用衣類や帽子はお持ちにならないのはなぜだろうと、くびをひねったことだろう。

乗馬ズボンをはき、ゴム底の靴を履いて、黒っぽい色のセーターを着ると、バンドルの戦闘準備は完了した。時間を確かめる。零時半をすぎたばかりだ。まだ早い。早すぎる。なにが起こるにせよ、事が起こるのはもっと夜が更けてからだろう。屋敷内の人々が寝てしまうまで、まだ時間がかかりそうだ。バンドルは行動開始時間を午前一時半と決めた。

部屋の明かりを消し、窓辺で待機する。決めた時刻ぴったりに、バンドルは立ちあがった。窓を押しあげて窓敷居にすわり、ひらりと両脚を窓の外に下ろす。晴れているが寒くて静かな夜だ。星明かりはあるが、月は出ていない。

子どものころバンドルはふたりの妹といっしょに、チムニーズ館《やかた》の敷地を駆けまわり、猫のように高いところにあがったりしたものだ。そのときと同じように、バンドルは蔦をつたって二階の窓から降りていった。花壇に着地したが、息は切らしているものの、かすり傷ひとつない。

その場で自分の計画をおさらいする。航空大臣と秘書の部屋は西翼にある。バンドルがいま立っているところとは反対側になる。屋敷の南側と西側に沿ってテラスがある。長いテラスは果樹園を囲う壁にぶつかって、そこでいきなり途切れている。

バンドルは着地した花壇から足を踏みだして歩きだした。建物の角を曲がり、南側のテラスに行く。建物の影から出ないようにして、忍び足でテラスを進む。だが、ふたつ目の角まで行ったとき、バンドルはショックを受け、一瞬、足が動かなくなった。角のところに、男がひとり立っていたのだ。バンドルの行く手をさえぎるつもりで待ちかまえていたのは明らかだ。

すぐさま、バンドルはその男が誰だかわかった。

「バトル警視！　びっくりしましたよ！」声をひそめていう。

「驚いてもらうために、こうして待っていたんです」めずらしくも警視は愉快そうに応じた。

バンドルは警視をみつめた。いまの警視は変装などしていない。以前にもよくあったことだが、今回もバンドルは目をみはった。大柄で、たくましく、よく目だつ体格。いかにもイギリス人、という感じだ。だが、ひとつだけ、バンドルが確信していることがある――バトル警視は決してばかではない。

「ほんとうはここでなにをなさっているんです？」バンドルはまたもや声をひそめて訊いた。

「見ているんですよ。うろつきまわるべきではない者がいないかどうか」

「あら」バンドルはいささかたじろいだ。

「たとえば、あなたですよ、レディ・アイリーン。夜中のこんな時間に散歩なさる習慣がおありとは思えませんな」

「つまり」バンドルはのろのろといった。「部屋にもどれってことですか?」

警視はしっかりうなずいた。「察しがいいですね。そのとおりです。ええっと、どこから出ていらしたんですか。ドア、それとも窓?」

「窓です。蔦を使えば、降りるのは簡単ですもの」

警視は思案するように蔦を見あげた。「なるほどね。確かに簡単そうだ」

「で、わたしにもどってほしいんですね? そうはいきません。西翼のテラスに行きたかったんですもの」

「そうしたいのは、あなたひとりとはかぎりませんよ」

「誰であろうと、あなたが見えないなんてことはないでしょうね」バンドルは意地悪な口調でいいかえした。

しかし、バトル警視はむしろ愉快そうにいった。「そうであってほしいですな。不快な出来事はまっぴらごめん——これがわたしのモットーですから。失礼ながら申しあげますがね、レディ・アイリーン、もうおやすみになったほうがいい時刻ですよ」

有無をいわさぬ断固たる口調だった。バンドルはしょんぼりして踵《きびす》を返した。自室の窓まで伸びている蔦をなかばまで昇ったところで、ふと、あることに思いいたった。手から力が抜け、蔦を放して落ちてしまいそうになった。

バトル警視はわたしを疑っているのだろうか。

彼の態度にはなにかがあった——なんとなくそう思わせるなにかが。蔦をよじ昇って窓枠に達すると、部屋のなかに入った。そのとたん、バンドルは笑いを堪えきれなくなった。

あの手堅い警視がわたしを疑っている！

警視の言にしたがって部屋にもどってきたものの、バンドルはベッドに入って眠るつもりはなかった。そうしてほしいとはいわれたが、警視が本気でそういったとは思えない。彼は不可能を期待するような人間ではないのだ。胸躍ることが起こるかもしれないというのに、おとなしく部屋にこもっているなど、バンドルにとってはまさしく不可能そのものなのだから。

バンドルは腕時計に目をやった。午前一時五十分。ふた呼吸ほどためらってから、そっとドアを開ける。屋敷内はしんと静まりかえっている。静かで平穏だ。バンドルは足音をしのばせて廊下を進んだ。

どこかで床板がきしむ音がした。それを聞きつけてバンドルは立ちどまったが、空耳だと思い、また歩きだした。中央廊下に出て、西翼に向かう。中央廊下と脇廊下がまじわっているところまで行くと、慎重に角の向こうをのぞきこんだ——そのとたん。驚いて目をみはった。

そこにいるべきはずの監視人——ジミー・セシジャーがいない。

バンドルは呆然とした。なにか起こったのだろうか？　セシジャーはなぜ持ち場を離れたのだろう？　なにがあったのだろう？

ちょうどそのとき、午前二時を報せる時計の音が聞こえた。

どうすべきか考えあぐねていると、いきなり心臓の鼓動が一拍跳んで、そのまま停止してしまうかと思われた——テレンス・オルークの部屋のドアのドアノブがゆっくりと回りはじめたのだ。

その動きに魅入られたように、バンドルはドアから目を離せずにいた。だが、ドアは開かなかった。

ドアノブはゆっくりと回って、元の位置にもどったではないか。どういうことなのだろう？　バンドルにはなにかわからない理由があって、セシジャーは持ち場を離れたのだ。きっとそうだ、これをビル・エヴァーズレイに伝えなければ。

すばやく、かつ、しのびやかに、バンドルは中央廊下をもどり、ノックもせずにエヴァーズレイの部屋にとびこんだ。

「ビル、起きて！　ねえ、起きてったら！」

小声ながらもせっぱつまった口調でいったが、返事はない。

「ビル！」バンドルはもう一度、小声で呼びかけた。

今度も返事がなかったために辛抱《しんぼう》が切れて、明かりのスイッチを押す。そしてまた、バンドルは呆然と立ちすくむことになった。

部屋は空《から》っぽだった。ベッドには寝た跡もない。

ビルはどこ？

バンドルははっとした。ここはエヴァーズレイの部屋ではない。椅子にはしゃれた化粧着《ネグリジェ》がふわりと掛かっていて、化粧台には婦人用の小間物が並び、別の椅子には、黒いヴェルヴェットのイヴニングドレスが無造作に投げかけてある。

そう、あわてたあまり、バンドルは部屋をまちがえたのだ。ここはラデッキー伯爵夫人の部屋だ。

だが、彼女は、伯爵夫人は、どこに？

バンドルが自問していると、突然に夜の静寂《しじま》が破られた。それも、大きな音で。

階下で騒ぎが起こっている。バンドルは伯爵夫人の部屋をとびだして階段に向かって走った。

騒ぎは図書室で起こっているようだ。何脚もの椅子が倒れる騒然とした音。

図書室のドアノブをつかんで回そうとしたが、かちゃかちゃと音がするだけで、ドアノブは回らない。ロックされている。だが、ドアの向こうの騒動は聞こえた。取っ組み合いの音、激しい息づかい、罵声《ばせい》。その合間に、武器に使われているのか、軽い家具のこわれる音がまじる。

やがて、これを最後とばかりに、つづけざまに二度、するどい音が無気味に夜の静寂を破った。聞きまちがいようのない二発の銃声が。

20　ロレインの冒険

ベッドに横になっていたロレイン・ウェイドは、起きあがって明かりをつけた。午前零時五十分。ベッドには早めに入った――午後九時半に。彼女は望む時間に起きられるという便利な特技の持ち主だった。そのおかげで、安心して数時間の休息をとることができたのだ。

寝室には二匹の犬が寝ていたが、その一匹が頭をもたげ、長いまつげの下からロレインにもの問いたげな目を向けた。

「静かに、ラーチャー」

そういわれて、大きな犬はおとなしく頭を前肢のあいだにおろして、ロレインを静かにみつめた。

ジミー・セシジャーの家での三者会談のときに、バンドルがロレイン・ウェイドの従順さに疑いをもったのは確かだが、その疑いはすぐに消えた。ロレインは手を引き、おとなしく引っこんでいることを納得したように見えたからだ。

だが、いまのロレインの昂然《こうぜん》とあげられた小さな顎《あご》、きっと引き結ばれたくちびるを見れば、彼女の断固とした意志が読みとれるだろう。

ロレインはツイードの上着とスカートに着替えた。上着のポケットに懐中電灯を落としこむ。

そして、化粧台の引き出しを開け、握りが象牙《ぞうげ》の、小さなピストルを取りだした。玩具にしか見えないしろものだ。昨日ハロッズで購入したもので、彼女自身はいたく満足している。

忘れものはないか、寝室のなかをざっと見まわしていると、先ほどから彼女を見守っていた犬が起きあがり、のそのそと近づいてきて、尻尾を振りながら訴えるような目で見あげた。

「だめよ、ラーチャー、連れていけないの。ここにいて、いい子にしててね」

ロレインが犬の頭にキスすると、犬は聞き分けよく敷物の上にもどった。それを見届けてから、ロレインは音もたてずに部屋から出てドアを閉めた。

サイドドアから家を出てガレージに向かう。そこにはツーシーターの小型車が待機していた。ガレージの前はゆるい斜面になっている。ロレインはエンジンをかけずに車を発進させて、その斜面を下りていった。家から充分に離れたところでエンジンをかけ、腕時計をちらっと見てからアクセルを踏んだ。

前もって決めておいた地点で車を降りる。その地点の生け垣には、彼女なららくらくと通りぬけられるすきまがあるのだ。数分後、体のあちこちに少しばかり泥がついてしまったが、ロレインは無事にウァイヴァーン・アベイの敷地内に入りこんでいた。

できるだけ音をたてないようにして、蔦《つた》におおわれた古びた建物に向かう。遠くの厩舎《きゅうしゃ》の塔に設置された時計が午前二時を打った。

テラスに近づくにつれ、心臓の鼓動が速くなった。人影はない——生きているものの気配はまったくない。どこもかしこも、おだやかに静まりかえっている。テラスにたどりつくと、ロレインは立ちどまって周囲をうかがった。

なんの前ぶれもなく、なにかがばさっとロレインの足もとに落ちてきた。ロレインはそれを拾いあげた。茶色の紙でゆるく包まれている。その包みを手に、ロレインは上を見あげた。

彼女の頭上、ちょうど真上にあたる窓が開いている。二本の脚が窓枠をひらりとまたぎ越えたかと思うと、男がひとり、蔦をつたって降りはじめた。

ロレインはもうためらわなかった。くるりと体の向きを変えて、茶色の紙包みを握りしめたまま走りだした。

背後から取っ組み合いの音が聞こえた。しわがれた声がする。

「放せ！」

そして別の声。ロレインが知っている声。「そういわれて――おいそれと放すか？　そうだろう？」

ロレインは走りつづけた――パニックに駆られたように、やみくもにテラスの角を曲がり――そして、大きながっしりした体格の男の広げた両腕のなかにとびこんだ。

「おちついて」バトル警視はやさしくいった。

ロレインは必死で声を絞りだした。「ああ、早く！　早く止めて。殺しあってるのよ。早く止めて！」

するどい銃声が響いた。さらにまた一発。

バトル警視は駆けだした。ロレインもあとにつづく。ふたりはテラスの角を曲がり、図書室のフレンチウィンドウまで走った。一面のフレンチウィンドウが開いている。

警視は前かがみになり、懐中電灯を点けた。ロレインは警視の背中にくっつくようにして立ち、中腰になっている警視の肩越しにのぞきこんだ。そして小さく息をのんだ。

フレンチウィンドウの敷居の上にジミー・セシジャーが横たわっていた。その周囲は血の海だ。右腕がだらりと垂れている。

ロレインは悲鳴をあげた。「死んでる」むせび泣きながら叫ぶ。「ああ、ジミー！　ジミー！死んでしまった！」

「さあさあ」警視はロレインをなだめた。「そんなに興奮しないで。この若い紳士は死んではいません。室内に入り、スイッチをみつけて明かりをつけてください」

ロレインはいわれたとおりにした。よろめく足で室内に入り、ドアのそばにあるスイッチをみつけて押した。室内に明るい光があふれる。バトル警視は安堵のため息をついた。

「だいじょうぶです。右腕を撃たれただけですよ。失血で気を失ったんです。こっちに来て、手を貸してください」

図書室のドアを激しくたたく音がした。どうしたのかとか、開けろとか、幾人もの声が聞こえる。

ロレインはためらうようにドアをみつめた。「どうすれば――？」

「あわてなくていいですよ。すぐに入れてあげます。いまはとりあえず、わたしに手を貸してください」

今度もロレインはいわれたとおりにした。警視はポケットからまっ白な大きなハンカチを取りだして、倒れている男の腕の傷を縛った。ロレインが手伝う。

「だいじょうぶです。心配いりません。こういう若いひとたちは猫のようにたくさんの命をもってますからね。それに失血したせいで気を失ったわけではないようです。倒れたときに、床に頭をぶつけたせいでしょう」

ドアをたたく音がいっそう激しくなった。わけても、いつもよりかん高いジョージ・ロマックスの声が、大きくはっきりと聞こえる。「そこに誰かいるな！　すぐにドアを開けろ！」

警視はため息をついた。「開けないわけにはいかないな。しかたがない」そうつぶやいて、現場を把握しておこうと、するどい目で周囲を見まわした。セシジャーのそばに自動拳銃が落ちている。警視はそれを用心深く拾いあげ、慎重に調べた。そして、なにやら不満そうなつぶやきをもらし、テーブルの上に置いた。それから部屋を横切り、ドアのロックを解いた。

室内に人々がなだれこんできた。誰もが同時になにかいっている。

ジョージ・ロマックスはすらすらと出てこないことばに業を煮やし、ほとんどわめいている。

「これは——その——いったいなにごとだ？　おお！　バトル警視か。なにごとだ？　いったい——なにが——あったんだ？」

ビル・エヴァーズレイが叫ぶ。「なんてことだ！　ジミーじゃないか！」ぐったりと床に倒れているセシジャーの姿に目をみはる。

あざやかな紫色のガウンをまとったレディ・クートが叫ぶ。「まあ、かわいそうに！」そしてバトル警視を押しのけるようにしてセシジャーのそばに行くと、母性的なしぐさでかがみこんだ。

バンドルが叫ぶ。「ロレイン！」

エベルハルトが叫ぶ。「なんてことだ！《ゴット・イム・ヒムル》」つづけて、ドイツ語でなにやらつぶやいている。

サー・スタンリー・ディグビーがわめく。「なんと！　いったいどういうことなんだ！」

ハウスメイドのひとりは「すごい血！」というなり、うれしそうな、興奮した悲鳴をあげた。

従僕のひとりは「うっ！」と息をのんだ。

執事は自分をとりもどしたらしく、数分前よりも勢いのある口調でいった。「ほらほら、邪魔なだけだ」そういって、下級の召使いたちを部屋から追いだした。

サー・オズワルドの有能な秘書、ルーパート・ベイトマンがロマックスに訊いた。「みなさんには部屋を出ていただきましょうか？」

そしてようやく、その場にいた全員がほっと息をついた。

「信じられん！」ロマックスが吠える。「バトル、なにがあったんだ？」

バトル警視にちらりと目を向けられ、ロマックスはいつもの慎重な性情をとりもどした。

「ああっと、それでは」そういいながら、ロマックスはドアに向かった。「みなさん、ベッドにおもどりください。その、ここで、その――」

「ちょっとした事故です」バトル警視はあっさりいった。

「ああっと――その、ちょっとした事故があったんですな。みなさんがベッドにもどってくださると、たいへんありがたいのですが」

〝みなさん〟は立ち去りかねてぐずぐずしている。

「レディ・クート、どうぞ――」

「かわいそうに」床に膝をついていたレディ・クートは、母性的な口ぶりでいった。そして、いかにも不本意そうに立ちあがった。

と、そのとき、セシジャーが身動きして、上体を起こした。「やあ」喉になにかが詰まっているような声だ。「いったいどうしたんですか?」ぼんやりと周囲を見まわしていたが、やがて目に理性的な光が宿り、熱をこめて尋ねた。「捕まえましたか?」

「誰を?」

「男です。蔦をつたって降りてきたんです。わたしはフレンチウィンドウのそばに立って、待ちかまえていたんですよ。で、そいつをとっつかまえたんですが、それから格闘になって――」

「血も涙もない残酷な強盗ですよ」とレディ・クート。「かわいそうに」

セシジャーはまた周囲を見まわした。「おやおや――どうやらそのう――家具をめちゃめちゃにしたみたいですね。なにしろ、相手は雄牛みたいに力の強いやつでして。取っ組み合ったまま、そこいらじゅうをころげまわったんですよ」

室内の状態はセシジャーの言を裏づけている。十二フィート以内にある軽くてもろい家具や調度品は、ほとんどこわれていた。

「それから、どうなりました?」バトル警視が尋ねる。

セシジャーはなにかを捜すように、きょろきょろと周囲を見まわした。「レオポルドはどこかな？　最高のブルーノーズの自動拳銃ですけど」

バトル警視はテーブルの上のピストルを指さした。「あれはあなたのですか、ミスター・セシジャー？」

「そうです。わたしのレオポルド。何発撃ってますか？」

「一発です」

セシジャーは悔しそうな表情を浮かべた。「レオポルドには失望しましたよ。たぶん、わたしがうまくボタンを押せなかったんだな。でなければ、連発で撃てたはずですからね」

「最初に撃ったのはどちらです？」

「わたし、じゃないかな。あのですね、格闘のさなかに相手が体をひねって、ひょいとわたしの手からすりぬけたんですよ。そしてフレンチウィンドウのほうに向かっていくのが見えたんで、わたしはレオポルドをつかんで、男を撃ったんです。すると、男はくるりとふりむいて、わたしめがけて発砲しました――そう、そのあと、わたしは気絶したようです」セシジャーは悔しそうに頭をなでた。

と、サー・スタンリーがはっと身じろぎした。「蔦をつたって降りてきたといいましたね？　おお、ロマックス、あれを盗まれたんじゃないか？」

そういって、サー・スタンリーは部屋をとびだした。彼がいないあいだ、なぜか、残った人人は黙りこんでいた。やがてサー・スタンリーがもどってきた。丸ぽちゃの顔が死人のような土気色になっている。

「バトル、盗まれた。オルークは眠りこんでいる――薬を盛られたんだ。どうしても目を覚まさない。そして、書類がなくなっている」

21　重要な特許製法書類

「ああ、神よ《デア・リーベ・ゴット》！」エベルハルトは低い声でいった。顔色がチョークのように白くなっている。ロマックスは非難をこめたきびしい表情でバトル警視を見た。「どうなんだ、バトル？　きみにいっさいの手配を任せたはずだぞ」

バトル警視の岩のように動じない態度に変化はなかった。顔の筋肉ひとつ動かない。「ときには、わたしたちもしてやられることがあります」おちついた、静かな声だ。

「それは――つまり――書類は盗まれたと？」

その場の全員が驚いたことに、警視はくびを横に振った。「いえ、ちがいます。ミスター・ロマックス、あなたが考えておられるほど悪い事態ではありません。ご懸念にはおよびません。もっとも、わたしの手柄ではありませんが。そこの若いレディのおかげなのです」

警視は、驚いて目をみはっているロレイン・ウェイドを手で示した。そしてロレインに近寄ると、彼女がしっかりと握りしめている茶色の紙包みを、その手からそっと取りあげた。

「ミスター・ロマックス、お望みのものはこれですね」

ロマックスより早く、エベルハルトがとびだした。警視の手から包みをひったくって紙を破り、必死の形相で中身を調べる。その顔がふっとゆるみ、彼は額をぬぐった。エベルハルトは自分の頭脳が生みだした子をしっかりと胸に抱きしめ、ドイツ語で感情を爆発させた。

サー・スタンリーはロレインの手を取ると、気持をこめてあたたかく握りしめた。

「お嬢さん、わたしども一同、心から感謝します」

「まったくそのとおり。ただ――」ロレインの顔にまったく見憶えがないのに気づき、ロマックスはとまどって絶句してしまった。

ロレインは訴えるようにジミー・セシジャーを見た。セシジャーが救いの手をさしのべる。

「ええっと――そのう――こちらはミス・ウェイドです、ジェラルド・ウェイドの妹さんの」

「そうですか」ロマックスは彼女の手をやさしく握りしめた。「ミス・ウェイド、あなたに深甚の感謝の意を表しますぞ。じつのところ、どうもよく理解できないのですが――」

微妙な間《ま》があく。その場にいる人々のうち四人は、ロマックスに事情を納得させるのはむずかしいと思った。

バトル警視が事態をおさめにかかった。「いまここでは、それ以上の話はなさらないほうがよろしいでしょう、ミスター・ロマックス」如才《じよさい》なく助言する。

有能なベイトマンが口をはさみ、さらにみんなの注意をそらした。「どなたか、ミスター・オルークのようすを見にいったほうがいいのではありませんか？　医者をお呼びになったほうがよろしいかと思いますが」

「むろん、そうだ」ロマックスはうなずいた。「そうだとも。われわれとしたことがうっかりしていたな。もっと前に気づくべきだったのに」

そして、ロマックスはビル・エヴァーズレイに命じた。「ドクター・カートライトに電話しろ、すぐに来てほしいといえ。できれば、それとなくほのめかすんだ——そう、慎重を期することだとな」

エヴァーズレイはお使いを果たそうと、部屋をとびだしていった。

「いっしょに二階に行きますよ、ディグビー」ロマックスはいった。「医者が来るまでのあいだに、なにかできることがあるかもしれません——おそらく、医者がくれば、必要な処置をとるでしょうが」

ロマックスは不安そうな目をベイトマンに向けた。有能な人物はつねにそれとわかるものなのだ。この状況を取り仕切れるのは、ポンゴ／ベイトマンしかいない。

「わたしもごいっしょしましょうか？」ポンゴはそう申し出た。

ロマックスはほっとしてその申し出を受けた。この男こそたよりになる人物だと思う。この有能な青年と出会った者は誰もがそうだが、ロマックスもまた、彼の有能さに全幅の信頼を置くことができた。

三人の男は部屋を出ていった。それを見て、レディ・クートが深みのある豊かな声でつぶやいた。「そうね、わたしもなにかしてさしあげられるかもしれない——」そういいながら、男たちのあとを追って急いで部屋を出ていった。

「なかなか母性的なご婦人ですな」バトル警視は感慨ぶかげだ。「じつに母性的なかただ。ところで——」

残っている三人の三対の目がいぶかしげに警視をみつめた。

「いや」警視はゆっくりといった。「サー・オズワルドはどこにおられるのかと思いましてね」

「まさか!」ロレインがあえぐ。「そのかたが殺されたと?」

警視は咎《とが》めるようにロレインを見て、くびを横に振った。「そんなにドラマチックなことを考える必要はありませんよ。いえ、わたしは——」

そこでことばを切ると、警視は頭をかしげて耳をすましました。そして、大きな手をあげて静かにというしぐさをした。

やがて、まっさきに鋭敏な耳が聞きつけた音が、ほかの者たちにも聞こえてきた。テラスをこちらに近づいてくる足音。はばかることのない、堂々たる足音だ。そして開いているフレンチウィンドウの空間いっぱいをふさぐように、かさばった人影が立ちはだかった。室内にいる者たちを支配するかのように、みんなを睥睨《へいげい》しているようすだ。

その男、サー・オズワルド・クートは、ゆっくりと、ひとりひとりの顔を順にみつめた。するどい目がその場の状況をくまなく見てとる。

腕の傷に簡単な止血帯をほどこされたセシジャー。おかしな服装のバンドル。そして面識のないロレイン。するどい目は最後にバトル警視に向けられた。

サー・オズワルドは切りつけるように、てきぱきした口調で尋ねた。「なにごとがあったんだね、刑事さん」

「強盗未遂です」

「未遂?」

「ここにおられるお嬢さん、ミス・ウェイドのおかげで、強盗は目的を達せずに逃げました」

「ほほう」サー・オズワルドは穿鑿《せんさく》をやめた。「では、これをどう思うかね?」そういって、小型のモーゼル銃をさしだした。握りの部分をつまむように持っている。

「どこで発見なさいましたか、サー・オズワルド?」

「芝生の上で。逃げるときに強盗が捨てていったのではないかな。指紋を調べたいだろうと思って、気をつけて持ってきたよ」

「ゆきとどいた配慮ですね、サー・オズワルド」

サー・オズワルドから慎重に銃を受けとった警視は、それをセシジャーのブルーノーズと並べてテーブルの上に置いた。

「それでは」サー・オズワルドはいった。「さしつかえなければ、なにが起こったのか、くわしく教えてほしい」

バトル警視はその夜の出来事を簡潔にまとめた。サー・オズワルドは考えぶかげに眉根を寄せて聞きいった。

「わかった」サー・オズワルドはきっぱりといった。「ミスター・セシジャーが負傷して失神したあと、強盗は逃げ出し、その途中でピストルを投げ捨てたんだな。だが、どうして誰も強盗のあとを追わなかったのか、それがわたしには理解できない」

「意識をとりもどしたミスター・セシジャーから話を聞くまで、わたしどもは追うべき相手がいることを知らなかったからです」警視は事実のみを冷静に述べた。

「追いかけようと、テラスを曲がったときにはもう、強盗の姿は見えなかった？」

「はい。およそ四十秒ほど差をつけられていましたので。今夜は月も出ていません。テラスからそれてしまえば、姿は闇にまぎれてしまいます。強盗は発砲したあと、すぐに闇にまぎれて逃げたのでしょう」

「ふうむ。それでもやはり、捜索隊を組織して捜すべきだったと思うがね。そういう者たちを待機させておくべき――」

「要所に部下を三人、張りつかせておきました」警視は静かにサー・オズワルドをさえぎった。

「ふうむ」サー・オズワルドは逆ねじをくらった体《てい》だった。

「この屋敷の敷地から出ようとする者がいれば、それが誰であろうと、部下たちが取り押さえる手筈になっていました」

「だが――まだ捕まえていない？」

「ですが、まだ捕まえていません」警視は重々しい声で認めた。

サー・オズワルドは警視のことばになにか含みがあるのではないかと、探るように彼をみつめた。そしてするどく尋ねた。「きみが知っていることは、それですべてなのかね、バトル警視？」

「わたしが知っていることはそれですべてか――はい、そうです、サー・オズワルド。わたしがどう考えているかは、また別の話ですが。いまのところ、おかしな考えだとも思えます。しかし、その考えが明確な意味をもつまで、話しても詮ないことでしょう」

「それはそうかもしれないが」サー・オズワルドはゆっくりといった。「わたしとしては、いまここで、きみの考えを聞きたいんだがね、バトル警視」

「ひとつには、ここは蔦《つた》だらけといってもいい――ほら、あなたのコートにも蔦の葉がついていますよ。そう、蔦だらけなんです。おかげで状況がややこしくなります」

サー・オズワルドはじっと警視をみつめた。だが、彼がなにかいいかえそうとした矢先に、ベイトマンが部屋に入ってきた。

「ここにいらしたんですか、サー・オズワルド。よかった。おくさまがあなたがお部屋にいないことに気づかれたんです――それで、強盗に殺されたにちがいないとおっしゃって。サー・オズワルド、すぐにおくさまのところにいらしたほうがよろしいかと思います。おくさまはひどく動揺なさっていらっしゃいますので」

「マリアときたら、愚かきわまりない。なぜわたしが殺されなければならんのだ？ では行こうか、ベイトマン」

サー・オズワルドは秘書をしたがえて図書室を出ていった。

「なかなか有能な青年ですね」警視は秘書の背中を見送りながらそういった。「名前はなんでしたっけ――ベイトマン？」

セシジャーがうなずく。「ベイトマン。ルーパート・ベイトマンです。学生時代は〝ポンゴ〟と呼ばれてましたよ。わたしは彼と同窓なんです」

「そうでしたか。それは興味ぶかい、ミスター・セシジャー、あなたは学生時代の彼をどう見ていらしたんですか？」

「そうですね、じつにマヌケなやつだと思ってました」

「それはどうでしょう」バンドルはやんわりと異議を唱えた。「あのかたがマヌケだとは思えませんわ」

「いや、わたしがいいたいことはおわかりでしょう。もちろん、彼はマヌケなんかじゃありませんとも。おそろしく頭がいいうえに、せっせと勉強してましたしね。でも、ばかがつくほどきまじめでして。ユーモアのかけらもない」

「ほほう」バトル警視はいった。「それは残念ですね。ユーモアのセンスがない紳士は、なにごともきまじめに受けとってしまう。頭が固いと、災難にあいやすい」

「あのポンゴが災難にあうなんて、想像もできませんよ」セシジャーはいった。「これまでのところ、瑕瑾《かきん》なくやってきましたよ。サー・オズワルドのもとでもりっぱに務めを果たしていますし、生涯、彼に仕える気じゃないかと思えるぐらいです」

「バトル警視」バンドルが呼びかけた。

「はい、なんでしょう、レディ・アイリーン」

「サー・オズワルドが真夜中になぜ庭園をぶらついていたのか、その説明をなさらなかったのは、おかしいと思いませんか？」

「サー・オズワルドは大物です——大物というのは、説明を要求されなければ、みずから説明を買って出たりしないほうがいいことをよく承知しているんですよ。あれこれ説明したり、いいわけをしたりするのは、自分のもろさや弱さを露呈するのと同じだとわかっているんです。わたしと同じく、サー・オズワルドもそういうことをよく承知しておられる。彼はみずから進んで、説明や弁解をしようとはなさらないでしょう——そんなことはなさいませんとも。先ほどもただ悠然と現われて、わたしをきびしく問いつめただけです。ええ、大物ですね、サー・オズワルドは」

　バトル警視の口調にあたたかい称賛の響きがこもっているのがわかり、バンドルはそれ以上追及するのはやめた。

「それでは」警視はかすかながらも愉快そうに目をきらめかせて、周囲を見まわした。「せっかくこうして親しく話しているのですから、どうしてミス・ウェイドがかくもおあつらえの時機にこちらにいらしたのか、それをお聞きしたいですね」

「彼女は恥じるべきですよ」セシジャーはいった。「わたしたちをだましたことを」

「だって、どうしてあたしだけが除け者にされなきゃならないんです？」ロレインは感情的になっている。「冗談じゃありません。お宅で初めてお会いした日、おふたりは口をそろえて、あたしにとっていちばんいいのは、おとなしくうちに引っこんでいて、危険なことにはくびを突っこまないことだ、といいましたよね。あたし、そのときはなにも申しませんでしたが、胸の内では心を決めていたんです」

「なんとなくそんな気がしていたわ」バンドルはいった。「だって、あなたが驚くほど素直だったから。たぶん、なにか思うところがあるんだなって思えて」

「わたしはずいぶんものわかりがいいなと感心していたんですよ」とセシジャー。

「そうでしょうね、ジミー」ロレインはうなずいた。「あなたをだますのは簡単でしたもの」

「それはどうも。恐縮です。では先をつづけて。わたしにはおかまいなく、どうぞ」

「あなたが電話してくださって、危険なことになるかもしれないとおっしゃったとき、あたしの決意はいっそう強くなりました。それで、ハロッズに行ってピストルを買ったんです。ほら、これを」

ロレインが玩具じみた小さな拳銃を見せると、バトル警視はそれを手に取って調べた。

「おもちゃみたいだが、危険なしろものですね、ミス・ウェイド。ところで、そのう――撃つ練習をなさいましたか？」

「いいえ、一度も。だって――持っているだけで心強い気がして……」

「なるほど」警視は重々しくうなずいた。

「あたしの計画というのは、ここに来て、なにが起こるかを見届けることでした。路上に車を乗り捨て、生け垣のすきまをくぐって敷地内に入り、テラスまで行きました。あたりを見まわしていると、ふいに足もとになにかが落ちてきたんです――ぽとんと。それを拾いあげて、どこから落ちてきたのかと建物を見あげました。すると、男が蔦をつかんで降りてくるのが見えたので、急いで逃げたんです」

「なるほど」警視はまたうなずいた。「ミス・ウェイド、その男の人相や風体を描写できますか？」

ロレインはくびを横に振った。「暗かったので。とても大きな男だったように思います――それぐらいしかわかりません」

「では、ミスター・セシジャー。あなたはその男と格闘なさった――なにか気づいたことは？」

「かなり体格のいいやつ――それしかいえません。低いしゃがれ声は聞きました――わたしがそいつの喉をつかんだときです。〝放せ、この野郎〟とかなんとか唸《うな》ってました」

「すると、教養のない男でしょうか？」

「そうですねえ、ええ、そうだと思いますよ。そんなしゃべりかたでした」

「あの包みのことがよくわからないんですけど」ロレインがいった。「なぜ下に放ったんでしょう？　蔦を降りるのに邪魔になったから？」

「ちがいますよ」警視はいった。「わたしの所見はまったくちがいます。ミス・ウェイド、あの包みはあなためがけて放られたんです――わたしはそう思います」

「あたしめがけて？」

「といいますか、強盗が目当ての人物だと思った相手めがけて、ね」

「ますます複雑になってきたな」セシジャーはいった。

「ミスター・セシジャー、あなたは図書室に入ったとき、照明のスイッチを押しましたか？」

「ええ」

「室内には誰もいなかった？」

「誰も」

「ですが、あなたは誰かが歩きまわっている音を聞きつけたので、ここにいらしたといいましたね？」

「そうです」

「そしてフレンチウィンドウが閉まっているかどうか確かめたあと、明かりを消して、ドアをロックした。そうですね？」

セシジャーはこくりとうなずいた。

バトル警視はゆっくりと周囲を見まわした。視線をめぐらしていくうちに、近くの書棚のそばに置いてある、革製の大きなスペイン風衝立《ついたて》が目に留まった。

つかつかとその衝立に近づいた警視は、うしろ側をのぞきこんだ。と、するどく低い声をあげた。

それを聞いた若者三人は、急いで警視のもとに駆けつけた。

衝立の向こう側には、ラデツキー伯爵夫人が意識を失い、体を折り曲げるようにして床に倒れていた。

22　伯爵夫人は語る

伯爵夫人の覚醒はジミー・セシジャーの場合とは大ちがいだった。かなり時間がかかったし、意識のもどりかたも、はるかに芸術的だった。

〝芸術的〟とはバンドルの感想だ。バンドルは手厚く伯爵夫人を介抱した――といっても、伯爵夫人の顔に冷たい水をかけただけだったが。しかし、効果覿面《てきめん》、伯爵夫人はすぐに意識をとりもどした。当惑したように白い手で額をなで、弱々しい声でなにやらつぶやいた。

ロマックスに命じられたとおり、先ほどからエヴァーズレイは電話にかじりついていたのだが、医師に用件を伝えると、例によって騒々しく図書室にもどってきた。そのすぐあとに、伯爵夫人が〝芸術的〟に意識をとりもどしたので、エヴァーズレイはほっと安堵の息をついた。そして、(バンドルの意見では)嘆かわしくも愚かしい行為におよんだ。

エヴァーズレイは満面に気づかわしげな表情を浮かべ、いかにも心配そうに伯爵夫人の顔をのぞきこみ、あきれるほど陳腐なことばを次々と口にした。

「伯爵夫人、もうだいじょうぶですよ。ほんとうにだいじょうぶです。いえ、しゃべってはいけません。口をきいたりしてはよくありませんからね。このまま静かにしていてください。ええ、じきに回復しますよ。回復するまでは、なにもおっしゃらないように。時間がたてばよくなります。それまでは安静にして、目を閉じていてください。すぐになにもかも思い出せます。もうひとくち、水をお飲みなさい。ブランディがいいかな。あ、そうだ。バンドル、ブランディは――」

「ビル、いいから、そのかたをそっとしておいてあげて」バンドルはいらだった声をあげた。「だいじょうぶだから」

そして、慣れた手つきで、念入りに化粧した伯爵夫人の顔に、またたっぷりと冷たい水を振りかけた。

伯爵夫人はたじろいで上体を起こした。意識がかなりはっきりしてきたようだ。「もうだいじょうぶです。ええ、もうだいじょうぶ」

「ゆっくりでいいんですよ」エヴァーズレイはいった。「ほんとうに気分がよくなるまで、話をしなくていいんですよ」

伯爵夫人は薄い化粧着《ネグリジェ》をかきよせた。「だいぶ気分がよくなってきました」低くつぶやく。「ええ、よくなってきましたわ」

そういって、伯爵夫人は自分を取り巻いている少数の人々を見まわした。気づかわしげではあるが、同情とはいえない表情が見てとれる。そういう面々とはちがって本気で心配している唯一の人物の顔を見あげ、ゆっくりと微笑《びしょう》してみせた。

「たくましいイギリス紳士のおかた」伯爵夫人は低くやさしい声でいった。「ご心配なさらないで。わたくし、ほんとうにだいじょうぶですから」

「よかった！　でも、確かですか？」エヴァーズレイは心配そうに念を押した。

「確かです」安心させるように、伯爵夫人はまた微笑した。「わたくしどもハンガリー人は鋼《はがね》の神経を持っていますのよ」

エヴァーズレイの顔に安堵の色がよぎる。いつものとぼけた表情がもどってきた。

それを見たバンドルは、心の底から、エヴァーズレイを蹴りとばしてやりたくなった。

「もっとお水を」エヴァーズレイを蹴りとばすかわりに、バンドルはひややかな声で伯爵夫人に水を飲むように勧めた。

伯爵夫人は水はいらないと断った。災難をこうむった美人には親切になるジミー・セシジャーが、カクテルはどうかといった。この提案を、伯爵夫人はうれしげに受け容れた。備えつけの棚にずらりと酒のボトルやグラスが並んでいるおかげで、手早く作られたカクテルを飲むと、伯爵夫人はもう一度みんなの顔を見まわした——前よりも気力のこもった目で。

「教えてください。なにがあったんですか？」伯爵夫人はこれまた気力のこもった声でいった。

「それをあなたにお訊きしたいと思っているんですよ」バトル警視がいった。

伯爵夫人は警視にするどい視線を向けた。いま初めて、この大柄でもの静かな男の存在に気づいたようだ。

「わたし、先ほど、あなたのお部屋にうかがったんです」バンドルがいった。「でも、ベッドは空《から》で、あなたはいらっしゃいませんでした」そこでことばを切り、責めるように伯爵夫人をみつめた。

伯爵夫人は目を閉じて、ゆっくりとうなずいた。「ええ、ええ、すべてを思い出しました。ああ、なんて恐ろしい！」ぶるっと身震いする。「お聞きになりたい？」

バトル警視が答える。「よろしければ、ぜひ」

同時にビル・エヴァーズレイがいった。「気が進まないのなら、無理に話さなくてもいいんですよ」

伯爵夫人は警視からエヴァーズレイへと視線を移した。けっきょく、警視の静かな、かつ、威厳のあるまなざしのほうに軍配が上がった。

「眠れなかったんですの。なんだか、このお屋敷に――そう、押しつぶされそうな気がして。イギリスでよくいわれているように、焼けた煉瓦《れんが》の上の猫みたいに気が高ぶって。経験上、そういうときには眠ろうとしてもむだだとわかっています。それで、部屋のなかをうろうろと歩きまわり、本に手をのばしました。でも、部屋に用意してあった本は、どれもおもしろくなさそうで。ですから、図書室に行って、もっと興味をもてる本を探そうと思ったんです」

「当然ですね」とエヴァーズレイ。

「よくあることです」とバトル警視。

「そう思いつくとすぐに部屋を出て、階下《した》に降りました。お屋敷のなかはしんと静まりかえっていー―」

「失礼ですが」警視が口をはさんだ。「本を取りに行こうと思いつかれたのが何時ごろだったか、おわかりですか？」

「何時だったかはわかりません」伯爵夫人はあっさりとそういってのけると、自分の話をつづけた。

「――お屋敷のなかばしんと静まりかえっていました。小さなネズミが一匹走っても、その足音が聞こえるぐらい――もっとも、このお屋敷にネズミがいるとしての話ですけれど。わたくしも足音をしのばせて階段を降りて――」

「足音をしのばせて?」警視が訊きかえす。

「みなさんを起こしたくないと思うのは当然でしょう?」伯爵夫人は咎《とが》めるようにいった。

「ここに入り、あのコーナーに行って、適当な本はないかと書棚を見ていました」

「もちろん、明かりを点けて?」

「いいえ。明かりのスイッチは押しませんでした。小型の懐中電灯を持っていましたので。それで書棚を照らしたんです」

「なるほど」と警視。

「すると、突然」と伯爵夫人はドラマチックに語を継いだ。「物音が聞こえたんです。かすかな音が。しのびやかな足音でした。わたくしは懐中電灯を消し、耳をすましました。足音が近づいてきます――しのびやかな、恐ろしい足音が。わたくしは衝立《ついたて》の陰でちぢこまりました。すぐにドアが開く音がして、明かりが点きました。男が――賊が入ってきたんです」

「それは――」ジミー・セシジャーがなにかいいかけたが、大きな足に足を踏みつけられた。バトル警視の警告だ。セシジャーは口をつぐんだ。

「怖くて死にそうでした」伯爵夫人は話をつづけた。「息を殺してじっとしていましたよ。男は立ちどまって耳をすましました。それから、また、あの恐ろしいしのびやかな足音が——」

セシジャーはまたもや口を開きかけたが、またもやその口を閉じた。

「男はフレンチウィンドウまで行き、外を見ているようでした。一、二拍ほどその場に立っていましたが、引き返してきて明かりを消し、ドアをロックしたんです。わたくし、ぞっとしましたわ。そのあと、男が暗い部屋のなかを歩きまわっている気配がしました。こちらに近づいてきたら……！　すると、男がまたフレンチウィンドウのほうに行く足音が聞こえたんです。そして、静寂。わたくしは男がフレンチウィンドウから外に出ていってくれればいいのに、と強く願っていました。しばらくはなんの音も聞こえませんでした。きっと外に出ていったのだと思いました。それで懐中電灯を点けて確かめてみようとしていたら、いきなり、始まったんです！」

「はい？」

「恐ろしいことが——ぜったいに——ぜったいに忘れられないでしょう！　ふたりの男が取っ組み合って殺しあいを始めたんです。それはもう恐ろしい争いで！　ふたりは取っ組み合ったまま部屋じゅうをころげまわり、あちこちで家具がこわれる音がして。賊はしゃがれ声で、しゃべるというより、カラスの鳴き声のような声でわめいてました。〝放せ——放せ——〟と。取っ組み合いの片方は紳士でした。教養のあるイギリス人男性の発音でしたもの」

ジミー・セシジャーはうれしそうだ。

「そのかたも悪態らしきことばを発してましたよ——おおよそは」

「まさしく紳士ですね」バトル警視がいう。

「それから、閃光《せんこう》が走り、銃声がしました。弾丸はわたくしのそばの書棚にあたりました。わたくし——その、そこで気絶してしまったようです」

伯爵夫人はエヴァーズレイを見あげた。

エヴァーズレイは彼女の手を取って軽くたたいた。「お気の毒に。ひどい目にあいましたね」

バンドルは内心で思った——ああ、ばかみたい。

警視は足音もたてずに、機敏に衝立の右側の書棚に近づくと、かがみこんで書棚を調べた。やがてなにかを拾いあげた。

「弾丸ではありませんよ、伯爵夫人。薬莢《やっきょう》です。ミスター・セシジャー、あなたが発砲したときの位置は？」

セシジャーはフレンチウィンドウのそばに立った。「たぶん、このあたりです」

警視も同じ場所に立った。「合っています。薬莢はまっすぐうしろに飛びますからね。これは四五口径のものです。暗いなかで、伯爵夫人が弾丸が飛んできたと思われたのは無理もない。薬莢はうしろに飛んで、伯爵夫人から一フィートしか離れていない書棚にあたったんです。弾丸そのものはフレンチウィンドウの窓枠をかすめていますから、明日、外を捜せばみつかるでしょう——格闘した相手の体のなかにとどまっているのでなければ」

セシジャーは悔しそうに頭を振った。「レオポルドは栄光ある手柄をたてそこねたようですね」

伯爵夫人はおだてるようにセシジャーをみつめた。「あなたの腕！　包帯が巻いてありますね！　ではあなたが――」

セシジャーはわざとらしく頭をさげておじぎをした。「教養のあるイギリス人の発音だといっていただけて、うれしいですよ。ご婦人がいらっしゃるとわかっていたら、あんなことばは使わなかったんですが」

「どんなことばをお使いになったのか、わたくしにはまったくわかりませんでしたわ」伯爵夫人は急いでとりつくろった。「子どものころ、イギリス人の家庭教師に英語を教わったんですけれど――」

「家庭教師が生徒に教えたくなるようなことばではありませんからね」セシジャーはいった。「おじさんのペンとか、庭師の姪の雨傘とか、そういう英語ばかり勉強なさっていたはずです。わたしもそういうつまらない勉強をさせられたので、よくわかります」

「でも、いったいなにがあったんです？」伯爵夫人は訊いた。「それを知りたいんです。なにがあったのか、わたくしに教えていただきたいんです」

一瞬、沈黙がおりて、全員がバトル警視に目を向けた。

「じつに単純なことですよ」警視はのんびりといった。「強盗未遂事件です。サー・スタンリー・ディグビーが持っていた、とある重要書類が盗まれました。泥棒はその書類を手に、まんまと逃げおおせるところだったのですが、この若いレディの」とロレインを手で示す。「おかげで、そうはいかなかったんです」

伯爵夫人はロレインを一瞥《いちべつ》した——奇妙なまなざしだった。「そうでしたか」

「幸運な偶然といいますか、このお嬢さんがたまたまその場にいあわせたんです」警視はかすかに微笑した。

伯爵夫人は小さく吐息をつき、またまぶたを閉じそうになった。「すみません、まだ気分が悪くて」とつぶやく。

「そりゃあそうでしょう」エヴァーズレイが声を張りあげた。「お部屋までお送りします。バンドル、いっしょに来てくれるね」

「ありがとうございます、レディ・アイリーン」伯爵夫人はいった。「ですが、わたくし、ひとりになりたいのです。ええ、ほんとうにだいじょうぶですわ。階段を昇るときだけ、手を貸していただけません?」

伯爵夫人はエヴァーズレイの腕にすがって立ちあがると、その腕にぐったりと寄りかかって部屋を出ていった。

バンドルはホールまでついていったが、伯爵夫人がだいじょうぶだと——いくぶんか迷惑そうな声音で——いいはるので、階段の下にとどまった。

エヴァーズレイに寄りかかり、ゆっくりと階段を昇っていく伯爵夫人の優美な姿を見送っていたバンドルは、突然、はっとして体をこわばらせた。伯爵夫人の化粧着はごく薄手だ——オレンジ色のシフォンのヴェールのようなものだ。その薄い生地を通して、彼女の右の肩胛骨《けんこうこつ》の真下に、小さな黒いホクロがあるのがはっきり見えたのだ。

小さくあえいで、バンドルがさっと踵《きびす》を返すと、ちょうどバトル警視がセシジャーとロレインを先に立てて図書室から出てきた。

「では」警視はふたりにいった。「フレンチウィンドウはきっちり閉めましたし、その外には部下を見張りに立てます。ドアは施錠して、鍵はわたしが預かっておきます。朝になったら、フランス人のいう〝犯罪の再現〟というのをやりますよ。おや、レディ・アイリーン、どうなさいました?」

「バトル警視、ぜひお話ししたいことが――いますぐに」

「おや、それは――」

そこにジョージ・ロマックスが現われた。ドクター・カートライトがいっしょだ。

「ああ、ここにいたのか、バトル。オルークの状態はたいしたことがないと聞けば、きみも安心だろう」

「ミスター・オルークの容態がひどく悪いとは、最初《はな》から思っていませんでしたよ」警視はいった。

「強い睡眠薬を盛られたんです」ドクターがいった。「でも、朝になれば、回復します。少し頭痛がするかもしれませんが、たいしたことはありません。さあ、あなたの」とセシジャーにいう。「腕の銃創を診ましょう」

「手を貸してくれませんか、看護婦さん」セシジャーはロレインにいった。「洗面器をあてがってくれるとか、わたしの手を握ってくれるとか。強い男が苦痛にのたうちまわるのをごらんあれ。見ものですよ」

セシジャー、ロレイン、ドクターはいっしょに去っていった。えんえんとしゃべりつづけるロマックスに捕まっていたバンドルは、訴えるような目でバトル警視をみつめた。

警視はロマックスの長話が一段落するまで辛抱《しんぼう》づよく待った。そしてその隙を逃さず、口をはさんだ。「閣下、サー・スタンリーとちょっと内密の話をしてもよろしいでしょうか？　あそこの書斎で」

「いいとも、わたしが連れてこよう」

ロマックスはせかせかと階段を昇っていった。警視はすばやくバンドルを応接室に押しこみ、ドアを閉めた。

「さて、レディ・アイリーン、どうなさったのですか？」

「できるだけ急いで話したいんですけど――長くて込みいった話なんです」

バンドルはセヴン・ダイアルズ・クラブに潜入した冒険談をできるかぎり正確に話した。

その話が終わると、バトル警視は長い吐息をついた。今度ばかりは、木彫りのような顔がくずれた。「なんともはや、驚きましたね。いくらあなたのようなかたでも――まさかそんなことが可能だとは信じられませんよ、レディ・アイリーン。もっと気をつけるべきでした」

「でも、あなたがヒントをくださったんですよ、バトル警視。ビル・エヴァーズレイに訊けって」

「あなたのようなかたにヒントを与えるのは、危険きわまりないことですね、レディ・アイリーン。まさかそこまでなさるとは、夢にも思いませんでした」

「でも、だいじょうぶですよ、バトル警視。たとえわたしが死ぬにしても、あなたのせいではありませんから」

「いまのところは、そのようですね」警視はきびしい顔つきだ。頭のなかでさまざまな考えを追っているのだろう。

やがて警視は口を開いた。「あなたを危険に飛びこませるようなことをさせるとは、ミスター・セシジャーはいったいなにを考えていたんでしょうかね。わたしにはわからない」

「あのかたはあとになるまで、なにも知らなかったんです」バンドルはいった。「わたしだって、そんなにおばかさんじゃありませんわ、バトル警視。それに、どのみち、彼はミス・ウェイドの面倒をみるので手いっぱいでしたし」

「そうなんですか？　ふうむ！」警視の目がかすかに光った。「ミスター・エヴァーズレイにあなたの面倒をみるように、くれぐれもたのんでおかなければなりませんね、レディ・アイリーン」

「ビルに、ですって！」バンドルはばかにしたような口調でいった。「でもね、わたしの話はまだ終わっていません。わたしがセヴン・ダイアルズの会合で見た女性――つまり、〈一時〉。そう、〈一時〉の女性はラデツキー伯爵夫人なんです」

バンドルは早口でホクロのことをくわしく語った。だが、驚いたことに、バトル警視はいっこうに関心を示さなかった。

「ホクロだけでは決め手になりませんな。ふたりのご婦人の同じようなところにホクロがあるというのは、よくあることですからね。それに、ラデツキー伯爵夫人はハンガリーでもごく高名なかただということをお忘れなく」

「それなら、この屋敷にいる伯爵夫人は本物じゃないんですよ。ここで伯爵夫人と名のっている女は、わたしがセヴン・ダイアルズ・クラブで見た女と同一人物だと断言できます。それに、今夜のあのようす――わたしたちが発見したときのようすをごらんなさい。そう、彼女が失神していたなんて、わたしはこれっぽっちも信じていません」

「それはどうでしょうね。弾丸が自分のすぐそばの書棚にあたったと思ったら、どんな女性でも気が遠くなると思いますよ」

「ですが、彼女はあそこでいったいなにをしていたんでしょう？　わざわざ懐中電灯を持って図書室に本を選びにいくなんて、ふつう、しませんよ」

警視は頬を掻いた。話をするのは気が進まないようだ。心を決めかねているのか、部屋のなかを行ったり来たりしはじめた。やがて足を止め、バンドルのほうを向いた。「よろしい、レディ・アイリーン、あなたを信じることにします。確かに、伯爵夫人の行動も説明もあやしい。あなたと同じく、わたしもそれは承知しています。じつにあやしい――が、わたしたちは慎重に動かなければなりません。いささかなりとも、外国の大使館とおもしろくない関係になるようなことは避けるべきです。あくまでも、確たる証拠が必要なのです」

「確たる証拠がみつかれば……」

「それだけではありません。前《さき》の大戦中、なぜドイツのスパイどもを捕まえないのかと、大騒ぎになりました。おせっかいな連中が新聞に、さんざん非難の手紙を投稿したものです。ですが、わたしたちは問題にしませんでした。どれほどひどい非難をあびせられても、わたしたちは平然と受け流しました。雑魚《ざこ》は放っておくべし。なぜか？　雑魚を泳がせておけば、遅かれ早かれ、大物にたどりつけるからです——スパイ網のトップにいる者に」

「ということは？」

「いえいえ、いまの話など、気になさることはありませんよ、レディ・アイリーン。ですが、これだけは憶えておいていただきたい。わたしは伯爵夫人のことはすべて承知しています。承知のうえで、彼女を放っておきたいのです」

そういってから、バトル警視は困ったようにつけくわえた。「さてと、サー・スタンリーに話せるようなことを、なにか考えなくてはなりませんな」

23　バトル警視、捜査を始める

同日の午前十時。図書室のフレンチウィンドウからは、陽光がさんさんとさしこんでいる。バトル警視は午前六時からそこで捜査をしていた。警視は、ジョージ・ロマックス、サー・オズワルド・クート、そしてジミー・セシジャーの三人を図書室に呼びだした。夜中の疲れを満ち足りた朝食で癒した三人は、呼びだしに応じた。セシジャーは片腕を吊っているが、それを除けば、夜半の格闘を思わせる痕跡はほとんどなかった。

警視は、少年たちに説明をする博物館の学芸員さながら、やさしい目で三人を迎えた。そばのテーブルには雑多な品が並んでいる。そのすべてにラベルが貼ってある。その品々のなかに、セシジャーのレオポルドもあった。

ロマックスがいった。「警視、捜査の進捗状態を知りたくて待ちかねていたぞ。賊を捕らえたのか？」

「いずれ捕まえますよ」警視はさらりといった。強盗未遂犯を捕まえそこねたことなど、少しも気にしていないようだ。

そう聞いても、ロマックスは特に満足そうな顔はしなかった。なにごとにしろ、軽率な態度というものを嫌悪しているせいでもある。

「証拠品にラベルを貼っておきました」警視はテーブルの上からふたつの品を取りあげた。「銃弾が二発。大きいほうは四五口径で、ミスター・セシジャーのコルトから発射されたものです。これはフレンチウィンドウの窓枠をかすめて、外のシーダー松の幹にくいこんでいました。小さいほうは、二五口径のモーゼル拳銃から発射されたものです。弾はミスター・セシジャーの腕を貫通したのち、この肘掛け椅子にくいこんでいました。サー・オズワルドが拾ってこられたモーゼルに関しては――」

「どうなんだね？」いかにも知りたいという口調で、サー・オズワルドが訊いた。「指紋が残っていたのかね？」

警視はくびを横に振った。「持ち主は手袋をはめていました」ゆっくりと答える。

「それは残念だ」サー・オズワルドはいった。

「こういう仕事に精通している者は手袋をはめるものですよ。サー・オズワルド、あなたがこの銃を発見なさったのは、ここから二十ヤードほど離れたテラスのステップの下だった――そう理解してよろしいですね？」

サー・オズワルドはフレンチウィンドウのそばに行った。「そう、ほぼそんなところだ」

「けちをつけたくはないのですが、発見なさった場所にそのまま置いといていただきたかったですね」

「すまん」サー・オズワルドは堅苦しい口調であやまった。

「いえ、あやまっていただくほどのことではありません。事態を再構成することができましたので。足跡から、あなたは庭園の奥から小道を歩いてこられ、ある地点で立ちどまって芝生に足を踏みだした。そのすぐそばには、足跡とは別のくぼみがはっきりと残っていました。ついでながらお訊きしますが、そんなところに銃があるのを、どうお考えになりましたか？」

「賊が逃げるときに落としたのだと考えたよ」

警視はまたくびを横に振った。「いいえ、落としたのではありませんよ、サー・オズワルド。ふたつの点がそれを証明しています。その一、芝生の上には、ひと組の足跡しかありませんでした——あなたご自身の足跡しか」

「ふうむ」サー・オズワルドは考えこんだ。

「バトル、それは確かかね？」ロマックスが口をはさんだ。

「確かです。芝生の上には、もうひと組の足跡が残っていましたが、それはミス・ウェイドのもので、しかも、ずっと左側にあるんです」

警視はそこで間《ま》を置いてから、また話をつづけた。「その二、芝生の上のくぼみ。銃はかなり強く地面にぶつかったにちがいありません。以上の二点から、銃は落ちたのではなく、放り投げられたことを示しています」

「だからなんだというんだね？」サー・オズワルドが訊く。「賊はテラスの前の芝生に出た。だから、小道には足跡が残っていない。そして、芝生のなかほどめがけて、力いっぱい銃を投げた。これでどうだね、ロマックス？」

ロマックスはこくりとうなずいて同調した。

「それなら、小道に足跡を残さずにすみますね」バトル警視もうなずいた。「ですが、地面のくぼみの形状と芝生の傷みぐあいから見て、銃が小道のそばの芝生から投げられたとは思えません。このテラスから放り投げられたのだと思います」

「そうかもしれないが」サー・オズワルドはいった。「それが問題なのかね、警視？」

「そうだとも、バトル」またロマックスが口をはさんだ。「そのことが、そのう――直接の関係があるのかね？」

「たぶん、直接の関係はないでしょうね、ミスター・ロマックス。しかし、警察としては、どんなことにしろ、事実を知りたいのです。それで、みなさん、この銃を放り投げていただけませんでしょうか？　サー・オズワルド、いかがですか？　やあ、ありがたい。では、フレンチウィンドウのそばに立ち、芝生のまんなかあたりめがけて、銃を投げてください」

サー・オズワルドは警視の要求どおりにモーゼル銃を持ち、力いっぱい腕を振ってそれを投げた。

ジミー・セシジャーは息をのむようにして、興味ぶかげに見守っている。

警視はよく訓練されたレトリーヴァー犬のように、投げられた銃の落下地点まで行き、銃を拾いあげて、顔を輝かせてもどってきた。

「思ったとおりでしたよ、サー。まったく同じくぼみができています。もっとも、あなたはたっぷり十ヤードも遠くまで放られましたが。サー・オズワルド、あなたは肩が頑健で、力も強い。あ、ちょっと失礼します。ドアをノックする音が聞こえましたので」

警視の耳は図抜けてするどいにちがいない。ほかの者にはノックの音など聞こえなかったのだ。警視の耳の鋭敏さはただちに実証された。警視がドアを開けると、レディ・クートが手に薬の入ったグラスを持って立っていたのだ。

「お薬ですよ、あなた」そういいながら、レディ・クートは部屋に入ってきた。「朝食のあとに服《の》むのをお忘れになったでしょ」

「いま、忙しいんだよ、マリア」サー・オズワルドはいった。「薬なんぞいらん」

「わたしのためでなければ、お服みになろうとなさらないのね」レディ・クートはのどかな口調でそういって、夫のそばに行った。「だだっ子みたい。さあ、服んで」

　鉄鋼界の大物は妻にいわれたとおり、おとなしく薬を服んだ。

　レディ・クートはみんなに悲しげに、かつ、やさしい笑顔を向けた。「お邪魔でしたかしら？　忙しいんですって？　まあ、銃が二挺も！　なんてまがまがしい、いやな道具ですこと。人殺しの道具ですわね。ねえ、オズワルド、考えてごらんなさいな。昨夜、賊に撃たれたのは、あなただったかもしれないんですよ」

「ご主人が部屋にいらっしゃらないのに気づいたときは、さぞご心配なさったことでしょうね、レディ・クート」

「最初は気づきませんでしたの」レディ・クートは白状した。「こちらの気の毒な若いかたが」とセシジャーを手で示す。「撃たれて——なにやかやと恐ろしいことがありましたので、興奮してしまって。ミスター・ベイトマンにサー・オズワルドはどこですかと訊かれて初めて、その騒ぎの三十分ほど前に夫が散歩に出たことを思い出したんです」

「眠れなかったんですか、サー・オズワルド?」警視が訊く。

「いつもは寝つきがいいんだが」サー・オズワルドはいった。「じつは、昨夜はなぜか気持がおちつかなくてね。それで、外の空気でも吸えばいいかと思ったんだ」

「このフレンチウィンドウから外に出たんですか?」

「そうだ」

警視の気のせいなのか、あるいはそれが事実だったのか、サー・オズワルドは返答をする前に、一瞬、ためらわなかったか?

「それも、底の厚い靴ではなく、ディナーのときの夜会服用の靴のままで」レディ・クートはいった。「わたしが気を配っていないと、どうなりますやら」そういいながら、悲しげに頭を振る。

「マリア、よかったら、わたしたちだけにしてくれないか。まだいろいろと話があるんでね」

「わかっていますわ。では失礼します」

レディ・クートは死を招く毒薬を夫に服ませるのに成功したとでもいうように、勝ち誇って、高坏《たかつき》ならぬ、ごくありふれたグラスを手にして退出した。

「ところで、バトル」ロマックスが切りだした。「すべてが明白になったじゃないか。うん、完全に明白になった。賊は銃を撃ち、ミスター・セシジャーに傷を負わせた凶器を放り投げ、テラスを走って砂利道に出て逃げた」

「それなら、わたしの部下に捕まったはずです」バトル警視はいった。

「こういってよければ、きみの部下たちは怠慢だったように見受けられるが。ミス・ウェイドが入りこんできたのに気づかなかったのだ。彼女が入ってくるのがわからなかったぐらいなら、逃げていく賊をも見落としただろうよ」

警視はなにかいおうと口を開きかけたが、なにもいわないほうがいいと考えなおしたようだ。セシジャーは興味ぶかげに警視を見ていた。いまの警視の胸の内がわかるなら、なんでもしただろう。

「もしそうなら、その男はチャンピオン級の走者だったにちがいありません」スコットランドヤードの警視はそういっただけで、まっこうからはロマックスに異議を唱えなかった。

「どういう意味かね?」

「ミスター・ロマックス、発砲があってから五十秒もたたないうちに、わたしはテラスの角を曲がってきました。しかし、賊がわたしのほうに向かって逃げてきたとすれば、わたしが屋敷の横手に達する前に、角を曲がってしまったにちがいありません。あの距離をそれほど速く走りきるとは……ですから、チャンピオン級の走者だったにちがいないと申しあげたのです」

「どうもわからないな、バトル。きみにはきみの考えがあるのだろうが、わたしはそれを掴みきれてはいないらしい。きみは賊は芝生を横切ったわけではないといった。そして、いまはいままでそんなことをいう。いったいどういうことなんだね? 賊は小道を通ったんじゃないのか? それなら、きみは——うむ——賊はどこを通って逃げたというのだ?」

その問いに答えるかわりに、警視は雄弁な親指を立ててみせた。

「うん？」ロマックスはけげんそうだ。

警視がいっそう力をこめて親指を立てて上を示したので、ロマックスは天井を見あげた。

「階上《うえ》に」警視はいった。「ふたたび蔦《つた》をつたってよじ昇ったんです」

「ばかばかしい。そんなことは不可能だ」

「不可能とはいえませんよ。一度はやりとげたのです。二度目はできないということはないでしょう」

「不可能だといったのは、蔦をつたって昇ることはできないという意味ではない。だが、逃げたいのなら、むざむざと屋敷内にとどまるわけがあるまい」

「賊にとっては屋敷内のほうが安全だったからですよ」

「しかし、わたしたちがミスター・オルークの部屋に行ったとき、部屋のドアはロックされていたぞ」

「では、あなたがたはどうやって彼の部屋に入ったのか。まずサー・スタンリーの部屋に入り、隣室との境のドアからつづき部屋に行った、そうですね？　賊も同じルートをたどったんですよ。レディ・アイリーンは、ミスター・オルークの部屋の廊下側のドアノブが回るのを目撃なさったそうです。我らが〝友人〟が最初にその部屋にいたときのことでしょう。部屋の鍵は、眠っているミスター・オルークの枕の下にあったのではないかと思います。賊が逃げたルートは明快です。二度目にミスター・オルークの部屋に入ったときは、当然ながら、境のドアを通ってサー・スタンリーの部屋に入ったんです。そのとき、サー・スタンリーの部屋は空《から》っぽでした。ほかのかたがたと同じように、サー・スタンリーも階下《した》の図書室に駆けつけていらっしゃいましたから。賊はゆうゆうと逃走ルートを確保できたわけです」

「では、賊はどこに行ったんだ？」

バトル警視はがっしりした肩をすくめた。「どこにでも行けたでしょう。屋敷の別の翼棟にある空き部屋に入りこみ、また蔦をつたって降りる。階段で階下《した》に降りてサイドドアから外に出る。あるいは、強盗未遂事件が内部の者のしわざだとすれば——そうですね、そのまま屋敷内にとどまる」

最後のことばにロマックスは衝撃を受け、驚愕の目を警視に向けた。「バトル、それがうちの召使いの誰かだというのなら、じつにまさに、遺憾としかいいようがない。召使いたちには全幅の信頼をおいているんだ——疑いをかけるなど、痛恨のきわみで——」

「召使いたちを疑ってほしいといっているわけではありませんよ、ミスター・ロマックス。わたしはただ、あらゆる可能性を提示しているだけです。召使いたちは該当しないでしょう——おそらく」

「きみのせいで、あわててしまったよ。心底、あわててしまった」ロマックスの出っぱりぎみの目が、いまにも眼窩からとびだしてしまいそうだ。

雰囲気を変えようと、セジジャーはテーブルの上の黒い品をそっとつついた。「これ、なんですか？」

「証拠物件Zです」バトル警視はいった。「証拠物件の最後のものですよ。それは手袋の片方です。というか、その残骸というか」そういって、警視はその黒こげの品をつまみあげ、満足そうにみんなに見せた。

「どこでみつけたんだね?」サー・スタンリーが訊く。

警視はくびをぐいと横に向けて頭をうなずかせた。「暖炉の火床にありました――ほとんど燃えてますが、燃え残っている部分もあります。おかしなことに、犬が噛んだように見えます」

「ミス・ウェイドのものじゃないかな」セシジャーはいった。「彼女、犬を何匹か飼ってますから」

警視はくびを横に振った。「婦人用の手袋ではありません――ご婦人がだぶだぶの手袋をはめるのが最近の流行《はや》りだとしても、大きすぎます。ちょっと当ててがってみましょうか」そういって、黒こげのしろものをセシジャーの手に合わせてみる。「ほら、あなたにも大きすぎるぐらいです」

「それが重要な証拠品だというのかね?」サー・オズワルドがひややかに尋ねた。

「いまはまだわかりません、サー・オズワルド。なにが重要で、なにが重要ではないかなど」

ドアを一度だけ強くたたく音がして、バンドルが部屋に入ってきた。「失礼します」あやまるようにいう。「でも、つい先ほど、父から電話がかかってきまして。みんなが騒いでいるので、すぐに帰ってきなさいといわれました」バンドルはそこで間をおいた。

「それで?」もっと話したいことがあるのだろうと察しをつけ、ロマックスはバンドルをうながした。

「みなさんのお邪魔をしたくはなかったんですが、電話の内容が、今度の件と関係があるかもしれないと思ったものですから。父がいうには、従僕のひとりが行方をくらましたために、みんなが騒いでいるそうなんです。その従僕は、昨夜、外出してから、それきり帰ってこなかったとか」

「その男の名前は？」サー・オズワルドがたたみかけるように訊いた。

「ジョン・バウアー」

「イギリス人ですかな？」

「本人はスイス人だといっています。でもわたしは、ドイツ人ではないかと思いますわ。とはいえ、流暢《りゅうちょう》な英語を話しますが」

「ふうむ！」サー・オズワルドは満足そうに息を深く吸いこんだ。「その男はチムニーズ館《やかた》に奉公していた――どれぐらい前から？」

「一カ月足らず前からです」

サー・オズワルドはほかのふたりのほうを向いた。「その男こそが消えた賊だよ。いいかね、ロマックス、あなたも知ってのとおり、あれを狙って、複数の国が動いている。チムニーズ館から消えた従僕。うむ、いま、思い出した――背の高い、よく鍛《きた》えられた体つきの男だ。わたしたちがチムニーズ館を去る二週間前に、新しく雇われた男でね。うまく時機を選んだんだな。この屋敷なら、召使いを新規に雇いいれるさいには徹底的に身元調査をするだろうが、チムニーズ館はここから五マイルほど離れている――」サー・オズワルドは思わせぶりに語尾をにごした。

「そんなに前から計画を立てていたと?」ロマックスが訊く。

「そうに決まっている。あの製法には数百万ポンドの価値があるんだよ、ロマックス。密命を帯びたバウアーは、チムニーズ館でわたしの私的な書類を盗み見て、先々の予定を知った。この屋敷には仲間がいたのだろう。バウアーにこの屋敷の間取りや敷地のようすを教え、オルークに睡眠薬を盛って眠らせる手筈をととのえた仲間が。頭のいいやつだな。だが、ミス・ウェイドが目撃した、蔦をつたって降りてきた男は、その仲間のほうではなく、バウアーだったのだ――大柄で〝力の強い男〟」

サー・オズワルドはバトル警視のほうに向きなおった。「バウアーこそがきみの捕らえるべき賊だった。だが、どういうわけか、うまいこと、きみの指のあいだからすりぬけてしまったがね」

24　バンドル、考えこむ

サー・オズワルドの言に、バトル警視が不意を衝かれたのはまちがいない。警視は顎《あご》をなでながら思案していた。

「サー・オズワルドのいうとおりだぞ、バトル」ジョージ・ロマックスがいった。「そいつだ。捕まえる見こみはあるかね？」

「あると思います。確かに、その男があやしいですね。もちろん、そいつはまた姿を現わしますよ──いえ、ここではなく、チムニーズ館《やかた》に」

「そうだといいきれるのかね？」

「いいえ、断定はできません。確かに、バウアーという男が犯人らしく見えます。ですが、どうやって彼が人目を避けてこの屋敷にしのびこみ、また、どうやって逃げおおせたのか、どうにもわからないんですよ」

「きみが監視に立てた部下たちに関して、わたしは前に所見を述べた」ロマックスはいった。「役たたずばかりだ──きみを責めるつもりはないがね、バトル警視、だが──」そこで示された沈黙は、じつに雄弁だった。

「ああ」警視は淡々といった。「わたしが責任をもちます」そして頭を振り、吐息をついた。

「すぐに電話をかけなければなりませんので、失礼します。ミスター・ロマックス、今回の不手際、申しわけありませんでした。ですが、この件は奥が深い。あなたがお考えになっているよりもずっと、奥の深い謎を秘めています」

バトル警視は急ぎ足で図書室を出ていった。

「お庭に出ましょう」バンドルはセシジャーを誘った。「あなたとお話をしたいので」

ふたりはフレンチウィンドウから外に出た。セシジャーが眉をひそめて芝生に足を踏みいれたので、バンドルもつづいた。

「どうなさったんです?」バンドルは訊いた。

セシジャーはピストルが放り投げられたという警視の所見を説明した。「サー・オズワルドにピストルを投げさせたとき、バトルはなにを考えていたんでしょうねえ。なにかしら考えていたのは確かです。ぜったいに。ともあれ、サー・オズワルドが投げたピストルは、それがじっさいに落ちていた地点より、十ヤードも向こうに落ちました。うーん、バンドル、バトル警視はくわせ者ですよ」

「計り知れないひとですわね。じつは昨夜のことで話したいことがあるんです」

バンドルが警視との会話を語っているあいだ、セシジャーは熱心に聞いていた。

「すると、伯爵夫人が〈一時〉なんですね」セシジャーは考えぶかげにいった。「それなら、すべての平仄《ひょうそく》が合います。〈二時〉のバウアーがチムニーズ館からやってくる。蔦《つた》をよじ昇ってオルークの部屋にしのびこむ。オルークが睡眠薬を盛られて――伯爵夫人によって――眠っているのはわかっていた。バウアーが盗んだ書類は、下で待ち受けている伯爵夫人に渡される手筈になっていた。書類を受けとったら、伯爵夫人は図書室を通って、そっと二階の自室にもどる。そうすれば、もしバウアーが逃げおおせずに捕まったとしても、彼は手ぶらだ。うん、みごとな計画だ――が、手違いが生じた。伯爵夫人は図書室に入ってすぐに、わたしの足音を聞きつけ、あわてて衝立《ついたて》の裏に隠れざるを得なかった。あいにく、バウアーに知らせる手段はない。書類を盗んだバウアーは二階の窓から下にいるロレインを見て、伯爵夫人が待ち受けているものと思いこんで書類を落とし、蔦をつたって降りた。そして、わたしが待ちかまえているのを見て仰天した。衝立の陰に隠れていた伯爵夫人は、さぞやきもきしたでしょうね。それで、あれこれ考えて、かなりよくできたストーリーをこしらえた。うん、それですべての断片がぴたりと合いますね」

「合いすぎです」バンドルはきっぱりといった。

「え？」セシジャーは驚いた。

「〈七時〉はどうなんです？　裏ですべてをあやつっているのに、姿を現わさない〈七時〉。伯爵夫人とバウアー？　いいえ、それほど事は簡単ではありませんわ。バウアーは昨夜ここに来た。ええ、そうでしょう。でも、手筈どおりにいかない場合にそなえて、やってきただけのことです。そのとおり、彼らの企みはうまくいきませんでした。バウアーは身代わりの役目を担っていたんですよ。〈七時〉――つまり彼らの首領――から注意をそらすために」

「ねえ、バンドル」セシジャーは心配そうにいった。「その手の小説の読みすぎなんじゃありませんか?」

バンドルは威厳たっぷりな目でセシジャーを一瞥《いちべつ》した。

「いや、わたしは〈白の女王〉じゃありません。朝食前に六つのありえないことを信じるなんて、まだそこまでの境地には至っていませんよ」セシジャーは『鏡の国のアリス』の白の女王のセリフをもちだして、そういった。

「いまは朝食後ですよ」とバンドル。

「たとえ朝食後であろうとも、同じです。事実にぴったり合う、りっぱな仮説が成立したんですよ――だのに、あなたはその仮説を認めようとしない。それというのも、むかしからある謎謎みたいに、事をいっそうむずかしくしたいからでしょう」

「わたしとしては、謎の〈七時〉はこのハウスパーティに参加している、という考えをどうしても頭から追い払えないんです」

「ビルの考えはどうなんです?」

「ビルですか」バンドルはひややかにいった。「あのひとはどうにもなりません」

「ははあ、すると、伯爵夫人のことを彼にいったんですね? あいつには注意しておかなきゃ。でないと、ぺらぺらとしゃべりまくるかもしれない」

「彼は伯爵夫人を悪くいうことばなんか、ひとことだって聞きはしませんよ。彼は――そう、底抜けのおばかさんですもの。例のホクロのこと、徹底的に彼の頭にしみこむように、しつこくいいきかせてください」

「お忘れのようですが、わたしが戸棚にひそんでいたわけではありませんよ」セシジャーは指摘した。「それに、わたしは女性のホクロのことでビルと議論する気はありません。それはそれとして、すべてが符合することを認めないほど、ビルは阿呆じゃないでしょう?」

「どの点から見ても、彼はおばかさんです」バンドルは苦々しげにいった。「ジミー、あなたが彼にすべてを打ち明けたのは、最大のミスでしたね」

「すみませんでした。あのときはよくわかっていなくて――でも、いまはもうわかっています。なんてこった、わたしも愚かでした。だが、あのビルが――」

「外国の女性冒険家がどういうものか、ごぞんじでしょ。そういう女が男をたぶらかす手口とかも」

「じつのところ、知らないんです。わたしをたぶらかそうなんて女には会ったことがないもので」セシジャーはため息をついた。

そのあと、セシジャーは黙りこんで、胸の内で思考をめぐらしていた。考えれば考えるほど、飽きたらない思いがつのってくる。

そしてようやく、口を開いた。「バトルは伯爵夫人を放っておくといったんですよね?」

「ええ」

「それはつまり、伯爵夫人を自由にさせておいて、仲間をあぶりだそうという考えなんでしょうかね?」

バシドルはうなずいた。

その先はどうなるのだろうと、セシジャーは眉間にしわを寄せて考えこんだ。バトル警視は明確な意図をもっている。それはまちがいないと思われる。

「サー・スタンリーは今朝早くロンドンに帰った。そうですよね？」

「ええ」

「オルークもいっしょに？」

「そうだと思います」

「まさか——いや、そんなことはありえない」

「はい？」

「この件に、オルークも関与しているのかもしれないと、ちらっと思ったんです」

「それはありえないと思います」バンドルは考えこみながらいった。「確かに、オルークは強い個性の持ち主です。ええ、彼がそうであっても驚きはしません。でも、もし——いえ、ほんとうのことをいえば、たとえなにがあっても驚きはしません。ですが、〈七時〉ではないと思えるひとは、わたしにはひとりしか思いあたりませんわ」

「誰です？」

「バトル警視」

「ああ！　わたしはジョージ・ロマックスの名前が出てくるんじゃないかと思いましたよ」

「しーっ。こちらに来ますよ」

そう、確かにあの特徴のある歩きかたは、ジョージ・ロマックスにちがいなかった。セシジャーは口実を作って、そそくさと去っていった。ロマックスはバンドルのそばにすわりこんだ。

「アイリーン、ほんとうに帰らなくてはならないんですか?」

「ええ、父がかなり気をもんでいるようなので。帰って、父の手を握ってあげたほうがいいかと」

「この小さな手が大いに慰めになるでしょうな」ロマックスはバンドルの手を取り、やわらかく握りしめた。「アイリーン、あなたの前向きな姿勢はよく理解できますし、尊敬もしています。いまは変化と不安定の時代で――」

ほら、始まった――バンドルは胸の内でうんざりした。

「――なによりも、家庭というものが重んじられて然るべきです。古き良き価値感は地に落ちつつあります! しかし、少なくともわたしたちの階級は、現代の趨勢に影響されることはないという模範を示すべきです。大衆はわたしたちを〈頑固な保守派《ダイ・ハード》〉と揶揄《やゆ》しますが、わたしはそう呼ばれるのを誇りにしています。くりかえしていいますが、大いに誇りに思っているのです! 確固として守るべきものは多々あります――尊厳、美しさ、つつしみぶかさ、家庭生活の神聖な義務、子の親に対する敬意。そういうものが廃《すた》れてしまえば、どうして生きていけましょうか。アイリーン、あなたは若さという特権をおもちだ。わたしはそれがうらやましい。若さ! なんとすばらしいものか! ですが、人間は老いる――いや、成熟した年齢に達するまで、そのすばらしさがわからない。白状しますがね、かつては、あなたの軽薄な態度を苦々しく思っていました。しかしあれは、子どもっぽい無頓着さと軽薄さの顕《あら》われだったんですね。

いまはあなたのまじめで美しい心根がよくわかります。どうでしょう、あなたに読んでいただきたい本をお薦めしてもよろしいですかな？」

「まあ、ありがとうございます」バンドルは弱々しい声でいった。

「それから、もう二度とわたしを怖がる必要はありませんよ。レディ・ケイタラムから、あなたがわたしを畏れているとお聞きしたときは愕然としました。わたしはごくごく平凡な人間ですから」

ジョージ・ロマックスの謙遜ぶりを目の当たりにして、バンドルは悪い夢でも見ているような気がした。

ロマックスは話をつづけた。「わたしに対して恥ずかしがる必要はありません。わたしを退屈させるんじゃないかと懸念する必要もありません。こういってよければ、あなたの芽生えたばかりの意識を育てる――それはわたしの大いなる喜びとなりましょう。あなたの政治的思考の芽をはぐくむ指導者として。そうです、我が党はこれまでになく、才能と魅力を兼ね備えた若い女性を必要としているのです。あなたは伯母さまのレディ・ケイタラムの跡を継ぐべく、運命づけられているのです」

この恐ろしい予見に、バンドルは心底打ちのめされ、ただもうロマックスをみつめるばかりだった。

ロマックスはそれにたじろぐことなく――いや、その反対に――気持が高揚してきた。なにしろ、女はしゃべりすぎるというのが彼の主たる女性観で、それが不満の種なのだ。ほんとうにいい聞き手といえる女には、ほとんどお目にかかったことがない。

ロマックスはバンドルにやさしくほほえみかけた。

「さなぎが羽化して、蝶になる。すばらしい変身です。わたしは政治経済学に関する興味ぶかい書籍を多数持っていますので、それをあなたに貸しましょう。チムニーズ館に持ち帰ってください。あなたが読み終えたら、論議しましょう。なにかわからないことがあったら、遠慮なく手紙で尋ねてください。わたしは公用で多忙な身ですが、友人のためなら、いつでも時間を割きます。では、なにか見繕って、本を持ってきます」

ロマックスは去った。バンドルは呆然として彼を見送った。そこに思いがけずビル・エヴァーズレイが現われ、バンドルははっと我に返った。

「やあ、ここにいたのか」エヴァーズレイはいった。「コッダーズのやつ、いったいなんだってきみの手を握ったりしてたんだい？」

「彼が握っていたのは、手じゃないわ」バンドルは苦々しい口調でいった。「わたしの芽生えた意識なのよ」

「わけのわからないことをいうなよ、バンドル」

「ごめんなさい、ビル。でも、わたし、ちょっと心配なの。あなた、ジミーがここにくるのは、大きな危険をおかすことになるっていったわね」

「うん、そうなんだ。コッダーズに見こまれたら最後、逃げ出すのはむずかしいからね。ジミーはわけがわからないうちに、網にからめとられてしまうだろうな」

「網にからめとられたのは、ジミーじゃなくて、この、わたし」バンドルはまたもや苦々しい口調でいった。「次から次へとミセス・マカッタのような大勢の女性に会い、政治経済学の書籍を読んではジョージと論議する。しかも、それがいつ終わるか、見当もつかないのよ！」

エヴァーズレイはひゅっと口笛を吹いた。「かわいそうなバンドル。コッダーズに愛想よくしすぎたんじゃないかい？」

「だって、そうしなきゃならなかったんですもの。おかげで、網にからめとられてがんじがらめになった気分よ、ビル」

「気にするなよ」ビル・エヴァーズレイは慰め口調でいった。「コッダーズは、国会議員に立候補するような女を、心の底から信用しているわけじゃないんだ。だから、きみだって、演壇に立って山ほど御託を並べるとか、バーモンジーで薄汚れたあかんぼうにキスする羽目にはならないよ。さあ、カクテルでも飲もう。じきに昼食だ」

バンドルはおとなしく立ちあがり、エヴァーズレイと並んで歩きだした。

「政治なんかだいっきらい」バンドルは吐きすてるようにつぶやいた。

「そりゃあ無理もないね。賢明な人間なら、みんなそうさ。政治の世界に身を投じて夢中になれるのは、コッダーズとかポンゴみたいな連中だけだよ。それはそれとして」いきなりエヴァーズレイは前の話題にたちもどった。「コッダーズに手を握らせたりしちゃいけないよ」

「どうしていけないの？　あのひと、わたしのことを生まれたときからずっと知ってるのよ」

「それでも、いやだな」

「高潔なるウィリアム・エヴァーズレイってとこね」バンドルはからかうようにいった。「あら、バトル警視よ」

　ふたりはサイドドアから小廊下に入ったところだった。その小廊下に面して、狭い小部屋がある。なかにはゴルフクラブや、テニスのラケット、ボウリング用のボールなど、カントリーハウスならでは、戸外のスポーツに必要な種々の道具が収納されている。バトル警視はその小部屋で、何本ものゴルフクラブを丹念に調べていた。バンドルの声に、かすかにめんくらったような表情で顔をあげた。

「ゴルフを始めるおつもりなんですか、バトル警視？」

「それも悪くありませんね、レディ・アイリーン。なにごとにしろ、始めるのに遅すぎるということはないようですからね。わたしには、どんなゲームでも習得できる特別な資質がありますので」

「特別な資質って？」エヴァーズレイが訊く。

「負けたことがないんです。形勢が悪くなれば、方向を変えてプレイしなおす！」

　バトル警視は断固とした表情で小部屋を出てドアを閉めると、ふたりに合流した。

25　ジミー・セシジャー、計画を練る

ジミー・セシジャーはふさぎこんでいた。堅苦しい話題をもちかけようと虎視眈々《こしたんたん》としているジョージ・ロマックスを避けたくて、昼食後にこっそりと逃げ出したのだ。サンタフェの国境争いに関しては入念に予習してきたが、いまは試験はまっぴらごめんという気分だった。

そうすると、彼の希望が向こうからやってきた。セシジャーと同じく連れのいないロレイン・ウェイドが、木陰におおわれた庭園の小道をゆっくりと歩いてきたのだ。セシジャーはすぐに彼女のそばに行った。しばらくのあいだ、ふたりは黙って散歩をつづけたが、やがてセシジャーがためらいがちに話しかけた。

「ロレイン?」

「はい?」

「そのう、わたしはどうにも気が利かない性質《たち》なんだけど、でも、どうだろう?　特別許可証をとって結婚し、末永く幸福に暮らすというのは悪くないと思うんだけど」

この唐突な求婚に、ロレインは当惑した表情は見せなかった。そのかわり、顔をのけぞらせて遠慮なく声をあげて笑った。

「大声で笑うようなことじゃないでしょうに」セシジャーは咎《とが》めるようにいった。

「笑わずにはいられなくて。あなたってほんとにおもしろいかたね」

「それならロレイン、きみは小悪魔だ」

「ちがうわ。あたしは善良な娘よ――世間でよくいわれるとおり」

「そういうのは、きみを知らないひとたちだけでしょう。いわゆる世間のひとたちは、きみのおとなしそうで上品な見かけに惑わされているんですよ」

「その長ったらしいことばづかい、気に入ったわ」

「クロスワードパズルで憶えたんです」

「パズルって教育的なのね」

「ロレイン、遠回しにいうのはやめてください。イエスかノーか、どっちです?」

ロレインはまじめな顔になった。決然とした表情だ。小さな口はきっと引き結ばれ、きゃしゃな顎《あご》がぐっと上がっている。

「ノーよ、ジミー。いまみたいな状況では――すべてが解決しないうちは」

「始めたことをまだやりおおせていない」セジジャーはうなずいた。「だけど、それでも――そう、一段落ついたじゃありませんか。重要書類は航空省で安全に保管されています。善なる側の勝利。それに――目下のところ、なにも起こっていない」

「だから――結婚しようと?」ロレインはちらりと微笑《びしょう》した。

「そうです。そのとおり」

だが、ふたたびロレインは拒絶した。「ノーよ、ジミー。この件が片づくまでは――あたしたちの身が安全になるまでは——」

「いま、わたしたちの身は危険にさらされている、と?」

「そうじゃありません?」

セシジャーの天使のようなピンクの顔から血の気がひき、しばらく黙りこんでいたが、やがて、口を開いた。「きみのいうとおりですね。バンドルの突拍子もないあの話がほんとうなら——〈七時〉の正体を特定しないかぎり、わたしたちは安全とはいえない」

「ほかのメンバーのことは?」

「いや、ほかのメンバーはどうでもいい。恐ろしいのは、〈七時〉の動向です。その男の正体もわからず、どこをどう捜せばいいかもわからないときている」

ロレインはぶるっと身震いした。「ずっと怖かった」低い声でいう。「ジェリーが亡くなってからずっと……」

「あなたが怖がることはありませんよ。すべてわたしに任せてください。いいですか、ロレイン、わたしは必ず〈七時〉を捕らえます。捕らえてしまえば——秘密組織も動けなくなるでしょう——ほかのメンバーがどういった面々であれ」

「もし捕まえられれば、の話でしょ——でも、あなたのほうが捕まってしまったら?」

「ありえません」セシジャーは自信たっぷりに明るくいった。「わたしはけっこう頭がいいんですよ。つねに自分を高く評価せよ——これがわたしのモットーです」

「昨夜のことが、ちがう結果になっていたらと思うと——」ロレインはまたぶるっと身震いした。

「いやいや、そうはならなかったんですから。わたしたちは、いまこうしてここにいる——安全に、無事で。そりゃあ、負傷した腕が痛むんで、ちょっと不快ですけどね」

「お気の毒です」

「いや、大義のためなら多少の障害は覚悟しなくては。それに、負傷した腕と陽気な会話のおかげで、レディ・クートを完全に籠絡できましたし」

「まあ！　それは重要なことなの？」

「いずれなにかの役に立つと思っていますよ」

「ジミー、なにか企んでいるのね。どんな計画なんですの？」

「若きヒーローはおのれの企みを決して口外しない」セシジャーはきっぱりといった。「企みは秘密裡に実行するものです」

「あなたって、ほんとにおばかさんなのね」

「はいはい、わかっています。みんなにそういわれていますからね。ですけどね、ロレイン、安心してください。これでも頭脳はせっせと働いているんですよ。ところで、きみはどうです？　今後の計画は？」

「バンドルがしばらくのあいだ、チムニーズ館《やかた》にいらっしゃいといってくださってるの」

「それはいい」セシジャーは大いに喜んだ。「それがいちばんです。どっちにしろ、わたしはバンドルから目を離さないつもりなんです。あのひとときたら、なにをしでかすか、わかったものじゃない。まったく見当もつかない。しかも、困ったことに、ちゃんとやりおおせてしまうんだから。バンドルを危険から守るには、いっときなりとも彼女から目を離さないことです」

「ビルがその役目を担うべきでしょ」

「ビルはなにやかやと忙しい身ですからね」

「まさか、あれを信じてはいないでしょうね?」

「あれって? ああ、伯爵夫人のことですか? いやいや、あいつ、彼女に夢中ですよ」

ロレインは頭を横に振った。「それが腑に落ちなくて。ビルと伯爵夫人ではなく、ビルとバンドル。それならわかります。今朝、ビルとあたしが話をしているとき、ミスター・ロマックスがバンドルのそばにすわったんです。そして、彼女の手を取って握りしめるかなにかしたんですよ。そうしたら、ビルがすごい勢いでとびあがって——まるでロケットみたいな勢いで駆けていってしまったんです」

「おかしなやつだな。きみと話をしているというのに、ほかのことに気をとられるとは。ですが、きみの話にはちょっと驚きましたよ、ロレイン。我らが単純なビルは美しい外国人の女性冒険家にくびったけ——そうだとばかり思っていましたからね。バンドルもそう思っているはずです」

「バンドルならそうかもしれません。でもね、ジミー、あたしはちがう」

「では、どうだというんです?」

「ビルはひそかに探偵のまねごとをしているとは思いません?」

しくないのではありませんか」

「ビルが？　あいつにそんな知恵はありませんよ」

「そうかしら。ビルのように単純で力自慢の人間は、こっそりと調べごとをしていても、誰もそうは見ないものですよ」

「で、まんまと成功する、と。うん、確かに一理ありますね。でも、やはりビルがそんなことを考えているとは思えません。あいつは伯爵夫人に従順な、むくむく仔羊ちゃんですよ。きみの考えちがいだと思うなあ。伯爵夫人はすごい美人だ――もちろん、わたしの好みのタイプではありませんが……」セシジャーはちょっと口ごもった。「ビルはいつだって女性に甘いから」

ロレインは納得できないというように頭を振った。

「そうか、なら、きみは好きなようになさい。わたしたちの問題は多少なりとも前進したといえます。きみはバンドルといっしょにチムニーズ館に行き、あのひとがまたセヴン・ダイアルズ・クラブにちょっかいを出さないように見張る。もしまたそんなことをしたら、彼女がどうなるか、わかったものじゃない」

ロレインはうなずいた。

「レディ・クートとちょっとおしゃべりするのも、いいかもしれないな」セシジャーはそうつぶやいた。

レディ・クートは庭園のベンチにすわって毛糸刺繍《ししゆう》をしていた。若い女が骨壺を前にして泣いているという陰鬱《いんうつ》な図柄だ。毛糸を刺した線がふぞろいで、どちらかといえば不細工な出来映えだ。

セシジャーが近づくと、レディ・クートは少し座をずらして、ベンチを空けてやった。如才《じょさい》ないセシジャーはすかさず刺繍の出来映えを褒《ほ》めた。

「気に入りました？」レディ・クートは喜んだ。「わたしの伯母のセリーナが始めたんですけど、やりかけで亡くなってしまいましてね。肝臓癌でした」

「そうでしたか」

「腕のおけがはいかが？」

「ああ、もうだいじょうぶです。いささか不快なだけです」

「注意なさらないといけませんよ」レディ・クートは忠告がましくいった。「敗血症になったかたをぞんじてますが――へたをすると、腕を切らなくてはならなくなりますよ」

「いやあ、それは困りますね」

「いえ、そんなこともありますよという忠告にすぎません」

「いまはどちらにお住まいですか？　ロンドン？　それとも、どこか郊外に？」

セシジャーがすでにその答を知っていることを考慮に入れれば、そのいかにも自然な口調は称賛に値する。

レディ・クートは重々しくため息をついた。「サー・オズワルドがオールトン公爵のお屋敷をお借りしましてね。あのお屋敷、ごぞんじでしょう？」

「そりゃあもう。堂々たる邸宅ですよね」

「そうですわね。とっても広くて、陰鬱な建物ですけど。おそろしく怖い顔の肖像画がずらりと並んだ廊下がありましてね。いわゆる巨匠の作品というのは、なんだか重苦しくて。ヨークシャーにあった、わたしどもの小さな家をお見せしたいですよ、ミスター・セシジャー。サー・オズワルドが、ただのミスター・クートだったころに住んでいた家です。ゆったりおちつける居間と、暖炉のあるすてきな応接間。その部屋の壁紙は白地に藤の花が縦に並んでいる模様で、わたしが選んだんですよ。細かい凹凸《おうとつ》のある紙ではなく、繻子《しゅす》のようにすべすべしてました。そのほうが趣があると思います。ダイニングルームは北東向きで陽当たりがよくないので、明るい真紅の壁紙を貼った上に、滑稽《こっけい》な狩猟の場面の連続画というんですか、そのセットを飾りました――クリスマスのように気分がうきうきするお部屋になりましたよ」

思い出に気が高ぶったせいか、レディ・クートは小さな毛糸玉をいくつか落としてしまった。礼儀正しく、セシジャーはそれを拾ってやった。

「ありがとう。あら、なんの話をしていたんでしたっけ？　ああ、そうそう、住まいのことね。ええ、わたしは明るい家が好きなんですよ。そういう家に似合う品々を選ぶのって、楽しいじゃありませんか」

「サー・オズワルドはそのうち、ご自分の家をお買いになるでしょうね。そうすれば、おくさまもお好みのしつらえができますよ」

レディ・クートは悲しげにくびを横に振った。「サー・オズワルドは専門業者にやらせるといっています――どういうことかおわかりでしょ」

「ああ！　でも、業者はおくさまに相談しますよ」

「夫が買うとすれば、大邸宅でしょうよ――それも、古めかしいお屋敷。居心地のいい、家庭的なあたたかみのあるしつらえなんて、望むべくもありませんわ。といっても、サー・オズワルドがいつも住まいに不満をもち、居心地が悪いとこぼしているわけではないんですよ。たぶん、根っこの部分では、わたしと同じ好みだと思います。でも、いまの夫は最高のものしか気に入らないんです。たいした地位にまで昇りましたから、それをひけらかしたい気持になるのは当然でしょうけどね。でも、わたしは、どこまでいったら終わりになるのかしらと考えてしまいます」

セシジャーは同情の面もちになった。

「放れ馬みたいなものですわね。騎手を乗せずに、轡《くつわ》のはみをくわえたまま疾走する馬。サー・オズワルドもそうなんです。走って走って、止まれなくなってしまった。夫はイギリスでも有数の富豪です――でも、それで満足しているとお思い？　いいえ、もっと上をめざしています。といっても、あのひとがめざしている〝上〟がなんなのか――わたしにはわかりません。それを思うと、ときどき、恐ろしくなります」

「世界を征服しようと、次々に他国を攻めつづけたペルシア人みたいですね」

セシジャーの喩《たと》え話はよく理解できなかったが、レディ・クートはしたり顔でうなずいた。

「わたしが心配なのは――そう、あのひとの体調なんです」レディ・クートは涙ぐんだ。「あのひとが病気になる――野心のせいで。ああ、考えることすら耐えられません！」

「とても健康そうにお見受けしますが」セシジャーは慰めるようにいった。

「でも、口にはしないけれど、なにか強い思いがあるんです。不安というか心配事が。わたしにはわかります」

「なにを心配なさっているんでしょうね？」

「それはわかりません。たぶん、お仕事に関わることでしょう。ですから、ミスター・ベイトマンがいてくれて、ほんとうにありがたいわ。仕事熱心で、誠実な青年ですもの」

「とことん誠実なやつですよ、彼は」

「夫はミスター・ベイトマンの判断を重んじています。彼はいつも正しいといっているぐらい」

「むかしから、それが彼の短所でしたよ」セシジャーは感慨ぶかげにいった。

レディ・クートはかすかにけげんな表情を浮かべた。

「そうそう、チムニーズ館ではとても楽しい週末をすごさせていただきました。いえ、ジェリーの死という悲しい出来事さえなければ、ほんとうに楽しい週末になっただろう、という意味ですが。すてきなお嬢さんたちともごいっしょできましたし」

「近ごろの若い女性のことはよく理解できなくて。ロマンチックなところがぜんぜんないみたいですね。わたし、あのひとと婚約したときは何枚ものハンカチに、自分の髪の毛であのひとのイニシアルを刺繍したものですよ」

「そうなんですか。それはすばらしい。ですが、今日びの女の子たちは、刺繍に使えるほど長く髪を伸ばしていませんよね」

「そうなんです。でも、ほかの方法で気持を表わしているようですわね。そうそう、思い出しました。わたしが若いころ、そのう、そのころおつきあいのあった若い男性のひとりが、砂利をひとつかみすくいあげましてね。それを見ていた女友だちが、あれはあなたが踏んだ砂利だから宝物にするつもりなのよ、なんていいましたっけ。すてきな考えだと思いました。もっとも、あとになって、その男性は工業学校で鉱物学を専攻しているとわかったんですけど。鉱物学、あら、地質学でしたっけ？　それはともかく、わたしは女友だちのいったことが気に入りましたよ。女の子のハンカチをこっそり手に入れて宝物にする——そういう考えかたがね」

「その女の子、洟をかみたくなってもハンカチがなくて、困ったでしょうね」セシジャーは実際的な感想をもらした。

レディ・クートは毛糸刺繍の手を休め、探るように、だが、やさしい目でセシジャーの顔を見た。「さあ、おっしゃいな。気にかかる女性がいるんでしょう？　ちゃんとした職について、小さな家を持ちたいと思わせるような女性が」

セシジャーは赤くなって、なにやらもごもごとつぶやいた。

「そういえば、チムニーズ館では、お嬢さんたちのひとりと、特に仲がよかったんじゃありません？　ヴェラ・ダヴェントリーと」

「ソックスのことですか？」

「みなさん、そう呼んでましたわね。なぜなのかわかりませんでしたわ。かわいらしい呼び名とはいえませんからね」

「ああ、彼女はけっさくな娘さんですよ。もう一度会いたいですね」

「あのお嬢さん、次の週末に、うちにいらっしゃいますよ」

「へえ、彼女が」セシジャーはそのふたことに、強い憧憬をこめた。

「ええ。あ、そうだ——よかったら、あなたもいらっしゃる？」

「行きますとも」セシジャーは熱をこめてうなずいた。「どうもありがとうございます、レディ・クート」

セシジャーは篤く礼をいってその場を去った。

ひとりになったレディ・クートのところに、サー・オズワルドがやってきた。

「あの気どり屋の若僧としょうもない話をしていたみたいだな。あの若僧、なにをいっていた？　どうもあいつは気にくわん」

「あら、いいかたですわよ。それに勇気がおありだし。昨夜、けがをなさったいきさつはごぞんじでしょ」

「そう、用もないのに、あんなところをうろうろしとった」

「そんないいかたはひどすぎますよ、オズワルド」

「いままで汗水垂らして働いたこともない男だよ。のらくらと遊び暮らしているだけだ。社会に出たところで、決して役に立たない種類の人間だ」

「あなた、昨夜は足を濡らしてしまったでしょ。肺炎にならなければいいんですけど。先日、フレディ・リチャードが亡くなったのも、その病気にかかったせいなんですよ。危険な泥棒がいるかもしれないところにあなたもいらしたなんて、考えただけで血が凍りつきそう。あなたも撃たれたかもしれないんですよ。ところで、次の週末のパーティに、ミスター・セシジャーもお招きしましたからね」

「つまらないことをしたな。あの若僧はうちに入れたくない。わかったかね、マリア」

「なぜですか?」

「わたしがそう決めたからだ」

「それはすみませんでした」レディ・クートはおだやかにあやまった。「でも、もうご招待してしまいましたから、いまさら取り消すわけにはいきませんわ。あ、そこのピンクの毛糸の玉を取ってくださらない?」

サー・オズワルドはいまにも雷を落としそうな形相ながらも、妻にいわれたとおりに毛糸玉を取ってやった。なにかいいたそうだが、ためらっているようすだ。レディ・クートは夫の態度にはおかまいなく、平然として毛糸刺繍をつづけている。

「次の週末の集まりに、あのセシジャーという男を呼びたくないんだ」サー・オズワルドはいった。「あの男のことは、ベイトマンからいろいろ聞いている。ふたりは学校がいっしょだったそうだ」

「彼のこと、ミスター・ベイトマンはなんといってました?」

「よくいってはいなかった。じつのところ、やつには気をつけるよう、真剣にいわれた」

「まあ、そうでしたの」レディ・クートは考えこんだ。

「わたしはベイトマンの判断を高く買っている。いままでに彼の判断がまちがったことは一度もないこ」

「まあ、どうしましょう。わたし、とんでもないことをしてしまったみたいですわね。そういうことを知っていたら、もちろん、ご招待なんかしませんでしたわ。前もって教えてくだされぱよかったのに。でも、もう手遅れですわよ」

レディ・クートは刺しかけの刺繡布をていねいに巻いた。サー・オズワルドは妻のようすを見て、またなにかいいたそうにしていたが、けっきょく肩をすくめただけで、なにもいわなかった。

夫の先に立って屋敷に向かうレディ・クートの顔には、かすかに笑みが浮かんでいた。彼女は夫を愛しているが、同時に、自分の我を立てる——女らしく、じつに女らしく、やんわりと——ことも好きだったのだ。

26　主にゴルフのこと

「おまえの友だちはなかなかの美人だね、バンドル」ケイタラム卿はそういった。

ロレインがチムニーズ館《やかた》に滞在するようになってから、ほぼ一週間になるが、館の主人からは好意のある評価を受けていた。それというのも、ゴルフの技術的なショットに関して進んで教えを乞う彼女の態度が、ケイタラム卿の目に好ましく映っているからだ。

冬季の外国暮らしで、ケイタラム卿は退屈なあまり、ゴルフを始めた。だが、あまりにもへただったので、かえって夢中になってしまったのだ。毎朝のように種々の灌木《かんぼく》の茂みや藪《やぶ》越しにボールを飛ばしている――というより、ボールを高く打ちあげようとしては、ビロードのような芝生をごっそり剝がしてしまい、園丁頭のマクドナルドをげんなりさせているのだが。

「ゴルフコースを造らなくてはならないな」ケイタラム卿はデイジーの花に向かっていった。「短いコースでいいから本式のやつを。いいかい、バンドル、よく見てなさい。右膝を引いて、ゆっくり体をうしろにそらす。顔はまっすぐ前を向いたままで、手くびを使うんだ」

力いっぱい打たれたボールは、ケイタラム卿の狙いを裏切って、空高くは上がらずに芝生をかすめて飛んでいき、帯状に密生しているシャクナゲの茂みの奥深くに吸いこまれていった。

「おかしいな」ケイタラム卿はくびをひねった。「いったいどうしたんだろう？　うん、バンドル、さっきもいっていたように、おまえの友だちはとてもいい娘さんだ。ゴルフがおもしろくなったようだ——わたしの教えかたがいいからだろうな。今朝も二、三回、すばらしいショットを打ったよ。わたしと同じぐらいすばらしいショットだった」

ケイタラム卿はまた無造作にゴルフクラブを振り、またもや芝生をごっそり剝がした。ちょうどそこを通りかかったマクドナルドが剝がれた芝生を元にもどし、しっかりと足で踏みつけた。ケイタラム卿にそそがれたまなざしは、熱心なゴルファーでなければ、地中にもぐりこんでしまいたくなっただろう。

「マクドナルドはクート夫妻に剣突《けんつく》をくわせたんじゃないかしらね——わたしはぜったいにそうだと思うけど。それでいま、その償いをさせられているんだわ」

「わたしが自分の館の庭園で好きなことをして、どうしていけないんだい？　マクドナルドは、わたしのゴルフの腕前が上達するかどうか、関心をもつべきじゃないか。スコットランド人はゴルフが大好きなんだから」

「お気の毒だけど、おとうさまはゴルファーにはなれないわよ。でも、ゴルフに夢中になっているかぎり、とんでもない出来事なんか起こりっこないでしょうし」

「そんなことはない。このあいだなんか、六番の長い距離を五回のストロークで決めたんだ。その話をしたら、プロのゴルファーが驚いていたよ」

「そうでしょうね」

「クートといえば、サー・オズワルドのプレイはじつにフェアだ。プレイスタイルはよくない

――しゃっちょこばっている。だが、必ずボールの芯を捉えるんだ。おもしろいことに、ゴルフのプレイには悪魔も本性を現わす――六インチのパットも許さないときている。しかも、毎回、ホールに沈めるんだ。その点は気に入らないね」

「確実なのがお好きなのよ、きっと」

「それはゴルフの精神に反しているよ。しかも彼は、理論《セオリー》にも関心がない。その点、秘書のベイトマン……だったかな、あの若者はちがう。セオリーに関心をもっている。ボールをすくいあげるように打たなければならないところをスライスしてしまったとき、彼は右腕のせいだといって、興味ぶかいセオリーを教えてくれた。ゴルフでは左腕が重要だ、左腕こそが問題なのだ、とね。彼がいうには、テニスでは利き腕の左手でプレイするけれど、ゴルフでは左腕がものをいうから右利き用のクラブを使うんだと」

「それじゃあ、すごく上手なの？」

「いいや、うまくない。もしかすると、プレイするのはひさしぶりだったのかもしれないな。彼のセオリーは正しいし、ちゃんとしたものだと思う。あ、バンドル、見たかい、いまのショット！　シャクナゲの茂みをきれいに越えただろ。パーフェクト・ショットだな。あああ、いつもこうだといいんだがなぁ。おや、トレッドウェル、どうしたんだね？」

トレッドウェルはバンドルに告げた。「ミスター・セシジャーからお電話です。お嬢さまと話がしたいとおっしゃっておいでです」

バンドルは全速力で走りながら叫んだ。「ロレイン！　ロレイン！」受話器を取りあげたとき、ロレインが急いでやってきた。

「もしもし、ジミー?」

「やあ、ご機嫌いかが?」

「上々よ、ちょっと退屈しているぐらい」

「ロレインはどうしてます?」

「彼女も元気ですよ。そばにいるわ。彼女と話したい?」

「あとでいいです。あなたに話したいことがたくさんあるんですよ。まずは、この週末、わたしはクート家に行きます」なにやら含みのある口調だ。「あのですね、バンドル、合鍵を手に入れる方法を知りませんか?」

「知りません。クート家で合鍵が必要になると本気でお思いなの?」

「ちょっとした計画を思いついたんで、合鍵があると助かるんです。合鍵をこしらえてくれる店とか知りませんか?」

「親切な泥棒の友人でもいれば、どんな錠でも開けられるコツを教えてもらえるんですけどね」

「ええ、バンドル、そのとおり。でも、あいにく、そういう友人はいません。あなたなら、その明晰な頭脳で打開策を思いついてくれるんじゃないかと思ったんですが。こうなると、いつものように、我が忠実なスティーヴンズにたよるしかないな。あいつならきっとうまい手を考えだしてくれるでしょう——前回はブルーノーズ。今回は合鍵というわけです。わたしが犯罪者たちとつきあっていると思われそうですが」

「ジミー」

「はい?」

「どうか気をつけてくださいね。あなたが合鍵を持ってうろついたりしているのを、サー・オズワルドにみつかったら――そうよ、時と場合によっては、あのひとは激怒すると思うわ」

「被告席に立つ好青年という展開が待っている、と。ええ、充分に気をつけます。わたしが驚かせたいのは、ポンゴなんですよ。扁平《へんぺい》足でこそこそ歩きまわるあいつをね。あいつ、足音をたてないんです。それに、いつも、来てほしくないところにやってくるんですよ。そういう点では、天才的な嗅覚をもっているんです。それじゃあ、わたしという若きヒーローを信頼してください」

「ロレインといっしょにあなたを護りに行けたらねえ」

「ありがとう、守り役さん。じつはね、ひとつ考えがあるんですが――」

「どんな?」

「明日の朝、あなたとロレインの乗った車が、たまたまレザベリー邸の近くでエンコしてしまう――なんてこと、できませんか? お宅からそれほど遠くないでしょう?」

「四十マイルよ。たいした距離じゃありません」

「そうでしょうよ――あなたなら。でも、ロレインを死なせないでくださいね! わたしは彼女が好きなんです。では、十二時半から四十五分ぐらいの時刻に、邸《やしき》の近くで」

「そして昼食に招かせるということ?」

「そうです。あのですね、バンドル、昨日、たまたまソックスに会ったんですよ。でね、テレンス・オルークも週末に来ると聞いたんですが、どう思います？」

「ジミー、あなた、まさか——？」

「いや、すべてを疑え、ということです。これは当然のことです。オルークは荒っぽくて無鉄砲な男です。彼が秘密組織を動かしているのなら、見過ごしにはできません。伯爵夫人とグルかもしれない。彼は昨年、ハンガリーに行ってますから」

「でも、彼なら、いつだってあの書類を盗めるじゃありませんか」

「そうはいかない。自分がぜったいに疑われない状況で盗まれる、というのが必須条件です。いや、待てよ。そうか、逃げ出したと見せかけて、蔦《つた》をよじ昇って自分のベッドにもぐりこむ……うん、このほうが当たっているかもしれない。

それでは、わたしから指示を出します。レディ・クートには社交上のあいさつをするぐらいで、よけいなことはいわない。それから、昼食までのあいだ、ポンゴとオルークを引きつけておくこと。わかりましたか？あなたたちのような美女ふたりなら、それぐらい簡単でしょう」

「おだてるのがお上手ね」

「事実をいったまでです」

「あなたの指示はちゃんと頭に入れておきます。それじゃあ、ロレインと替わりましょうか？」

バンドルは受話器をロレインに渡すと、気を利かせてその場を去った。

27　夜の冒険

　秋晴れの午後、ジミー・セシジャーはオールトン公爵のレザベリー邸に到着した。いまはクート夫妻が借りている屋敷だ。レディ・クートはセシジャーをあたたかく出迎えたが、サー・オズワルドは冷淡でよそよそしい態度だった。レディ・クートが恋の取り持ち役を引き受けているような目で見ているのに気づくと、セシジャーは意識してソックス・ダヴェントリーに愛想よくふるまった。

　テレンス・オルークは元気いっぱいだった。アベイでの不可思議な事件については、役人然とした秘密主義の態度をとっていたが、ソックスが遠慮なしにぐいぐい質問すると、彼の役人然とした話しかたは小説めいた調子に変わった――つまり、事件を絵空ごとのように脚色して語るので、聞いている者にはなにが真実なのか見当もつかないという次第になったのだ。

「リヴォルヴァーを持ち、マスクをつけた四人の男？　ほんとに？」ソックスはきびしく問いただした。

「いやあ、いま思い返すと、六人いましたね。そいつらに押さえつけられて、むりやり薬を喉に流しこまれたんです。てっきり毒薬だと思いましたよ。もうだめだと覚悟しました」

「それで、なにを盗まれたんです？　というか、その連中はなにを盗もうとしたんです？」

「ミスター・ロマックスがひそかにイングランド銀行に預けようと持参していた、ロシア皇帝の戴冠式用の宝冠を飾る宝石類です」

「あなたって、嘘つきね」ソックスは淡々といった。

「嘘つき？　このわたしが？　その宝石は、わたしの親友であるパイロットが操縦する飛行機で運ばれてきたんです。歴史的な秘密を内々に打ち明けているんですよ。わたしの話が信じられないのなら、ジミー・セシジャーに訊いてごらんなさい。とはいえ、彼がほんとうのことをいうかどうか、わたしにはなんともいえませんがね」

「騒ぎのあった夜、ジョージ・ロマックスが入れ歯をはずしたまま、みんなの前に出てきたというのはほんとうなの？　わたしが知りたいのはそれなのよ」

「拳銃が二挺」レディ・クートはいった。「まがまがしいしろものでしたよ。ええ、この目で見ましたとも。このお若いかたが殺されなかったのが不思議なぐらいですわ」

「いやいや、わたしはくびを吊られるように生まれついているようですので、銃弾では死にませんよ」セシジャーはいった。

「とても恰好いい伯爵夫人がいたんですってね、すばらしい美人が」ソックスがいった。「で、ビルを虜《とりこ》にしたんでしょ」

「あのかたからブダペストのひどいありさまをお聞きしましたのよ。忘れられませんわ。ねえ、オズワルド、わたしたちも寄付をしなければいけませんわね」

サー・オズワルドはなにやらつぶやいた。

「その件はメモしておきますよ、レディ・クート」ベイトマンがいった。

「ありがとう、ミスター・ベイトマン。人間って、なにかしら感謝の意を表すべきだと思うんですよ。サー・オズワルドが銃弾で殺されずにすんだのは、ありがたいかぎりです——肺炎で死ぬのならともかく」

「ばかなことをいうんじゃないよ、マリア」サー・オズワルドがたしなめる。

「わたし、いつも、上階からしのびこんでくる泥棒が怖くって。猫か蜘蛛《くも》みたいな泥棒ね」レディ・クートはいった。

「そんな連中と出くわすなんて、想像するだけでもスリル満点ですわねえ」ソックスがいう。

「冗談じゃありませんよ」セシジャーがいった。「おそろしく痛いものです」そういって右腕をそっとたたいてみせる。

「右腕のぐあいはいかが?」レディ・クートが同情をこめて訊く。

「いやあ、だいじょうぶです。かなりよくなりました。ですが、なんでも左手でしなきゃならないのが厄介ですね。左利きじゃないもので」

「子どもは両手利き《アンビデックストラス》に育てるべきだ」サー・オズワルドがいった。

「あら!」ソックスがけげんな顔になった。「アザラシみたいに?」

「両生類《アンフィビウス》のことではありませんよ」ベイトマンが説明する。「アンビデックストラスというのは、右手も左手も自在に使えることです」

「あらあ!」ソックスは敬意をこめた目でサー・オズワルドを見た。「両手を自在にお使いになれるんですか?」

「もちろん。左手で字を書くこともできますぞ」

「でも、同時に両手を使うのは無理なんじゃありません?」

「ふつう、そんなことをする必要はない」サー・オズワルドはぶっきらぼうにいった。

「ああ」ソックスは考えこんだ。「そんなの、恰好よすぎですものね」

「政府内でなら、現実的ですよ」オルークが口をはさんだ。「なにしろ、左手でやっていることを、右手に知られないようにしなきゃならないんですから」

「あなたは両手使いなんですか?」

「いいえ。わたしは完全な右利きです」

「ですが、カードを配るときは左手ですよね」ベイトマンが指摘した。「先だっての夜、それに気づきました」

「ほほう。だが、それは別問題だ」サー・オズワルドはあっさりいった。

そのとき、陰気な銅鑼《どら》の音が重々しく響き、夕食のために着替えようと、それぞれ、二階の自室に向かった。

夕食後、サー・オズワルド、レディ・クート、ベイトマン、そしてオルークの四人はブリッジを始めた。セシジャーはパスして、ソックスと浮ついた会話にふけった。その夜、二階の部屋にひきあげる前にセシジャーが耳にしたのは、サー・オズワルドが妻にいった小言だった。

「おまえときたら、ブリッジの腕はぜったいに上達せんだろうな、マリア」

「わかっていますわ。いつもあなたにそういわれてますしね。あら、あなた、ミスター・オルークにまだ一ポンド払っていませんよ。ええ、それで良し、と」

それから二時間ほどたってから、セシジャーは足音をしのばせて（というか、そうであることを願いつつ）階段を降りた。階下《した》に降りると、最初にダイニングルームにちょっと寄ってから、サー・オズワルドの書斎に向かった。一、二分ほどじっと耳をすましたあと、作業を始める。デスクの引き出しはほとんど全部、鍵がかかっているが、セシジャーが手にしている、奇妙な形の針金の切れっぱしがものをいった。セシジャーの器用な手と針金とで、引き出しは次次に開けられていった。

セシジャーは開けた引き出しのなかを、ひとつずつ丹念に調べた。手を触れたものはきちんと元どおりにしておく。一、二度、遠くで物音がしたような気がして、手を止めて耳をすました。だが、あわてたりはしなかった。

最後の引き出しまで調べ終えると、鋼鉄に関する興味ぶかい書類があるのがわかった――いや、よく読めば、興味ぶかい書類だとわかっただろう――が、彼が求めるものはなかった。エベルハルトの発明に関する書類とか、もしくは、謎めいた〈七時〉の正体に迫れる手がかりとか、そういうものはなかった。セシジャー本人もまさかそういうものがみつかるとは、本気で期待していたわけではない。しかし、あわよくば、と思い、いちかばちかやってみたのだ。だが思ったようにはいかないものだ――よほど運がよくなければ。

セシジャーは閉めた引き出しをひとつずつ引っぱって、ちゃんと鍵がかかったかどうか確かめた。ルーパート・ベイトマンがするどい観察眼の持ち主であることを、よく承知しているからだ。そして、書斎のなかを見まわし、自分が侵入した痕跡がないことを確認した。

「こんなものかな」セシジャーはつぶやいた。「ここにはなにもない。そうだな、明日の朝に期待しよう。彼女たちの応援があれば……」

セシジャーは書斎を出てドアを閉め、鍵をかけた。すぐ近くでなにか物音が聞こえた——ような気がしたが、空耳だと思った。足音をしのばせて広いホールを進む。高いアーチ形の窓から薄く月光がさしこみ、周囲がぼんやり見えるので、つまずかずに歩を進めることができる。と、また物音が聞こえた——今回は空耳ではなく、聞きちがいでもない。ホールにいるのは自分ひとりではないのだ——心臓が早鐘を打ちはじめる。

明かりのスイッチにとびつき、かちっと押す。急にまぶしい光をあびて目がくらんだが、見るべきものは見えた。四フィートも離れていないところに立っているのは、ベイトマンだった。

「なんだ、ポンゴか」セシジャーはいった。「脅かすなよ。暗がりのなかをこそこそ歩きまわったりするなんて、びっくりするじゃないか」

「物音が聞こえたんだ」ベイトマンはきびしい口調でいった。「泥棒かと思って、確かめにきたんだよ」

セシジャーはベイトマンのゴム底の靴に目を留めた。「用意周到だね、ポンゴ」快活にいう。

「武器まで持ってるなんて」ベイトマンのポケットのふくらみが目に留まったのだ。

「武器を持っているほうがいいからね。どんなやつに出くわすかわかったものじゃないし」

「わたしを撃たないでくれてよかったよ。撃たれるのはもうごめんだ」

「もう少しで撃つところだったけど」

「それは違法だ。撃つ前に、泥棒が不法に侵入したと、ちゃんと確認しなくてはね。結論ありきはだめなんだぜ。でないと、わたしのような、まったく罪のない客をなぜ撃ったのか、きっちり説明しなければならなくなるぞ」

「それはともかく、きみはなぜ階下に降りてきたんだ?」

「腹がへってね。ビスケットがほしかったんだ」

「ベッドサイドテーブルにビスケットの小さな缶が置いてあるよ」ルーパート・ベイトマンは角縁の眼鏡越しに、じっとセシジャーをみつめた。

「いやいや、客室係のメイドがうっかりしたらしいよ。うん、〈腹ふさげをなさりたいお客さま用〉とラベルが貼ってある缶はあった。だけど、腹ふさげをなさりたいお客さまが蓋を開けたら、空《から》っぽだったんだ。それで階下に降りてきたのさ」

セシジャーは天真爛漫な笑みを浮かべ、ガウンのポケットからビスケットをひとつかみ取りだした。

一瞬、静寂がおりた。

「じゃあ、ベッドにもどるよ。おやすみ、ポンゴ」

屈託のない態度で、セシジャーは階段を昇っていった。ベイトマンがあとをついていく。もう一度おやすみをいおうとでもいうように、セシジャーは部屋のドアを開けて立ちどまった。

「ビスケットのことだけどね、あってはならないことなんだ」ベイトマンはいった。「そのう、よかったら――」

「いいとも。自分の目で確かめてみるといい」

ベイトマンは部屋に入り、ビスケットの缶を開けた。なかが空っぽなのを見ると、怠慢だ、とつぶやいた。「それじゃあ、おやすみ」

ベイトマンが去ると、セシジャーはベッドの端に腰をおろし、しばらくのあいだ耳をすましていた。

「あぶないところだった」セシジャーはつぶやいた。「疑りぶかいやつだな、ポンゴは。あいつ、眠らないいんだろうか。リヴォルヴァーを持って見回るなんて、剣呑《けんのん》な趣味だよ」

セシジャーは立ちあがって、化粧台の引き出しを開けた。種々取り揃えてあるネクタイの束の下には、ビスケットがひと山、隠れていた。

「やれやれ、しょうがない。こいつをたいらげておかないと。十中八九の割合で、朝になったら、ポンゴがまたこっそりと見回りにくるにちがいない」

ため息をつき、腰をすえて、セシジャーは食べたくもないビスケットを、せっせと食べはじめた。

28　疑　惑

セシジャーに指示された時間ぴったりに、バンドルは愛車ヒスパノを近くの自動車修理屋にあずけて、ロレインといっしょに邸宅の庭園の門をくぐった。

レディ・クートはふらりと現われたふたりを見て驚いたが、再会を心から喜び、すぐさま昼食に招待した。

大きな肘掛け椅子に埋もれるようにすわりこんでいたオルークは、急に生気がよみがえったらしく、元気よくロレインに話しかけた。ロレインはオルークの話相手をつとめながらも、片方の耳では、車の故障に関するきわめて専門的なバンドルの説明を聞いていた。

「あの野獣みたいな車が、ちょうどここで故障するなんて、なんという幸運かと思いましたわ。この前は、よりによって日曜日に、〈丘のふもとのリトル・スペドリントン〉とかいうところで故障してしまったんですよ。ええ、そんな名前の場所で故障なんて、できすぎですわね」

「映画のタイトルにはもってこいの地名ですね」オルークがいった。

「素朴な田舎娘の誕生の土地みたい」とソックス。

「あら」レディ・クートがけげんそうな声でいった。「ミスター・セシジャーはどこかしら」

「ビリヤードルームだと思いますよ」ソックスがいった。「つかまえてきます」

ソックスが去ってから一分もたたないうちに、ベイトマンがやってきた。いつものように、謹厳実直そのものという感じだ。

「レディ・クート、ご用でしょうか。おくさまがお呼びだと、セシジャーがいってましたが。おや、こんにちは、レディ・アイリーン」ベイトマンは話の途中でバンドルとロレインにあいさつした。

さっそくロレインの出番となった。「まあ、ミスター・ベイトマン！　お会いしたいと思っていたんですよ。犬の肢に腫れ物ができてなかなか治らなかったとき、どうすればいいか教えてくださったのは、あなたでしたよね。そうじゃありません？」

サー・オズワルド・クートの秘書は、くびを横に振った。「それはわたしではありませんよ、ミス・ウェイド。ですが、その問題なら、たまたまわたしにも多少の知識があります――」

「すばらしいかた！」ロレインはベイトマンをさえぎった。「あなたって、なんでもごぞんじなのね」

「時代に合わせた知識をたくわえておくべきですからね」ベイトマンはきまじめにいった。「それで、あなたの犬の肢のぐあいはいかがです？」

オルークが小声でバンドルにいった。「ああいうたぐいの人間が、週刊新聞の豆知識の記事を書いているんですよ。〝あまり知られていない、真鍮《しんちゆう》の炉格子をいつもぴかぴかに光らせておくコツ〟とか、〝ドーパーカブトムシは虫の世界でもっとも興味ぶかい性質をもっている〟とか、〝フィンガルス族の結婚の慣わし〟とかね」

「じっさい、博識ですわよ」バンドルはいった。

「ほかにいいようがありませんよね」そういってから、オルークはおごそかな口調でつけくわえた。「ありがたいことに、わたしはけっこうな教育を受けましたけれど、博識といえるほど広い知識はもっていません」

「こちらのお庭ではクロックゴルフができるそうですね」バンドルはレディ・クートにいった。

「わたしがお相手をしましょう、レディ・アイリーン」オルークが申し出る。

「ふたりで組みましょうか」バンドルはいった。「ねえ、ロレイン、わたしはミスター・オルークと組むわ。あなたはミスター・ベイトマンと組むのよ」

「おやりなさいな、ミスター・ベイトマン」夫の秘書がためらったのを見て、レディ・クートは後押しした。「いまのところ、サー・オズワルドのご用はないはずよ」

というわけで、若い四人は芝生に出た。

「うまくいったでしょ」バンドルはロレインにささやいた。「わたしたち女子同盟の策も上々よね」

ゲームは午後一時前に終わった。勝ったのはベイトマン／ロレイン組だった。

「たぶん、あなたも同感だと思いますがね、我がパートナー」オルークがいった。「わたしたちのプレイのほうが、チャレンジ精神満点でしたよ、レディ・アイリーン」

バンドルの少しうしろを歩きながら、オルークはさらにいった。「ポンゴはじつに慎重なプレイヤーだ——リスクをおかさない。だけど、わたしは伸《の》るか反《そ》るかです。これって、人生のモットーとしてもすばらしいと思いませんか、レディ・アイリーン？」

「そのせいで窮地《きゅうち》に陥ったこともあるんじゃないですか？」バンドルは笑いながらいった。

「それは確かです。百万回もありましたよ。ですが、そんなことに負けはしません。テレンス・オルークを降参させるには、絞首執行人のロープが必要でしょうね」

そのとき、ジミー・セシジャーが屋敷の角を曲がってきた。「バンドル！　やあ、これはおそろいで！」

「きみ、秋のゴルフ大会を見そこねたな」オルークがいった。

「ぶらぶらと散歩してたんですよ。ご婦人がたはどこからいらしたんですか？」

「こちらのお屋敷まで徒歩でたどりつきましたの」バンドルはいった。「愛車のヒスパノが故障してしまって」バンドルは車が故障したいきさつを説明した。

セシジャーは同情の面もちで耳をかたむけた。「それはたいへんでしたねえ。修理に時間がかかりそうなら、昼食のあと、わたしが車でご自宅までお送りしますよ」

ちょうどそのとき、昼食のしたくができたと告げる銅鑼《どら》の音が響きわたった。五人は屋敷のなかに入った。

バンドルはさりげなくセシジャーを観察した。いつもとちがって、彼の声が躍っているように聞こえたからだ。きっとなにか成果があったのだろう。

昼食後、バンドルとロレインがレディ・クートに篤く礼を述べると、セシジャーが自分の車で送ろうと申し出た。車がスタートしたとたん、バンドルとロレインは同時に同じことばを発して疑問をぶつけた。

「それで?」

セシジャーはわざと口をつぐんでいた。

「どんなぐあいなんです?」

「ええ、おかげさまで、元気です。ビスケットを食べすぎて、消化不良ぎみですけどね」

「でも、どうして?」

「じつはね、大義のために、多量のビスケットを食べなければならない羽目になりまして。それで我らがヒーローはひるんだか? いや、ひるみはしなかった!」

「ジミーったら」

ロレインに非難の口調でいわれ、セシジャーは態度をあらためた。「なにを知りたいんですか?」

「なにもかも。わたしたちはうまくやりましたでしょ? ポンゴとオルークをゴルフに誘って、庭に引き止めておいたし」

「ポンゴを引き止めた手際はおみごとでしたね。オルークのほうは、あつかいやすかったでしょう。だが、ポンゴはそうはいかない。彼にふさわしいことばがありますよ。先週の『サンデイ・ニュースバッグ』紙のクロスワードパズルで憶えたんですがね。十文字で、ヒントは〝どこにでも現われる〟。答は〝ubiquintous《ユビクイントス》〟。〝変幻自在に出没する〟という意味です。まさにポンゴがそうですよ。どこに行こうと、必ずポンゴに出くわす——最悪なのは、彼が近づいてくる気配すらわからないということです」

「危険なひとだと？」

「危険？　もちろん、危険ではありません。ポンゴが危険な人物だなんて、ばかげてます。あいつはマヌケですよ。が、いまもいったように、変幻自在に出没するマヌケときている。あいつときたら、ふつうの人間とちがって、眠る必要がないんだな。はっきりいうと、じつに気にさわるやつです」

そのあと、セシジャーはいくぶんか腹だたしそうに、昨夜の出来事を話した。

バンドルはセシジャーに同情しなかった。「それにしても、どうしてあなたは、深夜に屋敷のなかをうろつこうなんて思ったんです？」

「〈七時〉ですよ」セシジャーはきっぱりといった。「狙いはそれです。〈七時〉の正体を突きとめたい」

「それがあの屋敷でわかると？」

「手がかりがみつかるかもしれないと思ったんです」

「みつかりました？」

「昨夜はだめでした――なにもみつからなかった」

「でも、今朝は」いきなりロレインが口をはさんだ。「ジミー、今朝はなにかみつけたんでしょ。顔に書いてありますよ」

「手がかりといえるかどうか、わかりませんがね。でも、散歩の途中で――」

「屋敷から遠く離れたところを散歩していた、というわけではなさそうですね」

「おお、そのとおり。いわば邸内ツアーというやつです。先ほどもいったとおり、手がかりになるかどうかはわかりませんが、こんなものをみつけたんです」

セシジャーは手品師のようなすばやい手さばきで小さな瓶を取りだすと、後部座席のふたりにそれを放った。

「これ、なんでしょう?」バンドルは訊いた。小瓶には半分ほど粉末が入っている。

「白い・粉末。探偵小説の愛読者なら、おなじみの二語だし、なにを指しているか察しがつくでしょうね。新案特許の歯磨き粉だと判明したら、歯がみして悔しがることになりますが」

「どこでみつけたんですか?」バンドルはするどく訊いた。

「ふうむ、それは秘密です」

その点については、バンドルとロレインがいくらおだてても責めても、セシジャーはがんとして口を割らなかった。

「さあ、修理屋に着きましたよ。元気いっぱいのヒスパノが不当なあつかいを受けて、機嫌をそこねていなければいいですね」

修理屋は五シリングの請求書をさしだし、ナットが何本かゆるんでいたと、なんとなくあいまいな口調でいった。バンドルはにっこり笑って修理費を払った。

「ときには、なにもしなくてもお金をもらえることがわかるって、愉快ね」バンドルはセシジャーにささやいた。

三人は路上に立ったまま、それぞれ、思いをめぐらしていた。

「そうだ！」いきなりバンドルがいった。

「どうしたんです？」

「あなたにお訊きしたいことがあったの——もう少しで忘れるところだった。バトル警視がみつけた手袋のこと、憶えていらっしゃる？　ほら、半分焼けていた手袋」

「ええ」

「警視はそれをあなたの手に合わせてみたんでしょ？」

「ええ。わたしの手より少し大きかったな。つまり、それの持ち主は大柄で体格のいい男だったんじゃないかな」

「わたしが気になったのは、そこじゃないの。サイズはどうでもいいのよ。あの場には、ジョージ・ロマックスとサー・オズワルドがいたのよね？」

「ええ」

「だったら、そのふたりにも手を合わせてみてくれといっても、おかしくないでしょう？」

「そりゃあそうですが」

「でも、警視はそうしなかった。彼はあなたを選んだのよ、ジミー。それがどういうことか、おわかりかしら」

セシジャーはバンドルをじっとみつめた。「バンドル、すまないけど、頭がいつものように活発に働かなくて、あなたがなにをいいたいのか、さっぱりわからない」

「あなたはどう思う、ロレイン?」

ロレインは興味津々という目でバンドルを見たが、くびを横に振った。「それになにか特別な意味があるということ?」

「もちろん、そうよ。わからないかしら――あのときジミーは、右手を吊っていたのよ」

「そういうことか」セシジャーはのろのろといった。「いま考えてみると、確かに妙だ。あれは左手の手袋だった。だけど、バトル警視はなにもいわなかった」

「そこに注意してほしくなかったのね。あなたの手に合わせてみることでみんなの目をそらし、手袋のサイズのほうに注意が向くように仕向けたのよ。要するに、あなたを撃った男は、左手にピストルを握っていたというわけ」

「とすると、左利きの男を捜せばいいのね」ロレインがいった。

「そう。それから、もうひとつ。バトル警視はゴルフクラブを調べていたわ。あれは左利き用のクラブを捜していたのよ」

「そうか!」セシジャーが声をあげた。

「どうなさったの?」

「いやね、たいしたことではありませんが、ちょっと気になったことがあって」

そしてセシジャーは、昨日のお茶の時間の会話のことを話した。

「それじゃあ、サー・オズワルドは両手使いなのね」バンドルは訊きかえした。

「そうです。そうだ、また思い出した――チムニーズ館《やかた》にいたときのことです。ジェリー・ウエイドが亡くなる前のことなんですけど……その夜、わたしはブリッジゲームを見物していたんですよ。で、誰かがカードを配るときに、なんとなく違和感を覚えたんです――よく見ていると、ある人物が左手でカードを配っているのに気づいたんです。そう、それはサー・オズワルドでした」

三人はたがいに顔を見合わせた。

ロレインは頭を振った。「まさか、サー・オズワルドのようなかたが！　ありえないわ！　あんな事件を起こすなんて、あのかたにどんな得があるというの？」

「確かに理屈に合わない」セシジャーはいった。「だけど、あなたは――？」

「〝〈七時〉には彼なりのやりかたがある〟」バンドルはつぶやいた。「それはサー・オズワルドが鉄鋼界で富を築いてきた、彼なりのやりかたのことじゃないかしら」

「だが、あの重要書類は彼の会社にあったのに、なぜわざわざアベイで、あんなドタバタ喜劇じみた芝居をしなければならなかったんだろう？」セシジャーはくびをかしげた。

「それは説明できそう」ロレインがいった。「あなたがミスター・オルークについておっしゃったことと、同じ論法でね――疑惑を自分からそらして、ほかのひとに向ける」

バンドルは強くうなずいた。「それでぴったり、つじつまが合うわ。嫌疑はバウアーと伯爵夫人に向かうことになったんですもの。まさかサー・オズワルド・クートがあやしいなんて、いったい誰が思うかしら」

「バトル警視は疑っていますよ」セシジャーはゆっくりといった。

バンドルの頭のなかで、ある記憶がよみがえった。
すなわち——あの夜、バトル警視は鉄鋼界の大物の上着から蔦《つた》の葉をつまみとった。
バトル警視は最初からずっと、サー・オズワルドを疑っていたのだろうか？

29　ジョージ・ロマックスの奇妙な行動

「だんなさま、ミスター・ロマックスがいらっしゃいました」

ケイタラム卿はゴルフクラブを握ったまま跳びあがりそうになった。左手くびをむやみに動かさないようにすることに夢中になっていて、やわらかい芝生を踏んで近づいてきた執事に気づかなかったからだ。

ケイタラム卿は腹だたしいというよりも、いっそ悲しげに執事のトレッドウェルの顔を見た。

「朝食のときにいっただろう、トレッドウェル。午前中は特別に忙しい、と」

「はい、だんなさま。ですが――」

「ミスター・ロマックスに、自分の勘違いだとあやまって、だんなさまは村に行っているとか、通風で寝こんでいるとか、なんなら、死んだといってくれてもいい」

「ミスター・ロマックスはドライブウェイから、だんなさまのお姿をお見かけになっていらっしゃいます」

ケイタラム卿は深いため息をついた。「そうか。よし、トレッドウェル、行こう」

これはケイタラム卿の癖なのだが、嫌いな相手には、本心とは裏腹に、特別に愛想のいい態度をとってしまう。いまもいまとて、無類の愛想のよさを発揮して、ロマックスを歓迎した。

「やあやあ、よく来てくれたね。会えてうれしいよ。じつにうれしい。さあ、すわってくれ。飲み物はどうかね？　うん、いいね！」

ジョージ・ロマックスを大きな肘掛け椅子に押しこむようにしてすわらせると、ケイタラム卿は向かい合わせの椅子に腰をおろし、神経質に目をしばたたいた。

「じつは特別な用があって、きみに会いにきたんだ」ロマックスはいった。

「ほう」ロマックスのことばに、ケイタラム卿は少しばかり気が重くなった。彼の率直な言の裏にどういう面倒事が隠れているか、頭のなかでいやな想像が次々と湧きおこる。

「じつにまさに特別な用件なんだ」ロマックスは重々しく強調した。

ケイタラム卿はますます気が重くなった。このぶんでは、想像以上にいやなことをいわれそうだ。

「ふむ？」ケイタラム卿は平静を装い、強いて軽い口調で訊いた。

「アイリーンはご在宅かな？」

この質問に、ケイタラム卿は肩すかしをくった気がしたが、驚きもした。

「ああ、うん、いるよ。あの子の友だちがうちに泊まっているんだ。ウェイドの娘さんだよ。とてもいいお嬢さんでね――うん、いいお嬢さんなんだ。そのうち、りっぱなゴルファーになるよ。スイングがきれいで――」

ケイタラム卿の熱をこめたおしゃべりを、ロマックスは無作法にさえぎった。「アイリーンが在宅なのは幸いだ。すぐに彼女と話をさせてもらえるかね？」

「いいとも、きみ、いいとも」ケイタラム卿はいっそう驚いたが、気も軽くなった。「あの子と話すのが退屈ではないというのなら」

「退屈だなんて、とんでもない。ケイタラム、いわせてもらうが、きみはアイリーンが成長しているという事実を、まともに評価していないな。彼女はもう子どもではない。りっぱに成長した女性だ。こういってよければ、じつに魅力的で才能豊かな女性だ。彼女を勝ちとることができれば、男として幸運だといえる。いいかね、じつにまさに幸運だといえるよ」

「それはどうも。だが、あの子は活動的で、一箇所に二分以上じっとしていたことがないぐらいだ。まあね、最近の若い男たちときたら、そんなことはまったく気にならないようだが」

「それはつまり、彼女は停滞するのを嫌うということだな。いいかね、ケイタラム、アイリーンは頭がいい。しかも向上心がある。時事問題に関心をもっている。清新でいきいきした若い知性を、そういう面に向けている」

ケイタラム卿はまじまじとロマックスをみつめた。そして、ロマックスは最近よくいわれている、いわゆる〝現代生活における緊張〟というしろものに取り憑かれているのではないかと思った。なんといっても、バンドルに対する彼の評価ときたら、ばかばかしいほど的はずれだ。

「きみ、体のぐあいがよくないんじゃないかね?」ケイタラム卿は心配そうに訊いた。

ロマックスはいらだたしげにその質問を振り払った。「ケイタラム、こんなに朝早く、わたしがきみに会いにきた理由を、多少なりとも忖度してくれているんじゃないかと思うが。わたしは新しい責任を軽々に引き受けるような人間ではない。自分の立場に見合った常識をそなえているとと自負している。この件は、充分に深く、かつ、真剣に考慮した。結婚というものは、ことにわたしの年齢では、じっくりと考えに考えたうえで、結論を出さなければならない。相手の家柄が同等であること、趣味が同じであること、あらゆる面で同じ感覚をもてること、そして、もちろん、宗教が同じであること。これらはすべて、決してないがしろにできず、その重要性と真剣な考慮は必要不可欠なものだ。わたしは自分の妻に、社交界で軽蔑されない地位を与えることができる、と思う。アイリーンはその地位にみごとな輝きをもたらすだろう。生まれも育ちも申し分ないし、あの明晰な頭脳とするどい政治的感覚は、政界におけるわたしの業績をさらに押しあげ、たがいのためになるにちがいない。ケイタラム、わたしはもちろん、その――そのう、年齢が釣り合わないことはわかっている。だが、わたしは壮健で元気いっぱいだと請け合うよ――若いころと同じだ。年齢差は夫の側の問題だとみるべきだ。アイリーンは芯からまじめな女性だ――それはつまり、経験もなければ気転も利かない小生意気な若僧《サヴォワールフエアル》より、年配の男のほうが夫にふさわしいということだ。我が友ケイタラム、わたしは彼女を――そのう――彼女の美しい若さをたいせつにするよ。彼女の心のなかの花の蕾《つぼみ》が、美しく開くのをじっと見守っていく――ああ、なんという特権！　こんな気持はいままで知らなかったが――」ロマックスは自分を責めるように頭を振った。

ケイタラム卿は声も出せないほど呆然としていたが、ようやく声をとりもどした。

「そのう、つまり――まさか、バンドルと結婚したいというんじゃないだろうね？」

「驚いただろうな。きみにとっては青天の霹靂《へきれき》というところだろう。さて、バンドルと話をする許可をいただけるだろうか?」

「ああ、いいとも。許可が必要だというのなら――もちろん、許可するよ。だがね、ロマックス、わたしがきみなら、そんなことはしないね。このままっすぐうちに帰って、良識のある人間らしく、もう一度よく考えてみるよ。二十、数えてね。こういうことはすべからくよく考えるべきだ。誰にしろ、求婚して、自分の愚かさを思い知るのは、なさけないじゃないか」

「ケイタラム。親切な忠告をしているつもりだろうが、あえていえば、なんだか妙ないいかただよ。とはいえ、わたしは自分の運を天に任せてみると決めたんだ。アイリーンに会ってもいいかね?」

「いや、それはわたしが決めることじゃない」ケイタラム卿は急いでいった。「アイリーンが自分で決めるべきだ。明日、あの子がお抱え運転手と結婚するつもりだといってきても、わたしは反対しないよ。そういうのが現代的というやつらしいからね。子どもたちがこうしたいといいだしたら、どんなことにしろ認めてやらないと、日々の暮らしが不快になる。わたしはいつもバンドルにはこういっているよ――〝おまえの好きにするがいい、だが、わたしを心配させないでくれ〟とね。じっさい、あの子はちゃんと対処するんだ」

　ロマックスは目的を果たそうと立ちあがった。「どこに行けば彼女がみつかるかな?」

「いやあ、わたしにはわからんよ」ケイタラム卿はぼんやりと答えた。「どことはいえない。さっきもいったとおり、ひとところに二分といたためしがないんでね。じっとしていることがないんだ」

「ミス・ウェイドといっしょにいるのかな？　ケイタラム、いちばんいいのは、ベルを鳴らして執事を呼び、執事に彼女を捜してもらうことだ。みつかったら、わたしが話をしたがっていると伝えてもらう」

ケイタラム卿はいわれたとおりにベルを鳴らした。すぐに執事がやってきた。

「やあ、トレッドウェル、娘を捜してくれんか。みつかったら、ミスター・ロマックスがぜひ話をしたいと、応接室でお待ちだと伝えてくれ」

「かしこまりました」

トレッドウェルがさがる。ロマックスはケイタラム卿の手を取り、ぎゅっと握りしめた。ケイタラム卿が痛みにひるむほど強く。

「心から感謝する」ロマックスはいった。「じきにいい知らせをもってくるよ」ロマックスはそそくさと部屋を出ていった。

「なんとまあ」ケイタラム卿はつぶやいた。

長い間《ま》をおいてから、またひとりごとをいう。「バンドルはどうしているかな？」

ドアが開いた。トレッドウェルが入ってくる。

「ミスター・エヴァーズレイがおいでになりました」

ビル・エヴァーズレイがせかせかと近づいてくると、ケイタラム卿は彼と握手を交わしながら熱意をこめていった。「やあ、ビル。ロマックスを捜しているんだろう？　いいことをしたいのなら、急いで応接室に行き、内閣が緊急会議を開こうと閣僚を召集しているとかなんとか、なんでもいい、とにかく、ロマックスをどこかに連れていってくれ。愚かな娘の悪ふざけのせいで、ロマックスを阿呆な目にあわせるのはしのびないからな」

「コッダーズに会いにきたんじゃないんです」エヴァーズレイはいった。「こちらに来ているとは知りませんでした。ぼくが会いたいのはバンドルなんですよ。彼女、どこにいます?」

「あの子には会えないよ。少なくとも、いまのところは。ロマックスと話しているからね」

「へええ。いったいどういうことですか?」

「いまごろは、ぐだぐだと、つまらないことをしゃべりちらしているだろうよ。それが災厄を生まないことを願うしかないな」

「コッダーズはどんな話をしているんですか?」

「さてね。どっちにしろ、たわごとだろう。多くを語らず——それがわたしのモットーなんだがね。女性の手を握って、あとはなりゆきに任せる」

エヴァーズレイはケイタラム卿をまじまじとみつめた。「あのですね、ぼくは急いでいるんです。どうしてもバンドルに会って——」

「そう長く待つ必要はないと思うよ。白状すると、きみが同席してくれるのは、じつにありがたい。ジョージのやつ、話が終わったら、ここにもどってくるはずだからね」

「話が終わったらって、なんの話なんです? ロマックスはバンドルになにをいおうというんです?」

「しーっ、静かに。申しこんでいるんだよ」

「申しこむって、なにを?」

「結婚を。バンドルに。理由は訊かんでくれ。彼はいわゆる〝危険な年齢〟にさしかかっているんだろうね。そうとしか説明のしようがない」

「バンドルに求婚? なんてやつだ。あの歳で」エヴァーズレイの顔がまっ赤になった。

「自分では壮年期だといっているよ」ケイタラム卿は慎重にいった。

「壮年期? なにをばかな! 耄碌《もうろく》じじいが! ぼくは――」エヴァーズレイは息を詰まらせた。

「そこまではいってない」ケイタラム卿はひややかにいった。「彼はわたしより五歳下なんだから」

「けしからん! コッダーズとバンドル! バンドルのような若い娘と! 断固、許すべきではありません!」

「わたしは干渉しない主義でね」ケイタラム卿はいった。

「いや、あなたはご自分の気持をはっきりいうべきです」

「あいにく、現代文明の規則では、そういうことはしてはならんと謳《うた》っているじゃないか」ケイタラム卿は残念そうにいった。「石器時代ならともかく――いや、石器時代でも、わたしのような小心者にそんなまねはできん」

「バンドル! ああ、バンドル! ぼくが結婚を申しこんでも、バンドルは笑いとばすだけだとわかっていたから、求婚したことはないんです。なのに、あの口先だけのおしゃべり屋が、破廉恥な偽善者の大ボラ吹きのはったり屋が――薄汚い、悪臭ふんぷんの自己宣伝屋が――」

「いいぞ、どんどんいいたまえ。じつに愉快だ」ケイタラム卿はエヴァーズレイを煽《あお》った。

「ああ、神よ！」エヴァーズレイは呻くようにそういった。「ぼくはおいとますべきですね」

「いや、だめだ、帰ってはいかん。きみにいてほしい。それに、きみはバンドルに会いたいんだろう？」

「いまは遠慮します。いまの話で、なにもかも頭から吹っ飛びました。それはともかく、ジミー・セシジャーがどこにいるか、ごぞんじありませんか？　クート家に滞在しているはずなんですが。まだそこにいますかね？」

「わたしの知るかぎりでは、彼は昨日ロンドンにもどった。土曜日には、バンドルとロレインもクート家にいたんだよ。まあ、ちょっと待っていれば――」

しかしエヴァーズレイは強く頭を振り、部屋をとびだしていった。

ケイタラム卿は帽子をつかんでそっと廊下を進み、足早にサイドドアから外に出た。ドライブウェイを見ていると、ビル・エヴァーズレイの車がけっこうな速度で走っていった。

「あれじゃあ事故を起こすぞ」ケイタラム卿はつぶやいた。

しかしエヴァーズレイは無事にロンドンに着いた。セント・ジェームズ・スクエアに車を停めてから、ジミー・セシジャーの住まいを訪ねた。セシジャーは在宅していた。

「やあ、ビル。いったいどうしたんだい？　いつもみたいに元気いっぱいという顔じゃないぞ」

「心配なんだ。心配でたまらないんだよ。それに、ほかにも思うことがあって、ちょいと動揺してるんだ」

「ふうん。じつにわかりやすい説明だ。で、なにが起こったんだ？　わたしにできることがあるのかい？」

エヴァーズレイは返事をしなかった。椅子に腰をおろし、足もとの絨毯《じゅうたん》をみつめ、途方にくれたようすで憂鬱《ゆううつ》そうに考えこんでいる顔を見て、セシジャーは好奇心をかきたてられた。

「なにかたいへんなことがあったんだね、ウィリアム？」セシジャーはあらたまった口調で、やさしく訊いた。

「おそろしく奇妙なことがあってね。なにがなんだかわからないんだ」

「セヴン・ダイアルズの件かい？」

「そう、セヴン・ダイアルズの件だ。今朝、手紙がきた」

「手紙？　どういう手紙だい？」

「ロニー・デヴュルーの遺言執行人からの手紙なんだ」

「なんとね！　いまになって？」

「どうやらロニーがそう指示していたらしい。もし自分が急に死んだら、亡くなった日から二週間後に、封をした封筒をぼくに送れと指示していたんだ」

「で、今朝、きみのところにその封書が届いた？」

「うん」

「開けてみたかい？」

「うん」

「で、内容は？」

エヴァーズレイはちらりとセシジャーを見た。ひどく奇妙で不安そうなその目つきに、セシジャーは驚いた。

「おい、しっかりしろよ。なんだかわからないが、ちょっと風に吹かれただけで倒れてしまいそうだぞ。まあ、一杯飲《や》りたまえ」

セシジャーは濃いウィスキーソーダをこしらえて、グラスをエヴァーズレイに渡した。エヴァーズレイはおとなしくグラスを受けとったが、あいかわらず表情は冴えない。

「手紙の内容なんだけど、信じられない。その一語につきる」

「おいおい、ばかなことをいうんじゃないよ。そうだな、朝食前にありえないことを六つ信じる習慣をつけるといいぞ。わたしは毎朝そうしている。さあ、なにもかも聞かせてくれよ。あ、ちょっと待った」

セシジャーは廊下に出て執事を呼んだ。「スティーヴンズ！」

「はい、だんなさま」

「煙草を買ってきてくれないか。切らしてしまったんだ」

「かしこまりました」

玄関ドアの閉まる音が聞こえてくるまで、セシジャーは廊下に立っていた。それから居間にもどる。エヴァーズレイは飲みほしたグラスを口から離したところだった。前よりも顔色がよくなり、張りのある表情をとりもどし、おちついたようすだ。

「立ち聞きされないように、スティーヴンズを外に出したよ。心おきなく、すっかり話してくれるだろう?」

「信じられない話なんだ」

「それならきっと、真実なんだよ。さあ、話してくれ」

エヴァーズレイは深く息を吸った。「よし。きみにはすべて打ち明けよう」

30　緊急招集

かわいい仔犬と遊んでいたロレイン・ウェイドは、二十分ほどどこかに行っていたバンドルが息を切らし、いいようのない表情でもどってきたのに、いささか驚かされた。

「ふーっ！」バンドルはガーデンチェアにすわりこんで、また深い息をついた。「ふうう」

「どうしたの？」ロレインはけげんそうに訊いた。

「ジョージのせいよ――ジョージ・ロマックスのせい」

「なにがあったの？」

「求婚されたの。ひどかったわ。ぺらぺらしゃべったり、急に口ごもったり。でも、しゃべるのをやめようとはしなかった――きっと小説で憶えたのよ。やめさせることなんて、できやしない。おしゃべり男なんか大っきらい。だのに、困ったことに、返事のしようがなくて」

「あなたは自分のしたいことをちゃんと知っていると思うけど」

「当然ながら、ジョージみたいなひとりよがりのおばかさんと結婚する気なんかないわ。返事のしようがなかったというのは、お作法の本から適切な返答を引っぱりだしてこられなかった、という意味よ。だから、そっけなく〝お断りします〟としかいえなくて。〝ご好意に感謝します〟とかなんとか、品よく断るべきだったのに。気が動転して、しまいには窓からとびだして逃げてきてしまった」

「まあ、バンドル、あなたらしくないわね」

「だってね、まさかあんな目にあうなんて想像もしてなかったのよ。あのジョージが。わたしを嫌っているとばかり思っていたのに。いえ、じっさい、嫌っていたのよ。男の好きな問題に興味があるふりをするなんて、致命的なまちがいね。あなたにも聞かせたかった。ジョージったら涎《よだれ》を垂らさんばかりに、わたしのういういしい心がどうの、その心が成熟していくのを見守るのは喜びだの、そんなことをまくしたてて。わたしの心！　わたしが心の内で考えていることを四分の一でも知ったら、ジョージは驚愕して気絶するでしょうよ！」

ロレインは笑った。笑いを堪えることなど、できるわけがなかった。

「わかっているわ。わたしがいけなかったの。わたし自身の責任よ。あら、シャクナゲの茂みの向こうから来るのは父だわ。おとうさま、ここよ！」

ケイタラム卿はばつの悪そうな顔で近づいてきた。「ロマックスは帰ったのかい？」強いて愛想よく尋ねる。

「とんでもないことに巻きこんでくださいましたこと」バンドルは切り口上でいった。「ジョージはおとうさまの全面的同意と許可を得ているといってたわ」

「ほほう。おまえはなんといってほしかったのかな？　だがね、じっさいの話、わたしはそんなことはいわなかったよ。そんなようなことさえも」

「まさかおとうさまがそんなことをいうなんて、わたしだって信じませんよ。おとうさまはジヨージに詰め寄られて逃げ場をなくし、しぶしぶ、うなずくことしかできなかったんだろうな、って思っただけ」

「まあ、おおむねそういうことだった。で、彼はそれをどう受けとめたんだろう？　手前勝手に解釈したんだろうなあ」

「それがわかるまでぐずぐずしてはいなかったんです」バンドルはいった。「失礼だったかもしれないけど、急いで逃げ出してしまったから」

「ああ、なるほど。おそらく、それがいちばんいい方法だったと思う。おかげで、この先は、ロマックスもこれまでのようにしげしげとうちにやってきて、わたしを悩ませたりはしないだろう。うん、すべて事もなし、というところだな。ところで、わたしのジガーをどこかで見なかったかい？　アイアンヘッドのクラブだが」

「ゴルフボールを思いっきりひっぱたけば、すっきりしそうね」バンドルはいった。「六ペンス、賭けましょうか、ロレイン」

そのあとの一時間は平穏にすぎた。プレイを終えて、三人が和気《わき》藹々《あいあい》と館《やかた》にもどると、ホールのテーブルに封筒がのっていた。

「ミスター・ロマックスがだんなさまに、と」トレッドウェルが説明する。「だんなさまがお部屋にいらっしゃらなかったのを、ひどく残念がっておいででした」

ケイタラム卿は封筒の封を切った。なかの手紙を読むと、呻き声をあげて娘のほうを向いた。すでにトレッドウェルはその場を去っている。

「バンドル、おまえ、もっとはっきり意思表示をしたほうがよかったかもしれないよ」

「どういう意味ですの？」

「ほら、これを読んでごらん」

バンドルは手紙を受けとって文面に目を走らせた。

ケイタラムへ
きみに報告ができないのがまことに残念だ。アイリーンと話をしたあと、もう一度きみに会いたいといっておいたはずだが。
明らかにアイリーンは、わたしが彼女に寄せている気持に、まったく気づいていなかった。ただもう驚いていたように思う。彼女をせきたてる気は毛頭ない。彼女の娘らしい困惑ぶりは、じつに魅力的だった。返事をためらっているさまを見ると、いっそう彼女に対する敬意をかきたてられた。わたしの意向を考えてもらうために、彼女には時間を与えてあげるべきだろう。あの困惑、混乱ぶりは、まさに彼女がわたしに無関心ではないという証《あかし》にほかなるまい。最終的に、わたしが成功するのは疑う余地もないと信じている。
きみの良き友　ジョージ・ロマックス

「まあ！」バンドルは呻いた。「まあ、いやだ！」それきりバンドルは絶句した。

「あいつは頭がどうかしているにちがいない」ケイタラム卿はいった。「少しでも正気なら、おまえのことをこんなふうには書けないだろうにな、バンドル。気の毒な男だ。かわいそうに。だが、なんという執念！　あいつが内閣に入ったのも不思議ではないなあ。バンドル、おまえがあいつと結婚したら、さぞ痛快だろうな」

ちょうどそのとき電話が鳴り、バンドルが受話器を取った。そしてすぐに、ロマックスと彼の求婚のことは忘却のかなたに押しやられた。バンドルはロレインを手招きした。ケイタラム卿は彼の聖域に向かうべくその場を去った。

「ジミーよ」バンドルはロレインにいった。「なんだかものすごく興奮してるみたい」

「きみがつかまってよかった」ジミー・セシジャーがいった。「そこにロレインもいますか？」

「ええ、いますよ」

「よかった。あのね、くわしく説明する時間はないんです――電話では説明しきれないし。ですがね、ビルが訪ねてきて、驚きの、耳よりな話をしてくれたんです。その話が真実なら――もし真実なら、世紀のスクープですよ。いいですか、これからあなたがなすべきことをいいますからね。すぐにロンドンにいらしてください。ロレインもいっしょに。着いたら、どこかに車をあずけて、セヴン・ダイアルズ・クラブに直行するんです。で、クラブのあの男、チムニーズ館の従僕だった男を追い払えますかね？」

「アルフレッドのこと？　だいじょうぶです。任せてください」

「いいぞ。彼を追い払ったら、わたしとビルが行くまで待っていてください。窓から姿が見えないところにいてくださいよ。でも、わたしたちが着いたらすぐに、なかに入れてください。

いいですか?」

「ええ」

「それで良し、と。あ、そうだ、バンドル、ロンドンに行くことは誰にもいわないように。なにか口実を作ってください。そうだな、ロレインを家まで送っていくとか。それでどうです?」

「いい考えですね。ジミー、スリル満点でわくわくします」

「館を出る前に、遺言状を書いておいたほうがいいかもしれませんよ」

「ますます気持が高ぶりますね。でも、どういうことなのか、ちゃんと知りたいわ」

「会えばわかりますよ。ただし、これだけはいっておきましょう。例の〈七時〉に不意打ちをくらわせてやろうという計画なんです」

バンドルは受話器を置き、ロレインに電話のやりとりを簡潔にまとめて伝えた。ロレインは急いで二階に行き、スーツケースに荷物を詰めはじめた。バンドルは〝父親の聖域〟のドアを開けて、顔をのぞかせた。

「おとうさま、ロレインをお宅に送ってきます」

「なんとまあ。今日、帰るとは聞いていないぞ」

「帰ってきてもらいたいらしいのよ」バンドルはあいまいにいった。「さっきの電話でね。じゃあ、行ってきます」

「バンドル、ちょっと待ちなさい。おまえ、いつもどってくるんだい?」

「さあ、わからないわ。次に顔を合わせるときが帰ったときだと思ってくださいな」

気まぐれなことばを残してドアを閉めると、バンドルもまた階段を駆け昇り、二階の自室で帽子をかぶり、毛皮のコートに袖を通して出発の準備をととのえた。愛車ヒスパノはガレージから出しておくよう、すでにいってある。

ロンドンまでのドライブは、バンドルの運転につきもののスピードの出しすぎをのぞけば、平穏無事だった。ロンドンに着くと、ヒスパノを駐車場に停めて、ふたりはセヴン・ダイアルズ・クラブに向かった。

クラブのドアを開けたのはアルフレッドだった。バンドルはあいさつもせずに、アルフレッドを押しのけるようにしてなかに入った。ロレインもあとにつづく。

「ドアを閉めて、アルフレッド」バンドルはいった。「わたしがここに来たのは、おまえの身を思ってのことなのよ。警察がおまえを追っているの」

「お嬢さま!」アルフレッドは蒼白になった。

「このあいだの夜は、おまえに世話になったから、警告してあげようと思って」バンドルは早口でつづけた。「ミスター・モスゴロフスキーに逮捕状が出たの。だから、おまえはできるだけ早く、ここを出ていくことね。ここにいなければ、警察もおまえを気にしたりはしないでしょう。さあ、十ポンドあげるわ。どこに行くにしても役に立つでしょうよ」

三分後、混乱し、あわてふためいたアルフレッドは、ハンスタントンストリート十四番地を逃げるように出ていった。考えていたのは、ただひとつのことだけだ——二度とここにはもどらない。

「うまくいったわね」バンドルは満足そうだ。

「あんなに――きつくいう必要があったの？」ロレインが責めるようにいった。

「そのほうが安全ですもの。ジミーとビルがどういうつもりなのかは知らないけど、計画を遂行しているさなかにアルフレッドがもどってきて、なにもかも台無しにされてしまうのは避けたいでしょ。あ、ふたりが来た。わりに早かったわね。たぶん、通りの角で、アルフレッドがいなくなるのを待ってたんだわ。さあ、ロレイン、ドアを開けてあげましょう」

ロレインはバンドルのいうとおりにした。

車の運転席からジミー・セシジャーが降りてくる。

「ちょっと待っててくれ、ビル」セシジャーは助手席のビルにいった。「見張りがいるようなら、警笛を鳴らしてほしい」

セシジャーは出入り口のステップを駆け昇ってクラブのなかに入り、ドアを閉めた。顔が上気し、気持も高ぶっている。「やあ、バンドル。それでは仕事にとりかかりましょう。バンドル、あなたが前にもぐりこんだ部屋の鍵はどこにありますか？」

「階下《した》の鍵のうちのひとつでした。そうね、全部の鍵を持っていくほうがいいわ」

「そうですね、でも、急いで。時間がない」

鍵は簡単にみつかった。例の部屋の、内側にベイズ布を貼ったドアを開けて三人はなかに入った。以前にバンドルが見たとおりで、なにも変わっていない。大きなテーブル、それを囲む七脚の椅子。セシジャーは黙って見まわしていたが、すぐにその目は暖炉の両側の戸棚に向けられた。

「バンドル、あなたが隠れたのはどっちの戸棚です？」

「こっちです」

セシジャーはその戸棚に近づき、扉をさっと開けた。幾段かの棚には、ふぞろいの雑多なグラス類が無造作に置かれている。

「全部どかさなくては」セシジャーはつぶやいた。「ロレイン、ビルを呼んできてくれませんか。もう表を見張っていなくてもだいじょうぶでしょうから」

ロレインは階下に降りていった。

「どうなさるおつもり？」バンドルはじれったそうに訊いた。

セシジャーは床に膝をつき、もうひとつの戸棚の扉のすきまから、なかをのぞこうとしている。「ビルが来たら、すべて話してもらえますよ。なにしろ、ビルのお手柄ですからね――うん、たいへんなお手柄です。あれ、ロレインが階段を駆け昇ってくる。なんだか猛牛に追いかけられてるみたいに必死で走っているぞ」

じじつ、ロレインは必死で階段を駆け昇っていた。部屋にとびこんできたときは顔に血の気がなく、目は恐怖にみひらかれていた。

「ビ、ビルが――ああ、バンドル、ビルが！」

「ビルがどうしたの？」

セシジャーはロレインの両肩をつかんだ。「しっかりして、ロレイン。なにがあった？」

ロレインは息を切らしながらいった。「ビルが――死んでる――車のなかで――身動きもしないし、口もきかないの」

セシジャーはののしりのことばを吐くと、階段めざして駆けだした。バンドルもあとにつづいた。心臓が不規則に鼓動を打ち、強い喪失感がこみあげてくる。

――ビルが死んだ？　いいえ、まさか！　まさか、ありえない！　ああ、神さま――そんなことがありませんように。

バンドルとセシジャーはほぼ同時に車に駆けよった。ロレインは少し遅れて、ふたりの背後にいる。

セシジャーはあがっている幌《ほろ》の下をのぞきこんだ。助手席のビルはのけぞってシートの背にもたれ、まぶたを閉じている。セシジャーが腕を引っぱっても反応がない。

「どうしてこんなことになったのか、さっぱりわからない」セシジャーは低い声でいった。「だが、ビルは死んではいない。バンドル、元気をだして。ともかく、彼をクラブのなかに運びこみましょう。警官が来ないといいんですが。もし誰かに見咎《みとが》められたら、友人のぐあいが悪くなったんで、家に連れていこうとしているんだといいましょう」

三人でビルを抱えてクラブのなかに運びこむのは、わりに容易だったし、誰かに見咎められることもなかった。

通りすがりの無精髭を生やした男がしたり顔で、同情するようにいった。「飲みすぎたんだな、ん、そうかそうか」

「一階の奥の小部屋に運ぼう。あそこならソファがある」セシジャーはいった。

小部屋に入り、三人はビルをそっとソファに横たえた、バンドルはビルのそばの床に膝をつき、ぐったりと力のない彼の手くびに指を当てた。

「脈はあるわ。いったいどうしたのかしら？」

「わたしが車を降りたときは、なんともなかった」セシジャーはいった。「何者かになにか薬物を注射されたんじゃないかな。それなら簡単にできますからね。ちくっと針を刺せばいいんだし。誰かにいま何時かなんて訊かれたとか。対処方法はひとつしかありません。すぐに医者を呼ばなくては。あなたたちはここにいて、ビルに付き添っていてください」

セシジャーは急ぎ足でドアに向かいかけたが、すぐに立ちどまった。「いいですか――ふたりとも怖がらないで。ですが、念のためにわたしのリヴォルヴァーを置いていきます。そう、万一のときのために。できるだけ急いでもどってきますよ」

ソファのそばの小さなテーブルにリヴァルヴァーを置くと、セシジャーは足早に部屋を出ていった。

バンドルとロレインの耳に、表のドアがばたんと閉まる音が聞こえた。

建物のなかはしんと静まりかえった。ふたりはビルのそばで身動きもせずにじっとしていた。バンドルはビルの手くびに指を当てたままだ。脈の打ちかたは速く不規則だ。

「なにかできないかしら」バンドルはつぶやいた。「こうしてじっとしているだけなんて耐えられない」

ロレインがうなずく。「ほんとに。ジミーが出ていってから、まだ一分半ぐらいしかたっていないのに、何年もたったみたいな気がする」

「さっきからずっと物音が聞こえているの——足音とか、二階の床板がきしむ音が——ええ、空耳なのはわかっているわ」

「なぜジミーはリヴォルヴァーを置いていったのかしら」ロレインはいった。「危険なんてなさそうなのに」

「もし連中がビルを——」いいかけて、バンドルは口をつぐんだ。

ロレインはぶるっと身震いした。「そうね——でも、あたしたちは建物のなかにいるのよ。音をたてずに侵入してくることなんか、できっこないわ。それに、なんといっても、リヴォルヴァーがあるし」

バンドルはビルに注意を集中した。「なにかできるといいんだけど。そうだ、熱いコーヒー。こういうときは熱いコーヒーを飲ませるといいんじゃない？」

「バッグに気つけ用の嗅ぎ塩を入れてあるのよ」ロレインはいった。「それに、ブランディの小瓶も。バッグはどこかしら？　あら、二階のあの部屋に置いてきたみたい」

「わたしが取ってくる」バンドルはいった。「嗅ぎ塩もブランディも効き目があるかもしれないから」

バンドルは階段を駆け昇り、賭博《とばく》室を横切って隣室との境のドアを開け、例の会議室に入った。テーブルの上にロレインのバッグがあった。

そのバッグを取ろうと、バンドルが手を伸ばしたとき、背後で物音がした。すぐ背後に、砂を詰めた袋を握りしめた男が立っていた。開いたドアの陰にひそんでいたようだ。バンドルが向きなおる間《ま》もないうちに、砂袋が彼女の頭を直撃した。

低く呻き声をあげてバンドルはくずおれ、意識を失って床に倒れた。

31　セヴン・ダイアルズ

バンドルはゆっくりと意識をとりもどした。頭のなかで、暗闇が渦を巻いている。渦の中心に、ずきずきとうずく痛み。その合間に聞こえる音。音というか、聞き憶えのある声が何度も同じことをいっている。

黒い渦の動きがゆるくなってきた。だが、痛みは頭のなかにいすわっている——バンドルにはそれがはっきりわかった。しかし、バンドルの意識は、聞き憶えのある声が何度もくりかえし、なにをいっているのか、そのほうに向かった。

「愛しい、愛しいバンドル。ああ、バンドル。死んでしまった。死んでしまったんだ。愛しいバンドルが、大好きなバンドルが。愛しているよ。バンドル、ああ、愛しい、愛しい——愛する——」

バンドルは目を閉じたまま身動きしなかったが、もはや意識は完全にもどっていた。ビル・エヴァーズレイの腕にしっかりと抱きかかえられているのがわかる。

「ああ、バンドル、愛しい、最愛のバンドル。愛するバンドル。ああ、バンドル、バンドル。どうしよう、どうしよう？　ぼくのバンドルが——大好きな、愛するバンドルが。神よ、どうすればいいんです？　ぼくが彼女を殺してしまった！　ぼくが殺してしまったんだ！」

気が進まないながら——やむをえず——バンドルは口を開いた。「いいえ、ちがうわよ、おばかさん」

エヴァーズレイは仰天して息をのんだ。「バンドル——生きてるのかい？」

「もちろん、生きてるわ」

「そのう、どれぐらい前から——どのへんから意識がもどっていたんだい？」

「五分ぐらい前かしら」

「なんだってすぐに目を開けなかったんだ——でなきゃ、なにかいうとかさ」

「どっちもしたくなかったのよ。とても楽しかったから」

「楽しかった？」

「ええ。あなたのいうことを聞いているのが。もう二度と聞けないと思って。あなたって、ものすごい照れくさがりだもの」

エヴァーズレイの顔がまっ赤になった。「バンドル、怒っていないのかい？　ぼくはきみを愛している。ずっと前からそうだった。だけど、どうしてもいえなかったんだ」

「あなたって、ほんとにおばかさんね。どうしていえなかったの？」

「笑いとばされて終わりだと思ってたんだ。だって、きみは頭がいいし、いろいろそろってるし——りっぱな男と結婚するだろうと」

「ジョージ・ロマックスみたいな？」

「コッダーズみたいに頭の空《から》っぽな俗物じゃなくてさ、きみにふさわしい、ちゃんとした男のことだ。そんな男がいるとは思えないけど」

「あなたっていいひとね、ビル」

「ねえ、バンドル、真剣に考えたことがあるのかい？　そういう気になったことがあるのかい？」

「そういう気になるって、どういう気？」

「ぼくと結婚するってことだよ。ぼくは鈍《にぶ》ちんだ。だけど、ほんとうにきみを愛しているよ、バンドル。きみの忠犬にでも、奴隷にでも、なんにでもなる」

「あなたって犬にそっくり。わたしは犬が好きよ。やさしいし、忠実だし、心があったかいし。あなたとなら結婚する気になれると思うわ、ビル。すごく努力すれば、ね」

これを聞いたビル・エヴァーズレイは、バンドルを抱きかかえていた腕を放し、ぱっととびすさった。驚いて目をみはり、じっとバンドルをみつめる。

「バンドル――ほんとに本気かい？」

「そうに決まってるでしょ。ああ、こんなに乱暴にあつかわれたんじゃ、もう一度、気を失いそうよ」

「バンドル、ああ、愛しいバンドル――」エヴァーズレイはまたバンドルを抱きしめた。彼は震えていた。「ねえ、バンドル、ほんとうに本気なんだね？　ぼくがどれほどきみを愛しているか、わからないだろうなあ」

「まあ、ビル」

このあとの十分間、どういう会話がなされたか、記述する必要はあるまい。会話といっても、ほとんどが同じことばのくりかえしだったのだ。

「それじゃあ、きみはぼくを愛してくれているんだね?」エヴァーズレイはようやくバンドルを離すと、まだ信じられないというふうに、そう訊いた。これで二十回目になる。

「イエス、イエス、イエス。さあ、理性的になりましょう。まだ頭がずきずきするし、あなたに力まかせに抱きしめられて、息が詰まって死にそうになったけど。ねえ、わたしはいきさつを知りたいの。ここはどこ? そして、なにが起こったの?」

ようやく、バンドルは周囲を見まわす余裕ができた。ここはセヴン・ダイアルズ・クラブの、例の秘密の会議室だ。ベイズ布を貼ったドアは閉ざされていて、鍵がかかっているようだ。

では、自分たちは囚われの身なのか!

バンドルはエヴァーズレイに視線をもどした。バンドルの質問など耳に入らなかったかのように、エヴァーズレイは熱っぽい目で彼女をみつめている。

「ビル、ねえ、あなた、しっかりしてちょうだい。ここから出なくては」

「ん? なに? ああ、そうだね。だいじょうぶだよ。そんなの、簡単だから」

「恋心のなせる業《わざ》だわね。わたしもそんな気がしてる。なにもかも簡単で、なんでもできるって気がする」

「そういうことさ。きみがぼくを愛してくれているとわかったからには——」

「やめて。またそんなことをいいだしたら、まじめな会話ができないでしょ。あなたがしゃっきりして理性的にならないと、わたしは前言を撤回したくなるかも」

「とんでもない。ようやくきみを得られたというのに、すぐさま手放すなんてマヌケなことができるわけ、ないだろう？」

「わたしの意志に反することを強要しようたって、そうはいかないわよ」バンドルは脅すようにいった。

「そうはいかないって？　だって、そのとおりだと、きみにはもうわかっているじゃないか」

「あなたってほんとにいいひとね、ビル。気の弱い意気地なしなんじゃないかって心配してたんだけど、そんなことはなさそう。三十分もしたら、わたしにあれこれ命令しはじめるんじゃないかしら。あら、いけない、また脱線してしまった。ねえ、ビル、なんとかして、ここから出なくては」

「いっただろ、だいじょうぶだって。ぼくは――」エヴァーズレイはそこで口をつぐんだ。バンドルに腕をぎゅっとつかまれたからだ。

バンドルは身をのりだして、耳をすましている。空耳ではない。表側の賭博《とばく》室から足音が近づいてくる。秘密の会議室のドアの鍵穴に鍵がさしこまれて回された。バンドルは息を詰めた。ジミー・セシジャーが助けにきてくれたのだろうか――それとも、ほかの誰かが？

ドアが開いた。ドア口に立っているのは、黒い髭のモスゴロフスキーだった。

すぐさまエヴァーズレイは一歩前に出て、バンドルを背にかばっていった。「あんたとふたりきりで話したいことがある」

ロシア人はすぐには返事をしなかった。絹のような長い黒髭をなでながら、静かな笑みを浮かべている。

「ならば、そうしましょう」ようやくモスゴロフスキーは返事をした。「よろしいですよ。そちらのレディはわたしといっしょにおいでください」

「だいじょうぶだよ、バンドル」エヴァーズレイはいった。「ぼくに任せてくれ。この男と行くがいい。危害を加えられることはない。ぼくだって、自分のしていることぐらい、ちゃんと承知している」

バンドルはおとなしく立ちあがった。ビル・エヴァーズレイの声にこもっている断固とした響きは、いままで聞いたことのないものだった。まぎれもなく、この事態を乗り切る自信があるようだ。バンドルはぼんやり考えた――ビルがなんらかの切り札を持っているのか、あるいは、持っていると思っているだけなのかはわからないが、その切り札とはどういうものなのだろう、と。モスゴロフスキーの前を通って、部屋を出る。ロシア人もあとから出てきてドアを閉め、鍵をかけた。

「そちらです」モスゴロフスキーが案内する。

指示されたとおりに、バンドルは階段を昇り、一階上のフロアに行った。せまくるしい質素な小部屋に入るようにいわれる。これはアルフレッドの部屋だったのではないかと、バンドルは推測した。

モスゴロフスキーはいった。「ここでお待ちなさい。くれぐれも音をたてないように」

そういいおいて、彼は小部屋を出ていった。ドアを閉めて鍵をかけ、バンドルを閉じこめる。バンドルは椅子に腰をおろした。頭がずきずき痛み、考えることすら、ままならない。ビルは事態をきっちり把握しているようだった。遅かれ早かれ、誰かがやってきて、救いだしてくれるだろう――バンドルはそう思った。

時間がすぎていった。バンドルの腕時計は止まっているが、モスゴロフスキーにここに押しこめられてから、ゆうに一時間はたったと思う。この小部屋の外では、いったいなにが進行しているのだろう？　なにが起こっているのだろう？

やがて階段を昇ってくる足音が聞こえた。モスゴロフスキーがもどってきたのだ。ドアを開けたモスゴロフスキーがしかつめらしい口調でいった。「レディ・アイリーン・ブレント、あなたはセヴン・ダイアルズの緊急会議に招請《しょうせい》されています。どうぞ、わたしについてきてください」

階段を降りるモスゴロフスキーのあとを、バンドルはついていった。彼は秘密の会議室のドアを開け、バンドルを通した。部屋のなかを一瞥《いちべつ》したバンドルは、はっと息をのんだ。

先日、戸棚に隠れて、錐《きり》で開けた小さな穴からのぞいたときと、まったく同じ光景が見える。あのときは一部しか見えなかったが、いまはぜんたいが見える――文字盤の仮面をつけた人々がテーブルを囲んでいるのだ。想像もしなかった光景を見て立ちすくんでいたバンドルは、思わずあとずさった。モスゴロフスキーは自分の席につき、〈六時〉の仮面をつけた。

前回とちがい、今回はテーブルの上席は空ではなかった。〈七時〉がその席を占めている。

バンドルの心臓が高鳴った。テーブルのこちら側の端の前にいるので、〈七時〉とは真正面で相対する位置に立っているのだ。相手は文字盤のついた布を顔の前に垂らしているために、素顔は見えない。その布を突き通すように、バンドルはまじまじとその男をみつめた。〈七時〉は静かにすわっている。バンドルには、彼が発揮している奇妙なパワーを感じた。彼が動かないのは、ひるんでいるからではない。

バンドルはほとんどヒステリックな衝動に駆られ、男に口を開いてほしいと心の底から願った。いや、なんらかの身ぶりをするだけでもいい――巣のまんなかで無慈悲に獲物を待ち受ける、巨大な蜘蛛《くも》さながらにじっとすわっているのではなく、とにかくなんらかの行為を示してほしい。

バンドルはぶるっと震えた。モスゴロフスキーが立ちあがり、なめらかな絹のような声で、説得するように話しだした。その声がバンドルには妙に遠く聞こえた。

「レディ・アイリーン、あなたは招かれざる客として、この組織の秘密会議に招請されています。したがって、あなたにはわれわれの目的と大望を共有していただかなくてはなりません。〈二時〉が空席であることにはお気づきでしょう。そこがあなたの席になります」

バンドルはまた息をのんだ。悪夢を見ているようだ。この自分、第九代ケイタラム卿の長女であるアイリーン・ブレントに、殺人をも辞さない秘密組織に加われというのか？　ビルにも同じ要求がなされ、彼はそれを断固として拒絶したのだろうか？

「できません」バンドルはぶっきらぼうにいった。

「早まって答えてはいけません」

バンドルには、そういったモスゴロフスキーが仮面の布の下で、意味ありげに微笑《びしょう》しているように思えた。顎鬚《あごひげ》が動いたような気がした。

「レディ・アイリーン、あなたはなにを拒絶なさったのか、まだおわかりになっていない」

「ほぼ推測がつきます」

「そうですか？」

それは〈七時〉が発した声だった。その声はバンドルの脳裏のどこかに刻まれていた記憶を揺さぶった。この声に聞き憶えがある？

〈七時〉がゆっくりと両手をあげ、頭のうしろで結んでいる文字盤仮面の紐をほどきはじめた。バンドルは息を詰めた。ついに——謎の男の正体がわかる！

するりと仮面が落ちた。

あらわになったのは、バトル警視の木彫りのように無表情な顔だった。

32　バンドル、唖然呆然

モスゴロフスキーが急いでバンドルのそばに行った。警視はモスゴロフスキーにいった。

「彼女に椅子を。ちょっとショックを受けておられるようだ」

バンドルはくずおれるように椅子にすわった。衝撃のあまり、手足の力が抜けて、気を失ってしまいそうだ。警視は持ち前の静かな、やわらかい口調で話をつづけた。

「まさかわたしだとはお思いにならなかったでしょうね、レディ・アイリーン。それをいうなら、このテーブルを囲んでいるほかのみなさんも同じでしょう。ミスター・モスゴロフスキーは、いわばわたしの補佐役というところです。彼は初めから事情を知っていました。ですが、ほかのメンバーは事情も知らないまま、彼から指令を受けていたのです」

バンドルはまだ口もきけずにいた。この異常な事態に直面し、ことばを失っていたのだ。

そんなバンドルの心理状態を理解しているらしく、警視は彼女にうなずいてみせた。

「あなたの先入観を、いくつか取り除いてあげなくてはならないようですね、レディ・アイリーン。たとえば、この団体は――そう、本によく出てくるように――誰も顔を見たことのない、正体不明の超犯罪者を首領にいただく秘密犯罪組織、という前提。確かにそういう組織が現実に存在しないとはいいませんが、少なくとも、わたしはまだ遭遇したことはありません。職務柄、犯罪に関しては、多種多様な経験をしてきましたがね。
　ですが、世間には荒唐無稽《こうとうむけい》な冒険話があふれています。そうですよね、レディ・アイリーン。人々は、なかんずく若いひとたちは、そういう小説を好んで読み、自分自身もそういうことをしたがるものです。ではここで、わたしたち警察の捜査課のために、あっぱれな働きを、ほかの者にはなしえなかった働きをしてくれた優秀な素人集団の面々をご紹介しましょう。彼らがこのように通俗的な、いわば稚気あふれる扮装を選んだのはなぜか？　彼らがみずから進んで危険に立ち向かってきたのはなぜか？　それには深い理由があります。彼らは決して危険を、それが最悪の危険であっても、それに対峙《たいじ》することにひるまず、辞さないということです。この安泰第一の世のなかで、これはきわめて健全な精神だと評価できます。それに、彼らは真の意味で故国を守りたいと願っている。
　さて、レディ・アイリーン、ではご紹介しましょう。まずは〈六時〉のミスター・モスゴロフスキー。このかたとは、もう知り合いだといってもよろしいですね。ごぞんじのとおり、彼はこのクラブの経営者であり、ほかにもいろいろと主だった役を務めています。イギリスでもっとも重要な反ボルシェヴィキ主義者同盟の代表者です。〈五時〉はハンガリー大使のアンドラス伯爵。亡くなったジェラルド・ウェイドと深い親交があり、大の親友でした。〈四時〉はアメリカのジャーナリスト、ミスター・ヘイワード・フェルプス。イギリスに対する関心が深く、〝ニュース〟を嗅ぎつけるするどい才覚は屈指のものといえます。それから〈三時〉は
──」バトル警視はそこでことばを切り、かすかに微笑《びしょう》した。

バンドルは仮面をはずした〈三時〉の顔を、照れくさそうに笑っているビル・エヴァーズレイの顔を、目を丸くしてみつめた。

「〈二時〉は」警視は無表情にもどり、重い口調で話をつづけた。「空席になっています。この席にいたミスター・ロナルド・デヴュルー、あの勇敢な若き愛国者もまた亡くなりました。彼の席は、あるご婦人が継ぐことになります——わたしとしては懸念がなかったわけではありませんが、このご婦人は、彼のあとを継ぐにふさわしいことをみずから証明なさった。わたしたちを大いに助けてくれたのです」

そして紹介を待たずに、最後のひとり、〈一時〉が仮面をはずした。その美しい顔を、バンドルはあまり驚きもせずにみつめた——ラデツキー伯爵夫人の顔を。

「それぐらい、察するべきだったのに」バンドルは悔やむようにいった。「外国の美しい女性冒険家。それがあまりにも完璧にぴったりとはまっていたので、それしか考えられなかった」

「だけど、きみは彼女のもうひとつの裏の顔を知らない」ビル・エヴァーズレイがいった。

「バンドル、彼女はね、ベイブ・シーモアなんだ。ぼくが彼女の話をしたの、憶えてるだろ？すばらしい女優だって。で、その真価を発揮したというわけさ」

「そういうことなんです」シーモアはアメリカ人らしい、よく通る声でいった。「ですが、わたしに女優としての才能があるというわけではないんです。わたしの父と母はヨーロッパ——彼女はユラップと発音した——のあの国の出身なので、わたしもかなり流暢《りゅうちょう》にあちらのことばをしゃべれるんです。でも、アベイではあやうくボロを出してしまうところでした。あなたとレディ・クートが園丁頭の話をしていたときに」

ベイブ・シーモアはいったん口をつぐんだが、すぐにまた話をつづけた。「でも、おもしろいからという理由だけで、この役を演じていたわけではありません。わたし、ロニーと婚約していたんです。彼の命運が尽きたとき、誰が彼を殺したのか、その卑劣な犯人を突きとめるために、わたしもなにかしたいと思った。それだけです」

「ああ、もう、驚かされてばっかり」バンドルはいった。「なにもかも見かけどおりじゃないんですもの」

「いたって単純なことなんですよ、レディ・アイリーン」バトル警視はいった。「わたしはちょっとした刺激を求めている若いひとたちと手を組んだんです。最初に接触したのはジェリー・ウェイドでした。彼は国家の諜報機関に準ずるような、素人調査団を組織してはどうかと、話をもちかけてきました。わたしはそれは危険をともなうと警告しました――が、彼はそんなことを意に介するような男ではありませんでした。それで、参加したいという者は危険だということを肝に銘じてくれなければならないと、はっきりいいました。ウェイドの友人たちはそんなことでひるみはしなかった。で、始まったんです」

「でも、みなさんの目的はなんなんです?」バンドルは訊いた。

「当局はある男を追っていました。どうしても捕らえたかったんです。その男はありきたりの悪党ではなかった。まるで怪盗ラッフルズのように、ウェイドが属する世界でうごめいていたんですが、過去にはどんな泥棒よりも危険だったし、将来も危険きわまりない存在でした。この男の標的は、大物や国際的な大事《だいじ》なんです。すでに二度、重要な発明の機密文書が盗まれました。それも、内部事情に精通する者の手引きによって。プロの捜査員たちが犯人の正体を突きとめようとしましたが、失敗しました。そこで、素人調査団員の出番です――そして、成功したんです」

「成功した？」とバンドル。

「ええ。ですが、成功したといっても、無傷ですんだというわけではありません。ふたりの男が命を落とし、その犯人である男はまんまと逃げおおせたのです。だが、セヴン・ダイアルズはあきらめませんでした。そして、ビル・エヴァーズレイのおかげで、ついにその男を現行犯逮捕できたのです」

「いったい誰なんです？」バンドルは訊いた。「わたしの知っているひと？」

「とてもよくごぞんじの男ですよ、レディ・アイリーン。その男の名前はジミー・セシジャー。本日の午後、逮捕しました」

33　バトル警視、説明する

　バトル警視は真相の解明をつづけた。機嫌よく、くつろいだ口調で。

「あるときまでは、わたしはジミー・セシジャーを疑ったことはありませんでした。最初に疑念をいだいたのは、ロニー・デヴュルーの死に関する調書を読み、最期のことばを目にしたときです。〝セヴン・ダイアルズ……伝えて……ジミー・セシジャー……〟。

　当然ながら、あの死のまぎわの伝言は、デヴュルーが自分はセヴン・ダイアルズに殺されたと、ジミー・セシジャーに伝えようとしたのだ、と受けとられました。額面どおりに受けとれば、確かにそういう意味だと思えます。ですが、もちろん、わたしは、そんなはずのないことを知っていました。デヴュルーが伝えたかった相手はセヴン・ダイアルズだったんです――ジミー・セシジャーに関するなにかを。

　信じがたい話でした。デヴュルーとセシジャーは親しい友だちでしたから。ですが、過去の機密文書盗難事件を考えてみると、外務省内部の者が犯行に関与していることはまちがいありません。そういう人物でなければ、省内の詳細な事情を知ることはできませんからね。しかも、セシジャーがどこから金を得ているのか、それを突きとめるのは困難だという事実にぶつかりました。彼が父親の遺産から得られる収入はたいした金額ではないのに、贅沢な暮らしをしている。いったいどこから金を得ているのか？

ジェリー・ウェイドはなにかを摑み、とても興奮していました。ウェイドが自分の推測に自信があったのはまちがいありません。その推測がどういうものかは誰にも明かさなかったのですが、その推測を確かめるつもりだということは、デヴュルーに話していたのです。彼らはチムニーズ館《やかた》で週末をすごすことになっていたのですが、その直前にその話が出たそうです。レディ・アイリーン、ごぞんじのとおり、ジェリー・ウェイドはチムニーズ館で亡くなり、睡眠薬の多量摂取が原因とみなされました。確かに、誰もが納得する説だといえますが、ロニー・デヴュルーはその説をぜったいに認めませんでした。友であったウェイドは巧妙に殺された、犯人はチムニーズ館にいる誰かだ、そしてその誰かこそが、自分たちの追っている人物にちがいない――デヴュルーはそう確信しました。そして、そのことをセシジャーに打ち明けようかと思ったのです。その当時は、セシジャーをこれっぽっちも疑っていなかったからです。ですが、なにかが心に引っかかり、デヴュルーはセシジャーにはなにもいいませんでした。

そしてウェイドが亡くなったあと、デヴュルーは奇妙なことをしました――八個の目覚まし時計のうち一個を窓から庭に投げ捨て、残り七個をマントルピースの上に並べたのです。七個の目覚まし時計はセヴン・ダイアルズのシンボルであり、セヴン・ダイアルズは必ず仲間の仇をとるというメッセージでもありました。そのあとデヴュルーは、誰かが動揺してボロを出すのではないかと、ひそかにみんなを観察したのです」

「それではジェリー・ウェイドを殺したのは、ジミー・セシジャーだったんですか？」バンドルは訊いた。

「そうです。彼はウェイドがまだ一階にいるとき、彼が手にしていたウィスキーソーダのグラスに、こっそり睡眠薬を入れました。ですから、ウェイドは妹に手紙を書いているさなかに、急激な眠気に襲われたのです」

「だったら、チムニーズ館に新しく雇われた従僕のバウアーは、なんの関係もなかったんですね？」

「ジョン・バウアーはわたしたちの仲間なんですよ、レディ・アイリーン。わたしたちは例の悪党がヘル・エベルハルトの発明を狙うだろうと予測し、チムニーズ館でサー・オズワルドの身辺を見張るために、バウアーを潜入させたのです。しかし、うまくいきませんでした。前にいったとおり、セシジャーはやすやすと致死量の睡眠薬をウェイドのグラスに混入しました。そして、みんなが寝静まった夜中に、ウェイドの部屋にしのびこみ、ウィスキーのボトル、グラス、そしてクロラールの空き瓶をベッドサイドテーブルに置いたのです。さらに念を入れて、昏睡《こんすい》状態のウェイドの手を取り、ウィスキーのボトルやグラスや薬瓶に、彼の手のひらや指を押しつけたのでしょう。もしなにか疑問の声があがったときのために。

　マントルピースの上に並べられた七個の目覚まし時計が、セシジャーになんらかの効果を及ぼしたかどうか、わたしにはわかりません。セシジャーがデヴュルーになにもいわなかったのは確かです。しかし、ときにはそのことを思い出して、いやな気分になったことでしょう。その後は、デヴュルーを警戒して目を離さなかったと思います。

それからなにが起こったのか、正確なところはまだわかっていません。ウェイドの死後、デヴュルーの姿を見かけた者はあまりいなかったのです。しかし彼が、ウェイドがたどっていたのと同じ筋を追い、同じ結論にたどりついたのは明らかです。すなわち、ジミー・セシジャーこそがその男だ、と。そしてまた、彼もまたウェイドと同じように裏切られたのです」

「どういうことですか？」

「ロレイン・ウェイドに裏切られたのですよ。ジェリー・ウェイドは妹のロレインを愛していました。彼女と結婚したかったのでしょう——血のつながった実の妹ではありませんからね。ですから、彼女が知るべきではない、外務省の内部情報まで漏らしていたのはまちがいありません。しかし、ロレインは身も心もジミー・セシジャーに捧げていました。セシジャーにいわれれば、なんでもしたでしょう。彼女は兄から得た情報をすべてセシジャーに伝えていたのです。彼女に心を惹かれたデヴュルーに、セシジャーには用心するよう警告されたことも。

自分が疑われていることを知ったセシジャーは、デヴュルーの口を封じた。ロニー・デヴュルーは瀕死の状態で、ジミー・セシジャーに殺《や》られたと、セヴン・ダイアルズに伝えようとしたのです」

「なんてこと！」バンドルは思わず叫んだ。「そうと知っていたら……」

「いや、とてもありそうもないことでしたからね。じっさいのところ、わたし自身、信じられませんでしたよ。ですが、その後、アベイであんな事件が起こりました。あれがどれほど厄介な出来事だったか、おわかりになるでしょう——ことに、ここにいるビル・エヴァーズレイにとっては。レディ・アイリーン、あなたはセシジャーと手を組んでいたのですから。エヴァーズレイはあなたにどうしてもこのクラブに連れていけといわれて困惑しただけではなく、そのあと、あなたがひとりでクラブに潜入し、秘密会議の話を盗み聞きしたとわかり、愕然としました」バトル警視はそこで間《ま》をおいた。その目がちかっと光った。

「わたしも同じでしたよ、レディ・アイリーン。まさかそんなことが起こるとは、想像もしていませんでしたからね。あなたにしてやられたわけです。エヴァーズレイはジレンマに陥りました。あなたにセヴン・ダイアルズの秘密を話すわけにはいかない。セシジャーに筒抜けになりますから、それだけはぜったいにできない。しかし、あなたの情報はセシジャーにとっては願ってもないことでした。アベイのパーティに加わりたいという恰好の口実にできるからです。そうすれば、事をなすのがいっそう容易になりますからね。

　セヴン・ダイアルズはミスター・ロマックスに警告状を送っておきました。それが功を奏し、彼から助力を求められたおかげで、わたしはごく自然な形でアベイの警護にあたることができました。ごぞんじのとおり、警官という身分を隠すことなく、いわば、おおっぴらに存在できたのです」

　ふたたび、警視の目がちかっと光った。

「あの夜、エヴァーズレイとセシジャーは、いちおう、夜間の見張り時間を分担することになりました。ですが、エヴァーズレイとミス・シーモアも同じことを決めたのです。彼女が図書室のフレンチウィンドウのそばで見張りの番についていたとき、ジミー・セシジャーが近づいてくる足音を聞きつけ、急いで衝立《ついたて》の陰に隠れました。

ここからが、セシジャーの巧妙なやりくちの見せどころです。彼がわたしに説明した話は、ある点までは真実です。わたしとしても、彼が賊ともみあってうんぬんという話には、うなずかざるをえませんでした。はっきりいって、彼に対する疑念が揺らぎましたよ――彼は泥棒となんらかの関係があるのだろうか、わたしたちはまったく見当ちがいの線を追っているのではないだろうか、とね。それぞれが別々の方向を指している状況証拠がいくつかあり、なにがどうなっているのか理解に苦しみました。ちょうどそのとき、決定的な証拠を発見したのです。

暖炉の炉床に残っていた、なかば焼けた手袋。片方だけでしたが、それには歯形がついていました。それでわたしは、自分がまちがっていないことを確信できたのです。まちがいなく、セシジャーは狡猾で頭のいい男ですよ」

「それで、真相というのは？」バンドルは訊いた。「彼がもみあった相手というのは、誰だったんですか？」

「そんな相手はいなかったんですよ。彼のひとり芝居だったのです。ここで、あの夜の状況を再構築してみましょう。そもそも、セシジャーとロレインは共謀関係にあった。そしてふたりは、きっちり時間を決めて会うことにしていた。ロレイン・ウェイドは車をとばしてアベイに到着すると、生け垣のすきまをくぐり抜けて敷地のなかに入った。誰かに見咎《みとが》められた場合にそなえ、非の打ちどころのない作り話を用意してありました――最終的にはその作り話を披露する羽目になりましたがね。ですが、彼女は誰にも見咎められずに、まんまとテラスにたどりつきました。午前二時をちょっとすぎた時刻に。

ここで申しあげておきますが、ロレインが敷地内にしのびこむ姿は、わたしの部下たちに目撃されています。しかし部下たちは、誰が侵入してきても留めだてしてはならない、そのまま行かせろと命じられていました。わたしはできるかぎり多くの情報を得たかったのです。ロレインがテラスにたどりついた、まさにその瞬間、彼女の足もとに包みが落ちてきました。

彼女が包みを拾いあげる。蔦《つた》をつたって男が降りてくる。彼女が走りだす。

次になにが起こったか？

室内で格闘騒ぎが起こる。さらに、銃が発砲された音。銃声は二発。さて、あなたならどうしますか？　格闘現場に駆けつけますよね。

本来の予定では、ロレインは重要書類を持ってアベイの敷地を抜けだし、車に乗りこんで逃げる手筈になっていました。

ですが、そうはいきませんでした。走って逃げようとしたロレインは、まっしぐらにわたしの腕のなかにとびこんでしまったのです。その瞬間、彼らにとって、勝敗の流れが変わったのです。もはや攻撃の目はなくなり、ひたすら防戦するのみ。ロレイン・ウェイドは用意しておいた作り話を語りました。いかにも真実らしい、筋の通った話でした。

次はジミー・セシジャーの出番です。わたしはすぐさま、あることに気づきました――彼は撃たれたために気絶したのではない、ということに。撃たれて倒れ、頭を打った？　それとも、気絶したふりをしていた？　そのあとで、ミス・シーモアに話を聞いたところ、彼女の話とセシジャーの話は、ある一点まではぴったり合っていました。ミス・シーモアの話では、明かりが消えたあと、セシジャーはフレンチウィンドウのそばに行った。それからあとは、なんの気配もしなかったので、彼は外に出ていったのではないかと思った。いいですか、じっと耳をすましていれば、静まりかえった部屋のなかに人がいたら、その呼吸音が聞こえるものです。それが聞こえなかったとすると、セシジャーは部屋を出ていったと思えます。では、どこに行ったのか？ 蔦をよじ昇って、ミスター・オルークの部屋へ。その夜の早い時間に、彼はオルークのウィスキーソーダのグラスに、睡眠薬を混入しておいたのです。そのおかげで、らくらくと重要書類の包みを手に入れ、その包みを窓の下のテラスにいるロレインに放り投げてから、また蔦をつたって降りていきました。そして図書室にもどると、格闘するふりを始めたのです。その気になれば、じつに簡単なことです。テーブルをひっくり返し、ごろごろところげまわり、自分の声でなにかいったあとに、しわがれ声でささやくようにしゃべる。その夜、彼は購入した自動拳銃をエヴァーズレイに見せびらかしています。最後の仕上げに、彼はその銃を使い、架空の格闘相手に発砲したのです。それから左手だけに手袋をはめて、ポケットから小型のモーゼル銃を取りだし、自分の右腕の筋肉部分を撃って銃弾を貫通させました。その銃をフレンチウィンドウの外に放り投げると、指先を歯でくわえて手袋をはずし、まだ燃えつきていなかった暖炉のなかに投げこんだのです。わたしが駆けつけたとき、セシジャーは床に倒れていました」

バンドルは深く息を吸いこんだ。「そのときは、この全体像はつかめていなかったのですね、バトル警視？」

「ええ、そのとおりです。ほかのひとたちと同じく、わたしも目をくらまされていました。ですが、すべてのピースをつなぎ合わせるのに、それほど時間はかかりませんでした。左手の手袋を発見したことがそのとっかかりになりました。それでサー・オズワルドに、モーゼル銃をフレンチウィンドウから放り投げてもらったのです。そうすると、その銃が落ちていたところよりもかなり遠くに落下しました。しかし、右利きの者が左手を使えば、利き腕と同じぐらい遠くまでは投げられないものです。が、そのときですら、わたしはかすかな違和感を覚えただけでした。

けれども、ある事実に気づいたのです。重要書類の包みは誰かに拾わせるために二階から放られたのだ、と。もしロレイン・ウェイドは偶然そこにいあわせただけだというのが真実だとすれば、ではほんとうは誰に渡す予定だったのか？　もちろん、事情を熟知していない者なら、その答は容易に導きだせます――ラデッキー伯爵夫人です。しかし、この点においては、わたしはみなさんよりも優位に立っていました――伯爵夫人ではありえないことはわかっていましたからね。では、その相手とは、いったい誰だ？　そこで解答がひらめきました――重要書類の包みは、受けとるべき人物の手に渡った、と。考えれば考えるほど、ロレインがどんぴしゃの時間にその場にいたというのは、〝驚くべき偶然の一致〟だと思えてきました」

「わたしが伯爵夫人を疑い、その疑念をあなたにぶつけたときは、さぞ困ったでしょうね」バンドルはいった。

「ええ、レディ・アイリーン。なんとしても、あなたをごまかさなければなりませんでしたから。それはここにいるエヴァーズレイも同じでした。気絶した伯爵夫人が意識をとりもどしたときに、なにをいいだすか、予想できなかったからです」

「いまなら、あのときビルが心配していた理由がよくわかります」バンドルはいった。「躍起《やっき》になって、伯爵夫人にゆっくり時間をかけておちついてから話をすればいい、と勧めていた理由が」

「かわいそうなビル」ラデツキー伯爵夫人ことベイブ・シーモアが口をはさんだ。「そんな気もないのに、妖婦に誘惑されて夢中になっているふりをしなくてはならなかったんですもの——スズメバチみたいに大騒ぎして」

「つまりは」バトル警視が話をもどした。「そういうことです。わたしはジミー・セシジャーを疑っていました。が、確たる証拠はありませんでした。一方、セシジャーの足もとも揺らいでいました。自分がセヴン・ダイアルズに目をつけられていることに気づいたからです。ですが、彼は〈七時〉の正体を暴くことに固執しました。サー・オズワルドこそが〈七時〉だと思いこみ、クート宅に招かれるように画策したのです」

「わたしもサー・オズワルドを疑っていました」バンドルは正直にいった。「特に、あの夜、あのかたが庭園のほうからいらしたときに」

「わたしは彼を疑ったことはないんですよ」バトル警視はいった。「ですが、率直に申しますと、あの青年、彼の秘書を疑っていたんです」

「ポンゴを?」ビル・エヴァーズレイは驚いた。「あのポンゴを?」

「そうですよ。あなたのいう〝あのポンゴ〟、ミスター・ベイトマンを。非常に有能で、その気になればなんでもできる人物。わたしが彼を疑ったのは、ウェイドが亡くなった夜、彼の部屋に八個の目覚まし時計を持ちこんだのがベイトマンだったからです。彼なら、ベッドサイドテーブルにウィスキーのボトルやグラス、それに睡眠薬の小瓶を置くことがたやすくできました。ちなみに、彼は左利きです。あの左手の手袋は、ずばり、ベイトマンを示しています。ただ、ひとつだけ——」

「なんです?」

「手袋に残っていた歯形です。歯でくわえて手袋をぬぐ必要があったのは、右手が使えなかったからです」

「それでポンゴの嫌疑は晴れたんですね」

「おっしゃるとおり、それでポンゴの嫌疑は晴れました。自分が嫌疑をかけられていたと知れば、ミスター・ベイトマンはさぞ驚かれるでしょうね」

「ええ、きっと」エヴァーズレイはうなずいた。「ポンゴのようなまじめな——ばかみたいにきまじめなやつを疑うなんて、またどうして——?」

「あなたから見れば、ジミー・セシジャーは頭の空《から》っぽな、このうえないマヌケな人間だといえるのではありませんか。ベイトマンとセシジャー。このふたりのうちのどちらかが、じつに巧みに自分を装っていたとすれば? わたしはそれはセシジャーのほうだと確信してから、ベイトマンにセシジャーをどう見ているか、その所見に興味をもちましてね。訊いてみると、彼は最初からセシジャーを疑っていて、しばしば、彼には気をつけるようにサー・オズワルドに忠告していたそうです」

「すごいなあ」エヴァーズレイが口をはさむ。「でも、ポンゴはいつも正しい。癪《しゃく》にさわって腹がたつほど」

「先ほど申しあげたように」バトル警視は話をつづけた。「わたしたちはセシジャーを揺さぶり、セヴン・ダイアルズに狙われていると思いこませ、どこに危険がひそんでいるかわからないという不安を煽《あお》りました。その結果、彼を逮捕できたのは、ひとえにビル・エヴァーズレイのおかげです。彼は対峙《たいじ》すべき相手がわかっていました。そして、進んで生命を懸けてくれたのです。しかし、あなたが巻きこまれることになるとは、夢にも思っていなかったのですよ、レディ・アイリーン」

「まさに」エヴァーズレイは深い感慨をこめていった。

「エヴァーズレイはセシジャーの住まいを訪ね、でっちあげの作り話を彼に聞かせました」警視は話をつづけた。「ロニー・デヴュルーの手紙を入手したといったのです。そしてその手紙にはセシジャーに対する嫌疑が書かれていた、なので、自分は友人としてセシジャーの言い分を聞きたい、と。

わたしたちの推測が正しければ、セシジャーはエヴァーズレイを排除しようとするはずです。そしてその方法もほぼ予測できました。予測どおり、セシジャーは客であるエヴァーズレイにウィスキーソーダを勧めました。そのあとすぐに、もてなし役が部屋を出ていったので、客はグラスの中身をマントルピースの上に置いてあった壺に空けて、自分は一滴も飲まなかったのです。もちろん、客は薬が効いてきたふりをしました。即効性の薬ではなく、ゆっくり効くとわかっていた客は、作り話を始めました。セシジャーは最初は憤慨して否定しましたが、薬が効きだしたと見てとる――いや、そう見える――と、容疑をすべて認め、ビル・エヴァーズレイにおまえが三人目の被害者だと宣告をくだしました。

エヴァーズレイの意識が朦朧《もうろう》としてきたと見ると、セシジャーは彼を抱えて外に出て、車に押しこみました。車の幌《ほろ》はあげてあります。おそらくセシジャーは、エヴァーズレイに気づかれないように、あなたに電話をかけたのでしょうね、レディ・アイリーン。そしてあなたに巧妙な指示をだした。ロレイン・ウェイドを自宅に送っていくという口実で、チムニーズ館を出るように、と。

レディ・アイリーン、あなたはセシジャーにいわれたとおり、彼の指示を誰にも口外しませんでした。ですから、のちにここであなたの死体が発見されたときには、ロレインが、確かに自宅まで送ってもらった、そのあと、あなたはひとりでここに乗りこむつもりでロンドンに向かった、と証言する手筈になっていたのです。

エヴァーズレイは昏睡《こんすい》しているふりをつづけました。セシジャーがエヴァーズレイを連れてジャーミンストリートを離れるとすぐに、家屋内を捜索する許可を得ていたわたしの部下のひとりが住まいのなかに入り、薬物入りのウィスキーをみつけました。ウィスキーのボトルには、ゆうに成人男性ふたりを殺せる大量の塩化モルヒネが混入されていましたよ。

もちろん、わたしの部下たちはセシジャーの車を尾行しました。彼はロンドンを出て、郊外の有名なゴルフ場に行き、コースを一回りするとかなんとかいって、コースに出ることをそこにいた人々に印象づけました。いざというときのアリバイ作りですね。そのあいだ、エヴァーズレイを乗せた車は、ゴルフ場近くの路傍に停めておいたのです。

その後、うまくゴルフ場から抜けだしてきたセシジャーはロンドンにもどると、セヴン・ダイアルズ・クラブに行き、アルフレッドが建物から出ていくのを確認してから車を建物のドアの前まで動かして停めたのです。誰かが聞いているかもしれないのを考慮して、昏睡状態にある――いや、ほんとうはそのふりをしている――エヴァーズレイに話しかけながら車を降りて、建物のなかに入り、ちょっとしたドタバタ劇を演じたのです。

レディ・アイリーンとロレインに医者を呼んでくるといいおいて、じっさいはドアを開閉しただけで外には出ず、忍び足で階段を昇り、この会議室の開いたドアの陰に隠れました。ロレインが口実をもうけて、あなたをこの部屋に向かわせる手筈になっていたからです。エヴァーズレイはあなたの姿を見たとき、当然ながら強い衝撃を受けましたが、昏睡状態にあるふりをつづけるのが最良だと判断しました。彼はわたしの部下たちが張りこんでいるのを知っていたし、早急にあなたが危害をこうむることはないと思ったからです。それに、いつなりとも〝意識を回復する〟ことが可能でしたしね。セシジャーがテーブルに銃を置いて部屋を出ていったので、危険度も薄らいだかに見えました。そのあとのことは――」バトル警視はエヴァーズレイに目を向けた。「あなたがご自分で話したいでしょうね」

ビル・エヴァーズレイはバンドルにいった。「ぼくはあのぼろっちいソファにじっと横たわっていた。昏睡状態にあるように見せかけてはいたものの、内心では気が気ではなかったよ。やがて、誰かが階段を駆けおりてくる足音が聞こえたかと思うと、ロレインが立ちあがってドアに向かったんだ。セシジャーの声が聞こえたけど、なにをいっているのかはわからなかった。ロレインのことばははっきり聞こえた。〝だいじょうぶ。うまくいってるわ〟ってね。

それに応えて、セシジャーはこういったんだ。〝こいつを上の階まで運ぶのを手伝ってくれ。ちょっと骨の折れる作業だが、ふたりを並べておきたいんだ——〈七時〉へのちょっとしたびっくりプレゼントさ〟。

そのとき、ぼくにはそのやりとりの意味はわからなかった。それはともかく、ふたりはけっこう苦労して、ぼくを階上に運んだんだ。彼らにとっては〝ちょっと骨の折れる作業〟だったのは確かだね。ぼくはわざと体じゅうの力を抜いて、死んだみたいにぐったりしていたから。やっとのことで、ふたりはぼくをこの部屋に運びこんだ。すると、ロレインが〝ほんとうにだいじょうぶなの？　彼女、意識をとりもどさないかしら？〟と訊いた。

ジミーは、あのゲス野郎は、こういったんだ。〝心配ない。力いっぱい殴っておいた〟と。

ふたりが部屋を出ていき、ドアに鍵がかかる音がしたとたん、ぼくはぱちりと目を開けた。きみが横にいた。ああ、バンドル、あんなに恐ろしい思いをするのは、もうまっぴらごめんだよ。きみは死んだと思ったんだ」

「帽子のおかげで助かったみたい」バンドルはいった。

「少しは帽子が助けになったでしょう」バトル警視がいった。「ですが、セシジャーが腕を痛めていたおかげでもあります。本人は認めていませんが、彼の右腕には、通常の半分ぐらいしか力が入らなかったのです。とはいえ、警察としては面目ない失敗でした。あなたから目を離すべきではなかったのに、それができなかったのですからね、レディ・アイリーン。今日の捕り物のなかで、それはわれわれの唯一の不手際です」

「わたし、頑健ですから」バンドルはいった。「それに運にも恵まれています。でも、どうしても呑みこめないのは、ロレインが関与しているということです。あんなにやさしいひとなのに」

「いやいや」バトル警視はいった。「ペントヴィルで何人もの子どもを殺した女もそうでしたよ。人間というのは、見た目だけではわからないものです。ロレインにはよくない血が流れているのでしょう。彼女の実の父親は、一度ならず刑務所送りになっても不思議のない男でした」

「彼女も逮捕されたんですか？」

バトル警視はうなずいた。「ただし、彼女が絞首刑になることはないでしょうね。陪審員は寛大ですから。ですが、ジミー・セシジャーはそうはいきません。死刑は免れないでしょう。あれほど邪悪で冷酷非情な犯罪者はそうはいませんからね」

警視はさらにことばを継いだ。「さてさて、レディ・アイリーン、頭の痛みがさほどひどくないようでしたら、ちょっとしたお祝いをするというのはどうですか？　通りの角に、小さいけれど感じのいいレストランがあるんですよ」

バンドルに異議はなかった。「わたし、おなかがぺこぺこなんですよ、バトル警視。それに――と周囲を見まわして――同志のみなさまとお近づきになりたいわ」

「それはいい！」ビル・エヴァーズレイが叫んだ。「セヴン・ダイアルズに乾杯といこう。ぼくたちに必要なのはシャンパンだ。バトル警視、その店にシャンパンはありますかね？」

「あの店なら不満はないと思いますよ。お任せください」

「バトル警視」バンドルはいった。「あなたって、すばらしいかたですね。あなたが結婚なさっているのが残念です。なので、わたしはビルで我慢しますわ」

34　ケイタラム卿、賛同する

「おとうさま」バンドルはいった。「ちょっとお知らせがあります。おとうさまはわたしを失うことになりますよ」

「ばかばかしい。奔馬性《ほんば》結核にかかっただの、心臓が弱っているだの、そんなことをいってもむだだよ。わたしは信じないからな」

「死ぬわけじゃありません。結婚するの」

「どっちにしてもいい知らせとはいえんな。おまえが結婚するとなると、わたしは窮屈《きゅうくつ》な礼服を着なきゃならん。そのうえ、おまえを花婿に引き渡さなきゃいかん。ロマックスは教会でわたしにキスするのが当然だと考えるだろうし」

「まあ、いやだ！　わたしがロマックスと結婚すると思ってるんじゃないでしょうね？」

「このあいだおまえに会ったときは、そういうなりゆきになりそうだったじゃないか」ケイタラム卿は指摘した。「昨日の朝の話だぞ」

「わたしが結婚する相手は、ジョージ・ロマックスの百倍もすてきなひとですよ」

「ぜひともそうであってほしいな。だが、わからないものだよ。おまえに人を見る目があるとは思えんしな。おまえはあのセシジャーという青年を愉快なマヌケだといっていたが、聞くところによると、稀代の悪党だというじゃないか。じっさいに会ったことがないのは、かえすがえすも残念だなあ。じつは回顧録を書くつもりなんだよ。そのなかに〝わたしの会った殺人者たち〟という、特別な一章をもうけようと思っているんだ——それなのに、その青年には会ったことがないから、書こうにも書けやしない」

「つまらないことをおっしゃらないで。回顧録にしろなににしろ、そんなものを書く気力なんかないと、自分でもわかっていらっしゃるくせに」

「いやいや、自分で執筆するわけじゃないんだ。そんなことはわたしには無理だ。じつはね、このあいだ、とてもチャーミングな娘さんに会ったんだ。彼女はそういうことの専門家で、資料を集めて、執筆もこなすんだよ」

「で、おとうさまはなにをなさるの？」

「うん、一日に三十分程度、事実にのっとったいろいろな話をする。それだけさ」少し間《ま》をおいてから、ケイタラム卿はいった。「とてもきれいな女性でね——もの静かでやさしげで」

「おとうさまったら、わたしがいないと、恐ろしい危険にとびこんでしまいそう」

「人それぞれに異なる危険あり」ケイタラム卿はいった。

ケイタラム卿は部屋を出ていこうとしてふりむき、肩越しにいった。「ところで、バンドル、誰と結婚するつもりなんだね？」

「その質問はなさらないのかと思っていたわ。わたし、ビル・エヴァーズレイと結婚することにしたの」

ケイタラム卿は娘の言をちょっと噛みしめてから、あくまでも自己中心的な結論に達し、いかにも満足げにうなずいた。

「うん、いいぞ。ビルはハンディがなかったはずだ。だったら、秋のゴルフ大会の四人ひと組《フォー》のプレイ《サム》で、彼と組んでプレイができるな」

解説

霜月　蒼

まずとにかくバンドルの話をしたい。

バンドル——本名アイリーン・ブレント。チムニーズ館の当主ケイタラム卿の娘。本書の主人公である。

長身に黒髪、態度は少年っぽく、過度に発達した好奇心の赴《おもむ》くままに状況をひっかきまわす。スピーディで、知性とユーモアに富み、ときどき勢いあまってコースアウトしそうになりつつ最後はびしっと決めてみせる。それがバンドルだ。そしてこの評言はそのまま本書『セヴン・ダイアルズ』の読み心地に当てはまる。

アガサ・クリスティは一九二〇年のデビューから一九三〇年代までの最初の二十年間にたくさんのコミカルなミステリ／スリラーを書いたが、そのなかでも賑《にぎ》やかでドタバタした楽しさでは、本書がいちばんだろう。そんな本書の天衣無縫《てんいむほう》の痛快感を発しているのがバンドルで、彼女もまた、クリスティが生み出した破天荒なおてんばたちのなかで屈指の名キャラクターだと私は思っている。

だが、彼女の初登場作品は本書ではなく、『チムニーズ館の秘密』。ところがそちらではヴァージニア・レヴェルという傑物が大活躍しているせいで、バンドルの影は薄くなっている。ふたたび〈チムニーズ館〉を舞台とする本書で、ついにバンドルは主役の座に着いたわけである。なお、本書『セヴン・ダイアルズ』には『チムニーズ館の秘密』のネタバレはないので、どちらを先に読んでも問題ありません。

さて『チムニーズ館の秘密』では屋敷内に外交官と国賓と貴婦人と怪盗と名探偵と快男児と殺人者が入り乱れて大騒動になったものだから、ケイタラム卿は物語の終盤にはすっかり疲れ果て、屋敷を実業家にでも貸したほうが断然ましだ、とボヤいていたが、その言葉どおり、本書でチムニーズ館は鉄鋼業の大物サー・オズワルドに二年契約でリースされている。そこで起こる青年変死事件が『セヴン・ダイアルズ』の物語を始動する。

館に滞在していた上流階級の青年たちのうちのひとりジェリーが、睡眠薬の過剰摂取で死亡しているのが発見された。彼の寝室の暖炉の上には七つの目覚まし時計が一列に並べられていた。この目覚まし時計は前夜に悪友たちが仕掛けたもので、寝坊ばかりするジェリーを驚かそうというたずらだった。だが不可解なのは、青年たちは目覚まし時計を一列に並べたりしなかったし、目覚まし時計は八個あったはずなのだ。その数日後にも、事件当夜に屋敷に滞在していた青年ロナルドがチムニーズ館の裏手で何者かに射殺される事件が発生し、第二の事件の現場に居合わせたバンドルは、青年ふたりの死には関連があるとにらむ。ふたつの事件をつなぐのは、謎の言葉、〈セヴン・ダイアルズ〉。ジェリーが生前にしたためた手紙にも、ロナルドのダイイング・メッセージにも、その言葉が含まれていたのだ。

かくしてバンドルは猪突猛進の調査を開始する。だが、彼女の探偵行の先々で、『チムニーズ館の秘密』では複雑怪奇な事件を見事に解き明かしてみせたスコットランドヤードの切れ者バトル警視が、木彫りのお面のような無表情な顔で立ちはだかるのである。やがてバンドルは、ロンドンのナイトクラブの隠し部屋で、時計の文字盤を描いた覆面をした謎の組織〈セヴン・ダイアルズ〉の会合を目撃することになる――

彼らの秘密計画の目的は何か？　そして彼らの正体とは？

舞台がチムニーズ館にほぼ限定されていた前作から一転、チムニーズ館からロンドンの悪所のナイトクラブへ、政治家ロマックス氏の邸宅へ、サー・オズワルドの新たな屋敷レザベリー邸へと、バンドルはめまぐるしく駆け回る。そんな彼女の探偵行を手助けするのが、変死したふたりの青年の友人だったジミー・セシジャーとビル・エヴァーズレイである（エヴァーズレイは前作では美女ヴァージニアにすっかりお熱な青年として登場していた）。

ところがこのジミーとビル、冒険スリラーの定番というべき「ヒロインを支える騎士」キャラではまったくない。まったくもって頼りないのだ。彼らは上流階級の子息で外務官僚としてそれなりの地位にいるのだが、クリスティは「役所のお飾り的存在以外の何者でもない」と切って捨てる。さらには「愛すべきマヌケ」だの「気の弱い意気地なし」だの、果ては「のらくらと遊び暮らしているだけ」で「社会に出たところで、決して役に立たない種類の人間」と、ひどい言いようである。

でも、そこには愛がある。そこが大事な点だ。のほほんとダメな感じの男子たちの可笑《おか》しみも、本書のもうひとつの魅力だからだ。そしてこの可笑しみは、イギリス最高のユーモア小説作家P・G・ウッドハウスのそれを思い起こさせる。

例えば8章冒頭のジミー・セシジャーと従僕のスティーヴンズとの会話。これはウッドハウスの代表作である若紳士バーティと従僕ジーヴズ（『ジーヴズの事件簿』文春文庫ほか）のやりとりにそっくりだし、のんびりしたケイタラム卿のキャラクターはウッドハウスの生んだ老貴族エムズワース卿（『エムズワース卿の受難録』文春文庫ほか）に生き写しである。ジミーやビルは、バーティやビンゴなど、ウッドハウスの小説に出てくる育ちと気立てはいいが頭脳の冴えない男子たちそのもの。本書の楽しさは巨匠ウッドハウス譲りなのである。

こうしたウッドハウス的なお約束の可笑しみを、ミステリの仕掛けとしてもしっかり利用しているのも見逃せない点だ。本書は「謀略スリラー」に分類されることが多い作品だが、本質的には謎解きミステリなのである。

スリラー小説っぽい要素について、「美貌の外国人女性冒険家、国際的ギャング団、（中略）そういうのは、小説のなかで百回ぐらい読みましたけどねえ」などとジミー・セシジャーに言わせているから、その陳腐《ちんぷ》さはクリスティも自覚していたのだろう。そうした陳腐さをミスディレクションとして利用している節もある。ミステリとしての本書の白眉《はくび》は、バンドルの冒険とバトル警視の思惑がついに交差する瞬間。そのサプライズはクリスティのドヤ顔が目に見えそうなほどキレッキレである。つまり『セヴン・ダイアルズ』は二層構造をとっているのだ。一層目にはバンドルの大暴れ、その一層下にバトル警視の行動。それが本書のミステリとしてのキモである。なのだが、「一層目」のバンドルの物語がハイテンションで楽しすぎるおかげで全部もっていってしまったようなところがある。

バンドル側の物語が重要なのは、それだけではない。さきほど私は、クリスティがウッドハウスから「頼りない男の子」の喜劇を借りてきたと書いた。だがクリスティはそれだけでなく、彼らの弱さを埋め合わせるように、バンドルという女性を大活躍させたのだ。そこが大事な点なのである——ウッドハウス作品にもタフな女性は登場したが、クリスティはそんな女性たちを主人公としてフィーチャーし、物語前面で暴れさせた。

バンドルのような女性たちをアガサ・クリスティはたくさん生み出している。もっとも有名なのは、長編第二作『秘密組織』で登場し、『二人で探偵を』『NかMか』などで活躍したタペンスだろう。初期作品ではこういう「おてんば」が主役を張る作品が多く、『茶色の服を着た男』のアン・ベディングフェルド、『謎のエヴァンス』のフランキー・ダーウェント、『シタフォードの謎』のエミリー・トレフュシスは、タペンスやバンドルの姉妹のようだ。『チムニーズ館の秘密』の貴婦人ヴァージニアも勿論そのひとりである。

クリスティがこうしたコミカルなミステリ／スリラーを書いていたのは主に一九三〇年代までだが、一九四〇—五〇年代の円熟期に生み出されたクリスティの二大女性キャラ、『ホロー荘の殺人』のヘンリエッタ・サヴァナクと、『パディントン発4時50分』のルーシー・アイルズバロウも、「おてんば」たちの発展形だろう。脇役では『ゴルフ場の殺人』のシンデレラと、『動く指』のミーガンという天然系キャラがいた。といったふうに、クリスティはキャリアを通じてさまざまな「おてんば」を描いた。それが最終的に行きついたのが、後期の佳品『バートラム・ホテルにて』のセジウィック夫人である。彼女の肩書は「冒険家」だった。

こうしたキャラたちのなかで、バンドルは天衣無縫度と猪突猛進度で群を抜く。「危険だから深入りしないほうがいい」などと男に忠告されれば即座に憤然とし、愛車ヒスパノ・スイザを運転させれば男たちがビビりあがる猛スピードでぶっとばす。冒険の刻限が迫ればイヴニングドレスを脱ぎ捨て、乗馬用のズボンで武装する。

「女には思慮分別がない」というような物言いが横行していた時代に、バンドルやタペンスやヴァージニアやフランキーやアンは、それを鼻で笑って撥《は》ね飛ばし、男の子たちを尻目に謎の核心に突撃して行った。そんな「おてんば」たちをチャーミングに書いてみせたことも、クリスティの大きな功績のひとつなのである。

なお本書の謎の焦点である「セヴン・ダイアルズ」界隈《かいわい》は、作中でバトル警視も言うように今ではすっかり瀟洒《しょうしゃ》な街区になっている。七本の通りが一点に収束するような格好の交差点はなかなか美しい。そのあたりは劇場街の裏手だから、すぐ近くのセント・マーティンズ・シアターでロングラン記録を持つクリスティ作の演劇『ねずみとり（The Mousetrap）』を見ることもできる。ロイヤル・オペラハウスやコヴェント・ガーデンからも近いので、ロンドンに出かけたクリスティ・ファンは足を伸ばされたらいかがだろうか。

訳者紹介　1948年福岡県生まれ。立教大学社会学部社会学科卒業。主な訳書に、アーモンド「肩胛骨は翼のなごり」、キング「スタンド・バイ・ミー」、クリスティ「ハーリー・クィンの事件簿」、ノイバウアー「メナハウス・ホテルの殺人」、リグズ「ハヤブサが守る家」、プルマン「マハラジャのルビー」など。

セヴン・ダイアルズ

2025年4月18日　初版

著　者　アガサ・クリスティ

訳　者　山《やま》　田《だ》　順《じゅん》　子《こ》

発行所　（株）東京創元社
代表者　渋谷健太郎

162-0814 東京都新宿区新小川町1-5
電　話　03・3268・8231-営業部
03・3268・8201-代　表
URL　https://www.tsogen.co.jp
組版　工友会印刷
暁印刷・本間製本

ISBN978-4-488-10554-9　C0197